Etalon Sauvage

Dana Blue

Cherry Publishing

Pour recevoir une nouvelle gratuite et toutes nos parutions, inscrivez-vous à notre Newsletter !

https://mailchi.mp/cherry-publishing/newsletter

Chapitre 1

Il devait arriver d'une seconde à l'autre maintenant… Kay Leigh soupira longuement. Il n'en revenait toujours pas que Chester, un vieil ami dirigeant un ranch voisin, lui ait demandé de prendre en charge l'éducation de son fils de dix-huit ans pour le responsabiliser un peu durant l'été précédant son entrée à l'université. Kay aurait dû tout de suite refuser, mais il s'en était retrouvé incapable devant Chester. Après tout, il connaissait l'homme depuis de nombreuses années et, à la mort de son père, Chester l'avait aidé à reprendre le ranch dont ses frères aînés n'avaient pas voulu, il l'avait soutenu et lui avait épargné bien des erreurs de débutant. Il lui en était infiniment reconnaissant… mais bon sang, s'occuper d'un gamin trop gâté et fainéant pendant tout l'été ! Kay ne s'en sentait pas capable… Il avait quarante-deux ans, ce n'était plus de son âge.

Malgré tout, il attendait de pied ferme l'arrivée du jeune Zach Winthrop. Il le voyait déjà avec des jeans déchirés et une clope au bec comme tous les jeunes de son âge. Si son propre père – reconnu pour être un homme dur – n'était pas arrivé à lui inculquer la discipline, il n'osait pas s'imaginer de quoi il pouvait bien avoir l'air… Kay s'imaginait le pire. La dernière fois qu'il avait vu Zach, ce dernier devait avoir quatre ou cinq ans. Après, il avait quitté le Nebraska pour aller s'installer à Los Angeles avec sa mère qui avait obtenu un poste là-bas. Il était revenu cet été parce que sa mère avait été mutée à l'étranger et, qu'à cause de l'université, il ne pouvait pas la suivre. Et n'étant pas majeur – la majorité étant de dix-neuf ans au Nebraska –, il devait rester avec son père.

Kay ajusta son *Stetson* sur sa tête et plissa les yeux pour discerner au mieux la silhouette qu'il venait de voir apparaître à l'entrée de la barrière en bois de son ranch. Le soleil l'aveuglait.

Ce qu'il vit n'était clairement pas Zach. Ce ne pouvait *pas* être lui. Le souvenir de Zach qu'il avait était celui d'un gosse blond haut comme trois pommes. Sous les yeux, il avait un jeune homme musclé, en *skinny* jean et T-shirt blanc, toujours blond, mais bien loin des souvenirs qu'il en possédait… Zach semblait être devenu ravissant. Un bel homme désirable. Kay aurait pu en être impressionné si Zach n'avait pas rompu le charme dès les premières paroles qu'il lui avait adressées.

— Écoute, l'ancêtre, mettons tout de suite les choses au clair : je ne suis pas ici de mon plein gré et je ne te causerai pas de problèmes tant que tu me fous la paix et me laisse vaquer à mes occupations comme je l'entends. Ne dis rien à mon père et on s'entendra bien.

Kay s'entendit grincer des dents. Il rabaissa son chapeau de cowboy sur ses yeux, puis prit le temps de détailler Zach du regard avant de lui répondre comme s'il n'avait pas entendu ce que ce dernier venait de dire :

— Demain, réveil à quatre heures : il faut aller vérifier les clôtures et les vaches auront besoin d'être sorties.

Kay se détourna du gamin et gravit les quelques marches de bois qui menaient au patio de la grande maison de campagne aux couleurs bleu pastel. Sans même regarder Zach, il rajouta :

— Ici, tu es sur *mon* ranch et tu respectes *mes* règles, *chico*. Si tu n'es pas content avec ça, tu peux tout de suite retourner la queue entre les jambes chez ton père. Si tu veux rester, suis-moi, je vais te montrer ta chambre.

Kay entra dans sa maison et jeta un discret coup d'œil par-dessus son épaule pour voir si Zach le suivait. Il ne fut pas surpris de voir que, à contrecœur, laissé complètement bouche-bée, l'adolescent lui avait emboîté le pas. Bien qu'il le cachât admirablement, Kay était amusé. Cela faisait une éternité qu'il n'avait pas joué du galon. Ses gars – les travailleurs du ranch – savaient qui était le patron et n'osaient pas argumenter avec lui.

Il s'amusait aussi de la façon dont ses origines hispaniques refaisaient surfaces quand il était énervé – ou excité – et qu'il ne réfléchissait pas à ce qu'il disait. Quand il était arrivé à l'école, gamin, les autres enfants s'étaient moqué de son accent espagnol hérité de sa famille éloignée toujours installée au Texas. Il s'était donc appliqué pendant de longues années à perdre ce trait de langage qui s'entêtait pourtant à revenir de temps à autre.

Il gravit les escaliers jusqu'au deuxième étage de la maison, puis ouvrit la porte d'une petite pièce modeste. Elle comportait un lit simple aux draps fleuris collé contre le mur, une table de chevet avec une lampe et une commode où ranger les vêtements. Décalant son imposante stature sur le côté, Kay laissa Zach entrer avec son sac.

— C'est ta chambre. Installe-toi et repose-toi : il y aura du gros travail demain. Si tu veux manger, le souper est servi à cinq heures et *qu'à* cette heure. Si tu le manques, tu ne manges pas et c'est ton problème.

Kay laissa Zach et son insolent – et diablement sexy – froncement de sourcils de chiot auquel on viendrait d'ôter son os dans la chambre et redescendit les marches. Il lui restait du boulot à faire pour aujourd'hui.

Chapitre 2

Cela ne faisait pas même une heure qu'il était arrivé que Zach avait déjà envie de se tirer une balle dans la tête. Il avait pensé venir se la couler douce tout l'été dans le ranch d'un ami de son père, mais Kay Leigh ne semblait pas de cet avis…

Si l'homme mature lui avait d'abord parut séduisant avec sa chemise à carreaux déboutonnée sur son torse parfaitement ciselé, sa peau d'un mat bronzé, ses jeans qui moulaient ses cuisses robustes, son *Stetson* et ses bottes de cowboy qui lui allaient à ravir, sa froideur et sa sévérité avaient fait disparaître tout son charme aux yeux de Zach.

Personne ne lui avait jamais parlé comme ça avant. Et il y avait quelque chose dans la voix de Kay, une autorité et une force qui lui donnaient des frissons dans le dos, qui le poussaient à lui obéir aveuglément. Il s'était senti comme *forcé* de le suivre.

Soupirant, il déballa ses affaires et rangea son linge dans les tiroirs de la commode. La chambre était toute petite, impersonnelle, avec un cadre de paysage campagnard accroché au-dessus du lit. Mais pour le moment, il allait s'en accommoder.

Terminant de ranger ses vêtements, il regarda par la fenêtre de sa chambre et aperçut Kay qui s'était débarrassé de sa chemise et qui était monté à cru sur le dos d'un gros cheval à la robe brune.

L'homme lui donna un coup de botte sur les flancs et l'étalon démarra au trot.

Zach se souvenait de la première fois qu'il avait vu Kay Leigh. Il devait avoir aux alentours de sept ans et Kay était venu manger à la maison chez son père. Il se souvenait d'un homme magnifique qui devait être au début de la trentaine. Zach se rappelait aussi qu'à ce moment-là, il avait beaucoup admiré Kay, qu'il avait souhaité devenir comme lui plus tard. Il l'avait même dit à son père : « *Plus tard, je serai comme Kay !* »

Aujourd'hui, bien qu'un peu plus vieux, Kay était toujours séduisant, mais les années semblaient l'avoir rendu plus bourru et blasé.

Zach soupira et se détourna de la fenêtre. Il se laissa tomber sur le lit qu'il occuperait pour les deux prochains mois et sortit son téléphone portable de sa poche pour pianoter un peu. Ses amis de Los Angeles lui manquaient déjà. Pourquoi avait-il fallu que sa mère soit mutée au Canada ? Il aurait pu la suivre et aller étudier à McGill, là-bas. C'était une université super bien cotée, mais comme le système scolaire différait, c'était trop galère pour les inscriptions…

Il s'étira et s'assoupit sans s'en rendre compte. Lorsqu'il ouvrit les yeux, il était cinq heures moins une. Il paniqua ! Il n'avait pas oublié ce que lui avait dit Kay : une minute de retard et il n'aurait pas de repas ! Il se dépêcha de replacer ses cheveux en bataille pour avoir l'air un minimum présentable et débarla les escaliers en vitesse grand V.

Lorsqu'il arriva en bas, essoufflé, il put renifler une délicieuse odeur de steak et de légumes en train de cuire.

— Assieds-toi à table, je vais servir dans une minute, lui ordonna Kay sans même le regarder.

Se mordant l'intérieur de la joue, Zach prit place sur une des chaises de bois. Comme promis, une assiette fut déposée devant lui une soixantaine de secondes plus tard et Kay s'installa au bout de la table, à côté de lui.

— Est-ce que c'est votre bœuf ? demanda le plus jeune en prenant son couteau pour trancher le morceau de viande.

Kay, qui avait ôté son chapeau pour manger, le regarda du coin de l'œil et lui répondit de sa voix grave :

— Je ne mange pas le bœuf des autres.

Zach avait l'impression que chacune de ses questions dérangeait Kay et que rien ne servait d'essayer de lui faire la conversation, vu comme il semblait peu bavard. Malgré tout, il poursuivit, un peu curieux malgré lui :

— Et pourquoi ?

— Car je ne sais pas ce qu'ils mettent dedans. Je sais ce qu'il y a dans *mon* steak, je sais ce que je donne à manger à mes vaches.

Ils mangèrent le reste du repas en silence jusqu'à ce que Zach repousse son assiette dans laquelle il restait un ou deux morceaux de viandes, repu. Il allait se lever, quand la voix réprobatrice de Kay se fit entendre :

— Termine ton assiette, *chico*, tu auras besoin de forces pour demain.

— Je n'ai plus faim ! protesta Zach.

Kay lui lança un regard qui demandait obéissance.

— Tu es *chez-moi* et, ici, tu finis ton assiette avant de sortir de table. Tu me remercieras demain matin.

Zach fusilla Kay du regard, mais l'homme ne bougea pas d'un poil et soutint son regard sans broncher. Énervé, le blond fronça les sourcils, puis se força à engloutir les deux morceaux de viande qui restaient au fond de son assiette, regardant bien Kay droit dans les yeux, hargneux, tandis qu'il mâchait.

Ensuite, il se leva pour repartir dans sa chambre, mais une fois de plus, son aîné l'arrêta.

— Apporte ton assiette au lave-vaisselle avant de partir.

Sans même tenter d'argumenter, Zach se plia aux consignes de Kay. En revenant près de la table, il affronta le cowboy du regard, frustré :

— C'est bon là ? Je peux partir ? demanda-t-il avec énervement.

— C'est bon. Le couvre-feu est à neuf heures, alors assure-toi d'être couché à cette heure-là, je passerai voir.

La mâchoire de Zach se crispa. Un couvre-feu ? C'était une blague ? Il avait dix-huit ans ! Il n'était plus un gamin !

— C'est une plaisanterie, j'espère ?

Kay fut inébranlable. Il le regarda durement de ses yeux perçants, couleur miel d'abeille.

— Ce n'en est pas une. Sois couché à neuf heures.

Zach ouvrit grand la bouche, mais aucun son n'en sortit. Une colère sourde bourdonnait entre ses oreilles. Il aurait tellement voulu avoir quelque chose à répondre à Kay à ce moment-là, mais il ne trouva rien à dire. Que pouvait-il faire ? Il avait beau se plaindre, Kay irait voir son père et il n'aurait plus qu'à rentrer chez-lui la queue entre les jambes et subir les reproches de son paternel… Pour le moment, valait donc mieux se taire et faire ce que le vieux demandait sans trop argumenter.

La tête basse pour masquer son expression hargneuse, Zach remonta la série de marches qui menaient au second étage de la demeure et s'enferma dans sa chambre. Il n'y avait pas de loquet sur sa porte, mais s'il y en avait eu un, il l'aurait sans doute utilisé.

Il se coucha dans son lit et, sans rien de plus à faire, s'endormit en maudissant Kay et ses règlements stupides, bien avant neuf heures.

Chapitre 3

Kay ne faisait pas exprès d'être aussi détestable, mais il sentait que le *chico* avait besoin d'un bon encadrement et de règles fermes afin de pouvoir se responsabiliser et évoluer dans la bonne direction. Kay était disposé à lui offrir cet environnement strict qu'il ne semblait pas retrouver chez-lui. Chester semblait avoir été un peu trop doux avec son fils durant les dernières années.

Le gamin le détesterait peut-être, mais Kay n'en avait rien à faire. Il ne faisait que ce que son ami lui avait demandé. Zach le remercierait plus tard pour ça. Il avait bien besoin d'une poigne de fer pour se remettre dans le droit chemin.

Zach était comme un étalon sauvage qu'il fallait dompter. Kay en avait vu de toutes les sortes depuis qu'il tenait le ranch et s'adonnait à l'élevage de chevaux en plus de son bétail, mais rien n'était comparable à Zach Winthrop. Il ne s'attendait pas à avoir la tâche facile avec lui. Pourtant, il était convaincu qu'il réussirait à en faire quelque chose d'ici la fin de l'été.

Kay termina de manger en silence et desservit la table, nettoyant la nappe et démarrant le lave-vaisselle. Il remit son chapeau sur sa tête et sortit dehors, où le temps était devenu un peu plus frais pour aller faire un dernier tour du ranch. Il fit rentrer ses vaches à l'intérieur en faisant sonner la cloche qui les appelait, puis alla vérifier les écuries. Il déposa du foin dans les boxes qui en avaient été vidés durant la journée et s'assura du bien-être de chacune des bêtes, en particulier de sa jument azalée qui devait bientôt accoucher du meilleur étalon qu'il possédait. Il nourrissait de grands espoirs pour le poulain à naître.

Quand il revint à la maison, quatre heures s'étaient écoulées. Kay ne manquait jamais de s'étonner sur combien le temps semblait passer vite à son âge. Il monta l'escalier qui conduisait au couloir où se trouvait les chambres et entrebâilla la porte de celle de Zach, s'attendant à trouver le jeune adolescent en train de braver les règles, peut-être même en train de faire le mur et de s'enfuir durant la nuit.

À sa grande surprise, Zach dormait déjà, allongé en sous-vêtement sur le lit. Kay dut retenir un sifflement admiratif. Zach avait un corps encore plus sexy et désirable qu'il l'avait d'abord pensé en le voyant arriver plus tôt dans la journée. Couché sur le ventre, son cul rebondi semblait être un appel à la tentation. Kay le mata encore quelques secondes avant de se reprendre. Bien sûr, regarder ne faisait de mal à personne tant qu'il n'était pas pris, mais il devait s'interdire toutes pensées sexuelles incluant le fils de son meilleur ami de vingt-quatre ans son cadet ! Il n'était pas un vieux pervers ! Pourtant, il était incapable de s'empêcher de songer que Zach aurait besoin d'une bonne fessée…

À regret, il s'éloigna et referma la porte. Il se dirigea vers sa propre chambre et s'y déshabilla, laissant son *Stetson* sur une chaise appuyée contre le mur près de sa table de chevet. Il se coucha dans son lit et se glissa sous les couvertures.

Demain commencerait véritablement le « domptage » de Zach.

***

Le métabolisme de Kay le réveilla à la même heure que d'habitude, alors que la grosse aiguille de l'horloge était posée sur le quatre. À force de se lever alors que le soleil n'était même pas encore debout, il avait fini par s'habituer à ce style de vie et n'était même plus fatigué le matin venu.

Il s'étira et écarta les rideaux devant sa fenêtre. Dehors, il faisait toujours sombre. Il ouvrit son armoire et enfila un nouveau sous-vêtement, une paire de jean avec leur ceinture en cuir, puis il reprit son chapeau qu'il avait posé sur la chaise hier soir.

Il allait être gentil et laisser Zach dormir jusqu'à quatre heures et demie pour sa première véritable journée sur le ranch, mais s'il n'était toujours pas réveillé à ce moment-là, il irait se faire un plaisir de le jeter en bas de son lit !

Il descendit jusqu'à la cuisine et commença à préparer le petit déjeuner. Œufs, bacon, tranches de jambon rôtie et patates : ils allaient avoir besoin de force pour la journée.

Le repas était presque fini et Zach n'était toujours pas descendu. Kay grogna, puis éteignit le rond du poêle. Il monta lourdement les escaliers et ouvrit la porte de la chambre du gamin.

— Debout ! ordonna-t-il de sa voix forte.

Zach émit un gémissement dans son sommeil, mais ne sembla pas se réveiller pour autant. Kay entra dans sa chambre et tira d'un coup sec les couvertures sous lesquelles Zach s'était enfoui durant la nuit. Le plus jeune roula et tomba lourdement sur le sol, se réveillant aussitôt en poussant un cri. Ouvrant brusquement les yeux, il se rendit compte qu'il était en sous-vêtement aux pieds de Kay. Il se releva aussitôt en se frottant le dos.

— Non, mais t'es malade ? s'exclama-t-il en fusillant le cowboy du regard.

Comme à son habitude, Kay demeura froid et inébranlable face à ses propos. En vérité, il devait se faire violence pour s'empêcher de reluquer le corps quasiment nu et parfait de Zach.

— Je t'avais dit d'être debout à quatre heures, il est quatre heures et demie.

Zach jeta un coup d'œil au cadran numérique posé sur sa table de chevet et gémit en voyant le quatre s'afficher.

— C'est beaucoup trop tôt ! protesta-t-il.

Kay croisa les bras avec force sur son torse nu.

— Ce n'est pas trop tôt pour les vaches, alors ce n'est pas trop tôt pour nous. Tu as faim ? Eh bien, le bétail aussi. Allez habille-toi et viens manger.

Il quitta rapidement la chambre de Zach, se sentant incapable de rester plus longtemps insensible à la présence du jeune Apollon de dix-huit ans.

Quelques minutes plus tard, les cheveux ébouriffés, Zach le rejoignit dans la cuisine, habillé d'un jean si moulant qu'il lui faisait comme une deuxième peau et d'une camisole blanche.

Kay se força à détourner le regard.

— Ton assiette est déjà sur la table. Mange.

Zach lui obéit comme un bon petit soldat et s'attabla. Kay l'imita quelques minutes plus tard. Ils mangèrent une bonne partie du déjeuner en silence jusqu'à ce que le cowboy énonce l'horaire de la journée :

— Nous allons commencer par faire le tour du ranch pour vérifier l'état des clôtures. Nous trouverons sûrement une partie qui aura besoin d'être repeinte ou réparée et c'est ce que nous ferons du restant de la journée.

Zach n'avait pas l'air enchanté du planning, mais il demeura silencieux et vida son assiette avant d'aller la ranger de lui-même dans le lave-vaisselle. Kay le regarda faire en se disant que le gamin commençait déjà à comprendre quelque chose.

Quand le fils de Chester revint à la table, il semblait un peu perdu, comme s'il ne savait pas quoi faire.

— Reste ici, j'ai un cadeau pour toi, lui dit Kay.

Zach sembla presque soulagé d'avoir un ordre auquel obéir, quelque chose à faire. Kay remonta dans sa chambre et fouilla sous son lit pour prendre la boîte en carton et le sac qu'il y avait déposé. Quand il revint dans la cuisine, Zach n'avait pas bougé. Il lui posa le carton dans les mains.

— Qu'est-ce que c'est ? demanda le jeune homme, presque méfiant.

— Ouvre et tu verras, se contenta de lui répliquer Kay.

Zach s'exécuta et demeura muet devant le présent.

— C'est...

— Un *Stetson*, compléta Kay. Nous allons travailler de longues heures sous un soleil de plomb, alors tu dois pouvoir te protéger la tête et les yeux si tu ne veux pas avoir de migraines.

Ça ne correspondait pas vraiment au style vestimentaire de Zach, mais le garçon trouvait quand même que le chapeau était joli. Kay lui remit le sac entre les mains et il l'ouvrit pour y découvrir des bottes de cowboy en cuir qui ressemblaient à celles que possédait Kay.

— Tu vas aussi passer de longues heures à marcher ou monter, alors tu as besoin de bonnes bottes. J'ai demandé ta pointure à ton père, alors ça devrait être bon.

Zach hocha lentement la tête et sortit les bottes de leur sac pour les soupeser dans sa main. Elles étaient lourdes, mais pas autant qu'il l'aurait cru. Il supposa que Kay devait avoir acheté de la qualité.

— Merci, finit-il par souffler du bout des lèvres.

Kay se contenta de hocher la tête comme toute réponse. Il enfila lui-même botte et chapeau et sortit sous le soleil éclatant qui commençait à pointer le bout de son nez.

— Ce sera une belle journée, prédit-il.

Descendant les marches du perron, il s'arrêta au bas de celles-ci, car il y avait un truc qu'il avait oublié de demander à Zach.

— Dis, tu sais monter à cheval ?

— Tu crois qu'il y a des chevaux à Los Angeles ? Je savais monter petit, mais je ne montais que des poneys, puis je suis parti avec maman et je ne suis plus jamais monté en selle.

Kay soupira et se pinça l'arête du nez. Il n'avait pas de temps à perdre à apprendre à Zach à monter, alors qu'ils avaient une lourde charge de travail pour la journée. Zach saurait sûrement se souvenir des mouvements d'équitation de bases, mais il ne voulait pas prendre le risque qu'il perde le contrôle de son étalon au beau milieu de l'après-midi.

— D'accord, alors viens, tu vas monter avec moi.

— Pourquoi est-ce que je n'ai pas mon propre cheval ?

Kay lui jeta un regard froid.

— Parce que tu viens tout juste de me dire que tu n'avais plus monté depuis tes sept ans. Je ne veux pas infliger la présence d'un cavalier inexpérimenté à mes futurs chevaux de course. Et je ne voudrais pas que tu te fasses mal.

Zach grimaça. Il savait que, pour Kay, il devait être un bébé, mais... tout de même ! Il avait dix-huit ans et allait entrer à l'université dans deux mois et, malgré ce, il avait l'impression d'être traité comme un gamin.

Le plus jeune ne réalisa même pas que Kay avait disparu jusqu'à ce que l'homme revienne en tirant les rênes d'un splendide cheval à la robe brune. C'était le même qu'il l'avait vu monter à cru hier, par la fenêtre de sa chambre. Cette fois, la monture avait été affublée d'une large selle. Kay s'arrêta devant lui.

— Tu sais comment grimper dessus, au moins ? Glisse ton pied dans l'étrier et donne-toi un bon élan. S'il est trop haut pour toi, je te donnerai un coup de main.

Zach grimaça et, sûr de lui, appuya le bout de sa nouvelle botte dans l'étrier. S'agrippant au cou de l'animal, il se donna une poussée, mais son visage se déconfit quand il réalisa qu'il glissait et qu'il n'arrivait pas à passer son autre jambe par-dessus le cheval. Il se tapait déjà la honte – il pouvait presque sentir le sourire moqueur de Kay dans son dos – mais s'il tombait en bas, il avait l'impression que ce serait pire. Il ne pourrait plus regarder le cowboy en face après ça.

Soudainement, il sentit deux grosses mains se poser sur ses hanches et, la seconde d'après, il se retrouva assis à califourchon sur la bête.

— Que… ?

— Tu avais l'air d'avoir besoin d'aide, répondit simplement Kay.

L'homme se hissa ensuite sur le cheval aussi aisément que s'il s'était agi d'un petit tabouret et passa ses bras sous les aisselles de Zach pour reprendre les rênes, coinçant l'adolescent entre son torse virile et l'encolure de l'animal.

Kay retint un gémissement : le cul parfait de Zach était pressé contre son aine et, à chaque fois que le trot du cheval provoquait une secousse chez le blond, le cowboy avait l'impression que l'adolescent faisait exprès de se frotter contre lui. Pourvu que cette randonnée se termine rapidement, car il n'allait pas pouvoir tenir longtemps ! Finalement, il regrettait presque de ne pas avoir donné une monture individuelle à Zach, ça lui aurait épargné ce supplice. Depuis quand n'avait-il pas baisé ? Par manque de temps – les activités du ranch étant très prenantes –, cela devait faire une éternité… ! Si bien que le moindre stimulus était un véritable supplice !

— ¡ *Puta mierda* ! jura-t-il en espagnol sous le regard éberlué de Zach qui n'avait pas compris la situation.

Chapitre 4

Kay croyait peut-être qu'il était un gamin tout innocent, mais Zach était parfaitement conscient de l'entrejambe de l'homme mature qui se frottait contre son derrière à chaque sursaut de leur monture. Il pensait qu'il allait en devenir fou !

Par chance, ils firent deux arrêts avant de galoper jusqu'aux clôtures qui bordaient les centaines d'hectares de terre du ranch. Le premier arrêt, ce fut pour que Kay envoie les vaches brouter dans le champ et, la deuxième fois, ce fut pour qu'il jette un coup d'œil au mini poulailler qu'il avait installé l'été dernier pour sa subsistance personnelle en œufs.

— Nous avons des problèmes de coyotes, ces temps-ci. Ils s'attaquent aux vaches et mangent les poules. Je voulais simplement vérifier que toutes mes poulettes se portaient bien ce matin, expliqua Kay avant de remonter en selle derrière Zach qui n'avait pas bougé. D'où l'intérêt de vérifier l'état des clôtures aujourd'hui. Je dois généralement le faire régulièrement, mais c'est tout particulièrement vital en cette saison de l'année.

L'adolescent n'écoutait Kay que d'une oreille distraite. Il était curieux vis-à-vis du travail de rancher de l'homme, mais son intérêt s'arrêtait là. C'était si éloigné de sa réalité de Los Angeles…

Il garda donc le silence et laissa le cowboy les conduire à travers son ranch. Ils passèrent près d'un petit cours d'eau, un ruisseau somme tout assez large pour qu'ils ne puissent pas l'enjamber.

— Il y a beaucoup d'eau sur mes terres, commenta Kay, ce qui est plutôt rare au Nebraska, les ruisseaux proviennent de nappes phréatiques depuis le sommet des montagnes qui bordent la vallée.

Zach ressentait la fierté qu'avait Kay pour son ranch ; ça se voyait dans la manière qu'il expliquait et décrivait chaque chose, avec la passion qu'il mettait dans ses explications et le regard rempli d'amour qu'il posait sur ses acres de terres.

Il était vrai que Kay était fier, mais la vérité était qu'il parlait beaucoup surtout pour tenter de se concentrer sur autre chose que le frottement du jean de Zach contre son entrejambe. Habituellement, il n'était pas aussi bavard, après tout. Il était davantage connu pour être un homme taciturne par ses gars et le reste de son entourage.

Après ce qui avait semblé une éternité de trot et de galop dans les herbes jaunes, ils s'arrêtèrent près d'une portion de la clôture qui avait été jetée par terre, probablement à cause des intempéries fréquentes dans la région.

— On va descendre ici, annonça Kay en mettant pied à terre.

Zach hésita, pour sa part. Il ne savait plus trop comment s'y prendre pour retourner au sol sans se blesser et/ou se ridiculiser. Il fixa la terre battue en se mordant la lèvre.

— Tu vas y arriver tout seul ? lui demanda Kay en l'observant, bras croisés, partagé entre la moquerie et le sérieux.

Zach avait un ego et une fierté à tenir, mais il avait réellement peur de se blesser également. Ce n'était pas pour autant qu'il allait demander de l'aide à Kay ! Prudemment, il tenta de lever une jambe pour la passer par-dessus l'encolure de l'animal, s'accrochant fermement au pommeau de la selle de l'animal.

— As-tu besoin d'aide, *chico* ?

Zach secoua la tête.

— Je vais y arriver !

— Laisse-toi simplement glisser, lui conseilla le plus vieux.

L'adolescent se mordit la lèvre, puis fit ce que lui avait conseillé son nouveau mentor. Il ferma les yeux et lâcha le pommeau de la selle. Avec surprise, le bout de ses pieds toucha le sol et il réussit à descendre sans trop de dégâts. Il ne put empêcher un sourire de se dessiner sur ses lèvres. Néanmoins, en remarquant que Kay le regardait, il se sentit gêné et se dépêcha de l'effacer.

Le cowboy marcha jusqu'à la clôture abîmée et donna un coup de botte dessus pour vérifier ce qui restait de la solidité. Le bois craqua sous son pied ce qui provoqua un rictus sur son visage.

— Le bois est complètement pourri, annonça-t-il en grimaçant. Reste ici, je vais galoper rapidement jusqu'à l'établi pour aller chercher des outils et des planches de bois pour reconstruire.

Kay remonta en selle et s'éloigna avec sa monture sans même attendre la réponse du plus jeune.

Laissé seul, Zach soupira et s'assit par terre, s'adossant contre un bout de la clôture encore dressé. Il remonta ses genoux vers lui et, tandis qu'il attendait sous le soleil éclatant du matin qui avait finalement daigné pointer le bout de son nez, il ne pouvait s'empêcher de toucher les rebords de son nouveau chapeau.

***

Kay était soulagé d'avoir quelques minutes à lui tout seul, loin de la tentation sur pattes qu'était Zach. Il n'avait pu s'empêcher de noter combien le gamin était foutrement sexy avec les bottes et le chapeau qu'il lui avait offerts !

Il se mordit la lèvre et secoua la tête. Non ! Il ne devait pas penser à ce genre de choses, peu importe à quel point son invité était sexy et désirable et peu importe à quel point il mourrait d'envie de lui infliger une bonne correction sur son postérieur rond et parfait…

Oh, il était incapable de ne pas y penser ! Cela n'avait pris qu'une journée et demie pour que Zach le séduise. Sacré gamin, il devait être un vrai tombeur à Los Angeles. Kay pouvait déjà l'imaginer avec ses vêtements griffés et ses cheveux artistiquement décoiffés. Qui ne tomberait pas sous le charme de son air débraillé absolument à tomber ? Bon sang, il avait quarante-deux ans et il n'avait rien vu venir ! Il s'était laissé prendre comme un lycéen.

Se ressaisissant, il harnacha deux sacoches de cuir sur le cheval et les remplit avec divers outils. Il attacha ensuite à sa monture une vieille charrette en bois qui appartenait à sa famille depuis déjà quelques générations. Elle avait été modernisée et allégée, mais elle gardait tout de son charme d'antan. Il pourrait sans doute s'acheter de l'équipement plus neuf, mais il était incapable de s'en séparer. C'était son arrière-grand-père qui l'avait construite. Il y mit des planches de bois et remonta en selle.

Une quinzaine de minutes plus tard, il était de retour là où il avait, plus tôt, abandonné Zach. Il retrouva le garçon assoupit contre un montant toujours debout de la clôture.

Il descendit de sa monture et s'approcha du gamin qui dormait. Visiblement, les adolescents dormaient *beaucoup*. Kay ne se souvenait déjà plus très bien de sa propre adolescence, mais il savait qu'en vieillissant, il avait de moins en moins eu besoin de sommeil et pouvait se lever de plus en plus tôt.

— Hey, lève-toi, dit-il aussi doucement qu'il le put malgré sa voix naturellement grave.

Zach papillonna des yeux et finit par ouvrir les paupières avec lenteur.

— Hum… Quoi… ? fit-il avec l'air groggy.

— Je suis de retour et j'ai amené le matériel. Allez il faut se mettre à l'ouvrage, *chico*.

— Pas envie…, grogna une nouvelle fois Zach tout en se roulant en boule, recroquevillé pour se protéger du soleil et trouver une position confortable pour continuer de sommeiller.

Kay fronça les sourcils. En bougeant, Zach avait mis son joli petit derrière en plein dans son champ de mire, comme pour le narguer davantage. En plus, ses répliques étaient parfaitement insolentes. Kay sentait son sang chaud d'hispanique bouillonner dans ses veines.

— Ne me force pas à le répéter, gamin : debout !

Zach ne lui répondit que par un grognement étouffé tout en gigotant légèrement, faisant se mouvoir son délicieux petit derrière. Avec ça, Kay atteignit les limites de sa patience. Zach l'aguichait sans même s'en rendre compte ! Et il était temps qu'il en paie le prix. Puis, Kay était curieux de savoir comment le blond réagirait…

Le cowboy se pencha et abattit une main solide et ferme sur le postérieur du gamin.

— Debout, j'ai dit !

Chapitre 5

Clap ! Zach se réveilla d'un seul coup en sursaut lorsque la main de Kay claqua sur son postérieur. Il ouvrit de grands yeux ronds de surprise et regarda par-dessus son épaule, la bouche entrouverte en une expression choquée.

Comment… Kay avait-il osé ? Par réflexe, Zach apporta une main à ses fesses qui picotaient un peu malgré le fait que la claque ait été administrée par-dessus son jean ; le cowboy n'y avait pas été de main morte.

— Allez j'ai ramené le matériel, mettons-nous au travail, *chico*, lui dit simplement Kay en ignorant sa réaction.

Zach se releva tant bien que mal, dévisageant le cowboy, encore choqué. Kay ne sembla pas y accorder d'attention et commença à décharger les planches de bois par terre. Le plus jeune le regarda faire pendant un moment, ne pouvant s'empêcher de reluquer un tantinet ses muscles qui se contractaient sous l'effort, jusqu'à ce que son aîné l'incite à venir faire sa part :

— Vas-tu rester là à me regarder toute la journée ?

Zach hésita, secoua la tête, puis s'avança pour soulever une planche de bois qui s'avérait un peu plus lourde qu'il l'avait d'abord pensé. Tout en travaillant, il se sentait un peu gêné.

Il repensait à cette claque sur les fesses que l'hispanique lui avait donnée. Il ne savait pas pourquoi Kay avait fait ça, mais il ne pouvait nier que ça l'avait – un tout petit peu – excité. C'était sans doute mal. L'homme avait vingt-quatre ans de plus que lui, il ne l'intéressait sans doute pas : pour lui, il n'était qu'un gamin. Pourtant, personne ne l'avait jamais traité comme Kay le faisait. Avec autant de fermeté et de gentillesse à la fois.

Zach voyait en Kay un homme fort, travailleur, ferme, dominant et contrôlant, mais il percevait aussi sa générosité et sa bonté derrière ce mur de rigueur. Il savait qu'il était un homme bon qui lui avait acheté un chapeau et des bottes sans même le connaître et qui avait accepté de l'héberger tout un été en échange de rien du tout.

Zach aurait aimé acheter un petit truc à Kay pour le remercier. Pas pour l'été, mais pour le *Stetson* et les bottes. Mais il n'avait aucune idée de quoi acheter, aucune idée de ce qui ferait plaisir à Kay. Pour avoir un père lui-même rancher, il savait que le cowboy devait très bien gagner sa vie et être assez aisé financièrement parlant. Il n'avait probablement besoin de rien. Voilà qui rendait le choix de son potentiel cadeau difficile.

Le blond amena la dernière planche de bois sur le tas, puis souffla un peu, tandis que Kay décrochait les sacoches de cuir du cheval et les ramenait près de la clôture.

— On arrache les vieilles planches, dit-il en tendant un marteau à Zach, puis on cloute les nouvelles. Plus tard, on les peinturera.

Lui-même un marteau en main, Kay s'approcha de la clôture et prit son outil pour arracher les clous encore plantés dans le bois pourri. Zach le regarda faire un petit instant avant de le rejoindre et de se choisir une planche relativement éloignée de celle qu'avait pris pour cible le plus âgé.

De temps en temps, l'adolescent jetait des coups d'œil à son hôte, ne pouvant s'empêcher de regarder son superbe torse qui paraissait découpé au couteau et qui, progressivement, se recouvrait de sueur, brillant sous le soleil de plomb.

À un moment, Kay sortit des sandwiches d'un des sacs et ils mangèrent leur déjeuner, assis sur des bottes de foin non-loin.

Ils ne parlèrent pas et travaillèrent chacun de leur côté du reste de la journée. Kay lui montra de quelle manière clouer une planche et, moins de deux heures plus tard, ils eurent terminé de refaire la clôture. Ils mirent les vieilles planches pourries dans la charrette et rattachèrent les sacoches de cuir sur le dos du cheval.

Zach frissonna en pensant à ce qui l'attendait : dans quelques instants, il allait devoir remonter en selle avec Kay pour une nouvelle randonnée de pure torture. Le blond prit une grande inspiration et appuya son pied dans l'étrier. Cette fois, il allait arriver à grimper tout seul sur le cheval ! Il se donna un grand élan, usant de toutes ses forces, et parvint à passer sa jambe par-dessus l'encolure de la bête. Fier, un sourire se dessina sur ses lèvres, vite dissipé lorsque qu'il sentit un poids se glisser derrière lui et des cuisses se presser contre les siennes.

Le chemin du retour fut aussi horrible qu'il l'avait prédit. L'aine de Kay se frottait contre ses fesses par intermittences, manquant de le rendre complètement fou avant qu'ils ne soient de retour à la maison.

Le trajet fut tout aussi insoutenable pour le quadragénaire qui garda, dans le dos de Zach, la mâchoire crispée jusqu'à ce que la façade nord de la maison soit en vue.

Quand ils arrivèrent enfin, Kay se montra étrangement souple et généreux avec Zach :

— Tu as bien travaillé, *chico*, je te donne un peu de temps libre pour faire ce qui te plaira jusqu'au souper.

Suite à ça, Kay disparut et s'enferma dans la salle de bains avec un peu trop d'empressement pour Zach qui en resta coi. Néanmoins, il n'allait pas se plaindre de ce rare temps libre accordé.

***

Si Kay était allé s'enfermer dans la salle de bains aussi rapidement, c'était qu'il avait peur de ne plus réussir à cacher longtemps la bosse qui déformait son pantalon. Cette dernière petite séance d'équitation avec Zach avait eu raison de lui ! Adossé contre la porte de la salle de bains, soufflant un peu, l'homme hésitait entre prendre une bonne douche froide pour refroidir un peu son excitation et ses fantasmes ou prendre une douche chaude et se masturber furieusement sous l'eau.

En vérité, la claque qu'il avait donnée sur les fesses de Zach l'avait davantage excité qu'il ne l'avait prévu et il n'avait pas été capable de se sortir cette scène, cette image de Zack qui le regardait avec ses grands yeux, lèvres entrouvertes, de la tête de tout le reste de la journée. Leur escapade à dos de cheval n'en avait été qu'un douloureux rappel. Le blond était tout simplement trop désirable pour son propre bien.

Il se trouvait tellement con. Un jeune adolescent de dix-huit ans comme Zach ne s'intéresserait jamais au vieux croûton de quarante-deux ans qu'il était et, de surcroît, jamais il ne pourrait faire ça à Chester ! Il n'était pas question qu'il nourrisse de quelconques sentiments sexuels à l'égard du fils d'un de ses meilleurs amis ! Ce serait malsain.

Il opta finalement pour la douche froide, résolu. Habituellement, avec l'âge, il prenait toujours ses douches chaudes ou tièdes. *Putain*, il n'avait même pas le courage de se glisser sous le jet d'eau glacée.

Il devait se rendre à l'évidence, il n'avait plus vingt ans et il était devenu trop vieux pour prendre une douche aussi glaciale. Soupirant, il tourna le robinet de l'eau chaude, faisant progressivement monter la température.

Tant pis, il prendrait une douche chaude.

***

Après avoir envoyé quelques messages à des amis de Los Angeles, Zach tourna en rond dans sa chambre comme un lion en cage. Il n'arrêtait pas de repenser à la claque que lui avait donnée Kay. Il ne cessait de se repasser le film en boucle dans sa tête.

Cet épisode l'avait indéniablement plus excité qu'il ne le pensait. Fatigué de se poser tout un tas de question, il baissa son jean et, de toutes ses forces, se claqua le postérieur. Il eut instantanément une grimace. Il n'avait réussi qu'à se faire mal. Les picotements étaient là, mais il n'y avait pas le frisson que lui avait procuré la claque de Kay. Ce n'était pas pareil. Comment pouvait-il être excité par *ce* genre de chose ? Zach se trouvait malsain.

Il abaissa son boxer et il eut probablement l'air ridicule, mais il essaya de voir ses fesses pour vérifier que son cul n'était pas trop rouge, comme pour s'assurer que personne ne remarquerait qu'il s'était lui-même frappé comme un idiot. Il fut soulagé de ne retrouver qu'une légère rougeur qui ne tarderait pas à s'estomper d'un instant à l'autre.

Alors qu'il avait le pantalon et le sous-vêtement aux genoux, on cogna à la porte de sa chambre. Zach paniqua et se rhabilla aussi vite qu'il le put, sautillant sur place.

— Ça va là-dedans, *chico* ? s'enquit Kay de l'autre côté de la porte en fronçant les sourcils.

Zach réussit à refermer la fermeture éclair de son jean et il se félicita.

— Je… ouais, ça va !

— Ok, alors j'en ai terminé avec la salle de bains, tu peux aller prendre une douche si tu veux, je vais aller préparer le souper et je t'appellerai quand ce sera terminé.

Zach ouvrit la porte de sa chambre et demeura bouche-bée en tombant nez-à-nez avec Kay qui ne portait rien d'autre qu'une serviette blanche nouée lâchement sur ses hanches. Sa peau et ses cheveux étaient encore mouillés par endroit et de la vapeur chaude semblait encore s'échapper de lui. Il était incroyablement sexy aux yeux de Zach. Le blondinet déglutit lentement et secoua vigoureusement la tête.

— Ouais, ok, j'y vais tout de suite !

Ce fut à son tour de s'enfermer dans la salle de bains, soulagé de ne plus être en présence de Kay, loin de se douter de ce qui s'était passé quelques minutes plus tôt dans cette même pièce…

Chapitre 6

En sortant de la douche, Zach n'était pas plus habillé que Kay l'avait été quand il était venu cogner à sa porte ; une serviette nouée autour de ses fines hanches. Cependant, contrairement au cowboy, il fila tout de suite s'habiller, parcourant rapidement les quelques mètres qui le séparaient de sa chambre.

Il enfila un sous-vêtement propre, un T-shirt blanc et un jean. Il se mordit la lèvre en se disant qu'il devrait sûrement penser à demander à Kay d'aller faire les boutiques, car il n'avait amené avec lui que quatre jeans, une camisole, deux T-shirt et ses souliers. Mais s'il devait se salir et se changer plusieurs fois par jour tout l'été, il allait finir par manquer de vêtements. Il en ferait part à Kay un peu plus tard, décida-t-il.

Lorsqu'il redescendit en bas, une délicieuse odeur de tomate flottait dans l'air. En suivant la douce senteur épicée, il atterrit dans la cuisine où Kay terminait de préparer ce qui ressemblait à des spaghetti. Zach se pourlécha les lèvres.

— Hey, *chico*, approche.

Nerveux, le plus jeune s'avança. Au moins, Kay s'était rhabillé, même si sa chemise à carreaux était déboutonnée sur son torse. Il était plus supportable pour Zach – et son entrejambe – de le regarder ainsi. À son approche, le cowboy lui jeta à peine un regard, mais il trempa une petite louche dans le chaudron contenant la sauce aux tomates.

— Goûte à ça, lui dit-il en lui mettant la louche juste sous les lèvres. Trop épicé ?

Zach goûta. C'était vrai que c'était épicé, mais il ne s'attendait à pas moins d'un cowboy hispanique, c'était dans sa culture : Kay devait être le genre de mec à pouvoir manger des *jalapeños* crus et à aimer ça.

— C'est bon, répondit-il en s'essuyant la bouche du revers de la main.

— Tant mieux. À partir de demain, c'est toi qui cuisineras. Je vais te donner quelques recettes et tu n'auras qu'à les suivre. Je m'attends à ce que, d'ici la fin de l'été, tu sois capable de préparer des spaghetti aussi bons que ça.

Zach gémit

— Mais pourquoi ? Je ne sais pas cuisiner !

— C'est justement pour ça, tu dois apprendre, ça fait partie de la formation. Et moi, je suis un vieil homme qui appréciera de pouvoir dormir quelques minutes de plus le matin en sachant que tu prépareras le petit déjeuner.

L'adolescent fronça les sourcils. Il savait qu'il n'échapperait pas à cette nouvelle corvée peu importe ce qu'il pourrait dire.

— Tu n'es pas vieux ! protesta-t-il tout de même.

Du moins, pas *assez* vieux pour ne plus être capable de faire la cuisine…

— J'ai vingt-quatre ans de plus que toi, *chico*.

Kay secoua la tête et rajouta :

— Allez va t'asseoir à table, je vais te servir pour la dernière fois de l'été.

Zach bouda, mais alla tout de même s'attabler. Kay amena leurs assiettes et ils dévorèrent le repas en moins de deux. Le travail de la journée leur avait creusé l'appétit. Assez pour qu'ils prennent chacun une deuxième ration de nourriture avant d'être entièrement rassasiés.

Le blond amena son assiette au lave-vaisselle, puis revint vers Kay, attendant un quelconque ordre de sa part. Il avait l'impression de ne pas pouvoir disposer de son temps tant que le cowboy ne lui avait pas dit qu'il le pouvait. Il ne comprenait pas d'où lui venait cette sensation, car à Los Angeles, il avait pour habitude de faire toujours tout ce qui lui plaisait quand il le voulait.

Kay desservit la table, puis remarquant son malaise, il le regarda :

— Allez il n'y a plus rien à faire, alors profite de ta soirée.

Le truc, c'est que même si Kay lui laissait du temps libre, Zach n'avait rien à faire. Il était paumé au beau milieu d'un ranch du Nebraska, alors qu'il avait l'habitude de l'agitation de la grande ville.

— Et toi, qu'est-ce que tu vas faire de la soirée ? osa-t-il demander à son aîné.

Kay haussa les épaules.

— Un dernier tour des écuries, car il y a une jument qui est sur le point de mettre bas et je dois surveiller son état. Après, je vais revenir et probablement me mater un film.

Zach s'étonna :

— Tu as la télévision ?

Kay lui offrit un sourire moqueur et Zach ne put s'empêcher de remarquer les petites ridules qui se formaient au coin de ses yeux quand il riait ; ça le rendait encore plus incroyablement sexy, si c'était possible.

— Ce n'est pas parce que je vis sur un ranch que j'ai une technologie datant de l'antiquité. J'ai la télévision, la radio et le téléphone, *chico*.

— Et le câble ? demanda Zach avec espoir.

Kay secoua la tête.

— Je n'écoute pas assez souvent la télévision pour me payer un de ces trucs. Déjà que certains canaux ont de la difficulté à être captés jusqu'ici… Non, la plupart du temps, je me sers de mon écran pour regarder des films en DVD.

Zach afficha une mine déçue. Il avait l'impression que Kay ne devait posséder que de vieux films en noir et blanc... Aussi vieux que lui. Il avait cru trouver une source de divertissement sur ce ranch désert, mais ses espoirs venaient de partir en fumée. Il n'irait pas loin entre les chaînes d'information et l'édition collector d'*Autant l'emporte le vent*...

Kay l'ignora et ramassa son *Stetson* qu'il posa sur sa tête.

— Je vais voir les écuries et je reviens. Si tu veux, je te laisserai regarder le film avec moi après.

— Ouais, pourquoi pas..., murmura Zach.

Ce serait toujours mieux que de passer la soirée tout seul dans sa chambre à vider les derniers sursauts de la batterie de son cellulaire. Puis, si le film était aussi ennuyeux qu'il le prévoyait, il pourrait toujours mater la mâchoire parfaite de Kay.

Le cowboy claqua la porte de la maison et disparut. Zach se rendit dans le salon et vit que, effectivement, une jolie télévision écran plat trônait sur un meuble à la hauteur des yeux. Il ouvrit les portes dudit meuble et tomba sur une véritable collection de cinéphile. Il n'y avait pas beaucoup d'activités à faire sur son ranch, alors Kay devait regarder *beaucoup, beaucoup, beaucoup* de films. Au lieu de tomber sur des classiques du noir et blanc, il tomba sur le coffret des *Star Wars* et celui des *Star trek*. Kay semblait être un véritable amateur de science-fiction.

Cela surprit agréablement Zach. Au final, sa soirée n'allait peut-être pas être aussi ennuyeuse qu'il le prévoyait.

***

Il était aux alentours de sept heures lorsque Kay revint à la maison. Il se déshabilla, enfila un pantalon de jogging gris et alla choir sur le canapé.

— Zach, appela-t-il, veux-tu toujours écouter ce film ?

C'était l'une des premières fois que Kay l'appelait par son prénom. Sa voix profonde et grave à l'accent hispanique rauque lui donna des frissons jusqu'aux orteils. Le plus jeune dévala les escaliers depuis sa chambre pour venir le rejoindre.

— Ouais.

— Alors, ouvre l'armoire sous la télévision et choisis ce que tu veux voir, ça ne me dérange pas.

Le blond n'allait pas avouer qu'il avait fouillé ladite armoire toute à l'heure et qu'il savait déjà exactement quel film il voulait voir. Il mit un DVD de *Star wars* dans le lecteur et vint s'asseoir à l'autre bout du canapé, aussi loin possible de Kay.

— Je ne savais pas que tu étais un fan de *Star wars*, commenta Zach, tandis que les bandes annonces commençaient à défiler sur l'écran. J'aime ça, moi aussi. Et avant que tu ne dises quoique ce soit, je tiens à te préciser qu'on dit *Darth Vader* et pas *Dark Vador*, et je défie quiconque de dire le contraire !

Kay cacha du mieux qu'il le put le sourire qui menaçait d'apparaître sur ses lèvres. Il n'eut pas le loisir de répondre à Zach que le film commençait déjà. Le gamin avait choisi un des films les plus récents avec *Rey* en personnage principal. Ce n'était pas ce que préférait Kay, il aimait les vieilles versions originales, mais il devait s'adapter à la jeunesse. De toute façon, revoir les vieux acteurs qui avaient bercés son enfance dans les rôles de *Luke* ou de *Leïa* faisait toujours plaisir, même s'il avait été horrifié par la mort de *Han Solo* la première fois qu'il avait visionné le nouvel opus.

Plus le film avançait, plus Zach s'était inconsciemment rapproché de Kay. Il ne le remarquait que maintenant que leur cuisse se frôlaient quasiment. Il eut soudainement la gorge sèche et de drôles de palpitations dans la poitrine. Il n'arrivait même plus à suivre l'action du film correctement. Par chance, il avait déjà vu ce film des centaines de fois.

Les yeux rivés sur l'écran, Kay ne semblait pas notifier leur soudaine proximité. Énervé d'être le seul – le pensait-il – à être victime de pareilles sensations, il se leva d'un coup et, sous le regard surpris du cowboy, prétendit devoir aller aux toilettes.

— Tu veux que je mette le film sur pause ? proposa Kay.

— C'est pas nécessaire, je pourrais répéter toutes les répliques par cœur, lança Zach en gravissant les marches deux par deux pour accéder à la salle de bains où il s'enferma.

Il se posta devant le miroir et fit couler l'eau du lavabo pour s'asperger le visage avec. Il devait reprendre ses esprits immédiatement ! Il était de retour au lycée ou quoi ? Ils ne faisaient qu'écouter un film, bon sang et il réagissait comme si Kay venait de lui faire un strip-tease – pas qu'il soit contre l'idée – : il devait se reprendre en mains !

***

Kay fut en quelques sortes soulagé de voir Zach s'éclipser. Il faisait semblant d'être fasciné par un film qu'il avait déjà vu et revu, alors qu'il était cent fois plus conscient de la cuisse du blond qui n'était qu'à quelques millimètres de la sienne.

Il ignorait comment il faisait pour garder autant de constance et de sang-froid dans un moment pareil. Ce devait être l'âge. S'il avait été plus jeune, s'il avait eu l'âge de Zach – ce qui aurait rendu les choses bien moins compliquées qu'elles ne l'étaient –, il se serait jeté sur le blondinet sans même réfléchir aux conséquences de ses actions et, à l'heure qu'il était, ils seraient déjà en train de baiser rudement sur le canapé.

Seulement, il n'avait pas l'âge de Zach, il était son aîné de vingt-quatre années et il avait un cerveau et une conscience dans la tête. Il ne pouvait plus se permettre d'agir aussi impulsivement que lorsqu'il avait vingt ans. Il devait réfléchir avant.

Prenant de grandes inspirations et tentant de se concentrer sur les dialogues des personnages à l'écran, il remarqua à peine le retour de Zach qui se rassit complètement au bout du sofa, loin de lui. Kay en ressentit comme un petit pincement au cœur, mais c'était réellement minime.

Le film se termina et il bâilla, une main devant la bouche. Demain, il devait se réveiller à quatre heures comme tous les matins – et peut-être une dizaine de minutes plus tard puisque Zach ferait normalement le déjeuner –, alors il était temps qu'il aille se coucher.

— Allez il est bientôt neuf heures, c'est l'heure du couvre-feu, *chico*, dit-il en se levant tout en étirant ses muscles ankylosés.

— Avant, je devais te parler d'un truc.

Kay haussa un sourcil.

— Quoi ?

— Si je vais devoir me changer souvent et me salir, je vais avoir besoin de plus de vêtements, alors je me demandais si c'était possible de me laisser un après-midi pour que j'aille faire les boutiques.

— Je vais y réfléchir.

Zach sentit l'espoir renaître. Un après-midi loin de ce ranch, dans un centre-ville digne de ce nom était tout ce qui lui manquait à des fins de divertissement. En plus, il pourrait profiter de ce temps de shopping pour acheter le présent qu'il voulait offrir à son hôte, pour le remercier des bottes et du chapeau : une idée de cadeau s'était précisée dans sa tête depuis qu'il y avait pensé. Mais pour que Kay accepte qu'il s'y rende, il devait être gentil et exemplaire avec lui. Il hocha donc la tête.

— D'accord, merci. Bonne nuit.

— Bonne nuit, *chico*.

Zach remonta dans sa chambre pour s'y coucher.

Kay le regarda partir en souriant, ne pouvant pas s'empêcher de lui reluquer le cul au passage. Zach était jeune et exubérant, mais après tout, c'était peut-être exactement ce que lui et son vieux ranch avaient besoin dans leur vie.

Chapitre 7

Voulant absolument obtenir la permission de sortir faire les boutiques, Zach décida de tout faire pour ne pas contrarier Kay et lui faire plaisir. Dans cette optique, il mit son réveil pour se réveiller tôt. À quatre heures, comme le lui avait ordonné Kay. Il s'habilla, se brossa les dents et descendit à la cuisine.

Il essaya de se souvenir de ce qu'avait préparé le cowboy pour déjeuner la veille. Pensif, il ouvrit le réfrigérateur et chercha ce qu'il pourrait faire pour satisfaire Kay, tout en sachant qu'il ne savait pas cuisiner. Ses yeux tombèrent sur une douzaine d'œufs qui devaient provenir des quelques poules pondeuses que maintenaient le rancher dans un petit poulailler au fond de la cour. Des œufs, Zach songea qu'il pouvait en faire cuir sans problème. Il trouva aussi un paquet de bacon à faire au micro-onde et des patates déjeuner à mettre au four. Tout ça ne paraissait pas très compliqué. Il y arriverait sûrement.

Il trouva une poêle, alluma un des ronds et parvint à faire cuir deux œufs sans échapper de morceaux de coquille. Il mit ensuite les patates au four et le bacon au micro-onde. Il sortit deux assiettes et les posa sur le comptoir. Il croyait assez bien s'en sortir, pour le moment.

Les œufs avaient un peu collés au fond de la poêle : ce devait être parce qu'il avait oublié de la huiler avant… Il lui restait deux œufs à faire cuir, mais il fit fondre du beurre avant de le faire, ne souhaitant pas que ça colle une deuxième fois. Il apprenait de ses erreurs.

Soudainement, il entendit des pas dans l'escalier, puis un souffle près de son oreille.

— Tu as fait le petit déjeuner ?

Une spatule dans une main, Zach sursauta en entendant la voix rauque de Kay de si bon matin, tout près de son oreille. Il tourna la tête pour tomber véritablement nez-à-nez avec le cowboy qui était *beaucoup trop* près.

— Je… oui. Ce ne sera peut-être pas aussi bon que toi, mais je pense que je me suis pas mal débrouillé.

Il sentait comme un drôle de frétillement dans son estomac.

— Je suis étonné. J'aurais pensé que j'aurais été forcé de te réveiller ce matin.

Zach déglutit et détourna la tête. Il pouvait néanmoins toujours sentir la respiration du cowboy sur la fine peau de son cou, le déconcentrant. Il manqua même de brûler les derniers œufs, mais il reprit constance juste à temps pour les soulever avec sa spatule et les laisser tomber dans chacune des assiettes.

Il s'éloigna volontairement de Kay pour prendre le bacon dans le micro-onde, puis les patates dans le four. Il fit un café pour le cowboy et un verre de jus d'orange pour lui. Il termina les assiettes et son hôte alla s'asseoir à la table. C'était au tour de Zach de le servir. Il déposa devant lui son assiette fumante et sa tasse de café avec, dans un petit versoir, du lait et, à côté, une petite montagne de sucre pour qu'il puisse préparer sa boisson comme il le préférait.

Kay se saisit de sa fourchette et commença à manger. Zach s'assit lui-même devant son assiette et regarda le cowboy manger, incapable de détourner le regard. Sans exactement savoir pourquoi, il se sentait tout particulièrement nerveux. Est-ce que Kay allait aimer ? Et pourquoi s'en souciait-il autant, d'abord ?

— C'est très bon, le rassura Kay, ayant remarqué son angoisse et sa nervosité évidente.

Même si ce n'était que trois petits mots, Zach se sentit instantanément soulagé, comme si un lourd poids s'envolait de ses épaules. Il se mit à respirer normalement et la boule qu'il avait à l'estomac disparut. Il mangea et termina son assiette un peu avant Kay. Lorsque ce dernier finit, il lui jeta un regard qui le fit se sentir tout drôle :

— Quoi ? demanda-t-il un peu sèchement, intimidé par le regard scrutateur que posait le cowboy sur lui.

— Je me disais seulement que tu méritais une récompense. Aujourd'hui est le jour où les gars du ranch viennent travailler, alors ce n'est pas trop grave si je m'absente, mais il ne faudra pas trop que tu t'y habitues ! l'avertit-il. Met des vêtements propres, je t'amène faire les boutiques.

Un sourire plus lumineux que le soleil éclaira les traits du plus jeune.

— Chouette ! s'exclama-t-il. Merci !

Réfrénant l'envie qu'il avait de faire un câlin au cowboy pour le remercier, il courut dans sa chambre et mit ce qu'il avait apporté de plus propre : un T-shirt blanc avec un jean. Il prit aussi son sac à dos qui contenait son portefeuille. Quand il revint en bas, Kay avait – une fois n'était pas coutume – boutonné sa chemise à carreaux sur son torse.

— Prêt ? lui demanda le cowboy en mettant son chapeau sur sa tête.

Zach hocha la tête. Il mit ses souliers – laissant les bottes que Kay lui avait données de côté pour le moment – et attendit Kay qui ne tarda pas à le rejoindre.

— Allez viens, *chico*, on va prendre ma voiture.

La voiture de Kay était stationnée sur le devant de la maison, il s'agissait d'un grand pick-up *Jeep Wrangler*, fait sur mesure pour la vie d'un rancher au Nebraska. Le cowboy s'installa à gauche, sur le siège conducteur, et Zach prit place côté passager. Kay alluma la radio sur un poste country qui ne surprit pas vraiment le jeune adolescent, puis ils démarrèrent.

Plus les chansons country s'enchaînaient, plus Zach grimaçait. Ce n'était pas qu'il *détestait* la country, mais la musique pop qu'il écoutait jadis à Los Angeles lui manquait. Kay – qui marquait les notes en frappant le rebord de la fenêtre de ses doigts – finit par le remarquer.

— Qu'est-ce qu'il y a ? Tu n'aimes pas les *Florida Georgia Line* ?

Leur chanson *H.O.L.Y* était en train de faire vrombir les haut-parleurs de l'automobile.

— Ce n'est pas ça. Je crois que j'ai peut-être juste le mal du pays.

En vérité, il avait l'impression qu'à partir de maintenant, à chaque fois qu'il entendrait de la musique country, il serait incapable de ne pas penser à Kay et à son profil à la mâchoire ferme qui se dessinait en contraste avec les étendues de sable rougeâtre, chapeau sur la tête.

— Tu n'es même pas sorti des États-Unis.

Non, mais j'aurais dû..., pensa-t-il.

— Mais le Nebraska est différent de Los Angeles, dit-il à la place.

— Seulement plus paumé. Tu étais déjà dans le sable là-bas.

Le plus jeune soupira. Zach se cala dans son siège, laissant sa tête reposer sur son poing fermé.

— Est-ce qu'on arrive bientôt ?

— Le centre-ville est encore dans une quinzaine de minutes de route.

Zach en profita pour fermer les yeux un peu. Se réveiller à quatre heures l'avait épuisé. Lorsqu'ils arrivèrent, Kay dut même poser une grosse main sur son épaule pour le secouer un peu afin de le réveiller. Zach battit des cils et frissonna au toucher du cowboy.

— Nous sommes arrivés, lui dit Kay en retirant sa main.

Zach détacha sa ceinture de sécurité et descendit de la Jeep, suivi de Kay. Le cowboy avait trouvé un stationnement le long de la rue parsemée de boutiques. Ils étaient au centre-ville, là où les touristes venaient dormir et dépenser leur argent.

— Il y a pas mal de boutiques de vêtements par ici, commençons par la première.

Ils entrèrent dans un magasin et Zach manqua de s'étrangler en voyant les prix. Comme ils étaient dans un attrape-touriste, tous les prix étaient hyper chers pour faire un max de profits. Un simple T-shirt blanc avec écrit dessus « I ♥ Nebraska » se vendait dans les 50$. Ses économies d'étudiant ne lui permettaient tout simplement pas de tels écarts !

Remarquant son malaise, Kay passa près de lui et se pencha sur son épaule pour lui murmurer quelque chose à l'oreille :

— Ne t'en fais pas pour les prix, c'est moi qui paierai.

Tentant d'ignorer sa proximité soudaine avec le cowboy et son souffle chaud qui, pour la deuxième fois de la journée, chatouillait sa peau, Zach voulut protester :

— Hein, mais pourquoi ? Je suis capable de payer pour moi-même !

— Je sais, *chico*. Mais tu es mon invité et, comme tu travailleras sur mon ranch, c'est à moi de t'habiller et de te fournir le nécessaire dont tu auras besoin. Ne t'inquiète pas pour ça. C'est moi qui paierai et ce n'est pas négociable.

Zach se laissa convaincre par la voix rauque de Kay. De toute façon, quel adolescent au monde refuserait de se faire offrir des cadeaux ? Sous l'insistance de Kay, il finit par choisir trois nouveaux T-shirt, deux blancs et un noir, dont un représentait un magnifique panorama du *Grand Canyon*.

— As-tu apporté avec toi un costume propre ? lui demanda Kay en sortant de la première boutique.

Zach fronça les sourcils.

— Non, pourquoi ?

Ils étaient sur un ranch, nom de Dieu, pour quelle raison aurait-il amené un costume chic ?!

— Quelques fois par mois, je reçois les promoteurs qui achètent mon bœuf, d'autres fois, je reçois un conseiller boursier que je connais depuis le lycée qui m'aide à faire des placements judicieux avec mon argent et, de temps en temps, il y a des parties amicales de poker organisées chez-moi avec les gars du ranch. Pour toutes ces occasions, il vaut mieux être bien habillé, en particulier pour parler affaires.

— Ah…

Zach baissa la tête. Et lui qui avait cru que Kay ne faisait que s'occuper de ses vaches torse nu ! Il se sentait un peu stupide. Même si Chester, son père, avait lui-même un ranch pas très loin de celui de Kay, Zach avait oublié comment cela fonctionnait. Depuis qu'il était parti avec sa mère à Los Angeles, il n'avait plus remis les pieds dans un ranch.

— Hum. Il va falloir remédier à ce problème. Je connais un bon tailleur sur la rue, nous allons aller te faire faire un costume, viens.

Kay le conduisit dans une luxueuse boutique avec des cravates, des nœuds papillon et des étoffes sur les murs, ainsi que des costumes hors de prix posés sur des mannequins. Un homme qui devait avoir la cinquantaine avec des lunettes sur le nez et un ruban à mesurer au cou les accueillit.

— Kay ! Cela faisait un moment ! Viens-tu renouveler ta garde-robe de soirée ? Laisse-moi retrouver tes mesures et je te fais ça…, s'enthousiasma l'homme.

Zach l'étiqueta tout de suite comme gay rien qu'à le voir s'agiter dans tous les sens.

— Je ne viens pas pour moi, Tristan, l'arrêta Kay avec un petit sourire.

— Ah, non ? fit l'homme.

— Tristan, je te présente Zach. Il est le fils de Chester.

Le tailleur regarda l'adolescent jusqu'à le mettre mal à l'aise et un gigantesque sourire se dessina sur ses lèvres.

— Comme il lui ressemble !

— Il ressemble davantage à sa mère, le contredit Kay.

Il ne savait même pas pourquoi il avait précisé ce détail. Ce devait être parce qu'il se sentait mal à l'idée de trouver absolument désirable un gamin qui, pour certains, était le portrait craché de son père, qui était son meilleur ami.

— Ah, peut-être, mais cela fait longtemps que je n'ai plus vu la jolie Sophia dans le coin, comment va-t-elle ?

— Elle a été mutée au Canada, répondit Zach. Elle va bien.

— Zach passe l'été chez-moi et il a besoin d'un costume digne de ce nom. Tu peux faire ça pour moi, Tristan ? finit par demander Kay.

Le couturier détailla une nouvelle fois le blond du regard.

— Oui, bien sûr. Avec un physique comme le sien, ce ne sera pas très dur. Zach, monte sur le petit podium, juste là, je vais prendre tes mesures.

Kay s'adossa au comptoir du magasin et surveilla l'action. L'adolescent posa ses sacs et fit ce qui lui était ordonné. Zach ne semblait pas très à l'aise, mais Tristan avait bientôt terminé, de toute façon.

— Je pense qu'un bleu marine ira bien avec ses yeux, commenta Kay d'un ton qui se voulut nonchalant, malgré ses propos qui démontraient qu'il avait remarqué la couleur ciel des prunelles de Zach.

— Je pense aussi, confirma Tristan en terminant de prendre les dernières mesures. Tu peux descendre, Zach.

L'adolescent ne se fit pas prier. Kay lui jeta un coup d'œil.

— Je dois discuter avec Tristan à propos de ton costume et de quelques affaires pour une future partie de poker, alors je vais te donner un peu d'argent pour que tu ailles faire d'autres magasins. Je viendrai te rejoindre quand j'aurai terminé.

Kay sortit son portefeuille de sa poche et tendit quelques billets à Zach qui les prit.

— Qu'est-ce que je dois acheter ?

— N'importe quoi qui te plaira. Tu pourrais peut-être regarder pour une paire de lunettes de soleil, tu en auras besoin s'il y a une journée où tu ne veux pas porter ton chapeau.

Le *Stetson* ne correspondait pas suffisamment à son style pour qu'il le porte même en ville comme Kay, mais pour ce qui était du ranch, Zach refusait de s'en séparer. Néanmoins, il se retint de le dire au cowboy. Il reprit son sac à dos et sortit.

— Ok. Alors, on se voit tout à l'heure.

Plus tôt, tandis qu'ils marchaient, il avait aperçu une boutique qu'il voulait absolument visiter, car il avait la sensation qu'il y trouverait le cadeau parfait à offrir à Kay. Il s'agissait d'une boutique de *retro gaming*. Il en ressortit avec son cadeau payé avec son propre argent qu'il cacha dans son sac à dos.

Pour ne pas avoir l'air de n'avoir rien acheté, il se rendit ensuite dans un autre magasin et se dénicha une paire de lunettes de soleil qui lui allait comme un gant.

Kay le retrouva quelques minutes plus tard.

— Tristan avait un complet de ta grandeur et de la bonne couleur en inventaire, alors il fera les ajustements nécessaires et nous passerons le récupérer ce soir. Je vais t'amener souper au restaurant.

— D'accord, merci.

— Alors, qu'as-tu acheté ?

Zach redonna l'argent qui restait à Kay et lui montra son achat.

— Une paires de lunette de soleil, comme tu me l'as suggéré.

Il les mit sur son nez.

— Elles te vont bien, le complimenta le cowboy.

Zach se sentit rougir.

— Merci. Je t'ai aussi acheté un cadeau, avoua-t-il.

Kay parut sincèrement surpris.

— Ah, oui ?

— Oui, mais tu ne l'auras que ce soir !

**

Ils continuèrent encore un peu à parcourir les boutiques, puis repassèrent à l'auto pour déposer leurs nombreux sacs sur la banquette arrière. Kay décida ensuite de l'amener souper dans un restaurant typiquement mexicain. Ils prirent une table en tête-à-tête et Zach constata que Kay s'adressait aux serveurs uniquement en espagnol. Il trouva ça incroyablement sexy. Peut-être encore plus que d'imaginer le cowboy dans un costume veston-cravate comme il l'avait fait toute la journée depuis qu'ils avaient quitté le tailleur.

Zach regarda encore son menu, indécis sur ce qu'il voulait prendre, jusqu'à ce qu'un serveur s'approche. Kay déposa son menu à plat sur la table en le voyant arrivé.

— *¿Usted ha hecho su opciones de comida, señor Leigh?*

Kay semblait être un habitué de la place. Les serveurs connaissaient son nom et il avait une table réservée au fond du restaurant, près de la fenêtre, là où l'éclairage était tamisé.

— Que vas-tu prendre, Zach ?

— Ah… Je ne sais pas… Toi, que prendras-tu ?

— Le poulet épicé.

— Un des plus grands éleveurs bovins de la région qui mange du poulet ?

— Je te l'ai dit : je ne mange pas le bœuf des autres.

— Ah, dans ce cas, je vais prendre la même chose que toi.

Kay se tourna vers le serveur.

— *El pollo picante, por favor.*

— *Te traigo esto ahora, señor.*

— *Gracias.*

Le serveur reprit les menus et disparut. Un silence s'installa entre Zach et Kay, mais le plus jeune décida de le briser en tendant son sac à dos au plus âgé.

— Tiens. Ouvre-le. Ton cadeau est à l'intérieur.

Intrigué, Kay commença à baisser la fermeture éclair du sac, curieux de découvrir ce que Zach avait bien pu trouver à lui acheter. Plus il commençait à distinguer la chose, plus un froncement de sourcils dubitatif se creusait sur son visage.

— Qu'est-ce que… ?

Il sortit une boîte d'emballage en plastique transparent du sac et la tint devant lui, à la hauteur de ses yeux.

— C'est une figurine en édition limitée de R2-D2 qui fait un *high-five* à C3-PO ! Comment la trouves-tu ?

Kay la tourna dans tous les sens durant un moment, demeurant silencieux. Moment durant lequel Zach eut peur que la figurine qu'il avait choisie ne plaise pas à Kay. Finalement, le cowboy sourit franchement et eut un petit éclat de rire rauque qui dissipa instantanément l'angoisse du blond.

— Elle est géniale, souffla le rancher. Je la poserai sur ma table de chevet lorsque nous reviendrons.

Zach lui retourna son sourire et reprit son sac à dos qu'il posa à ses pieds. Le serveur revint et déposa leurs assiettes devant eux.

— *Gracias*, le remercia Kay.

Ils commencèrent à manger et, alors que le cowboy semblait comme insensibilisé, le visage de Zach se colora de rouge : le poulet était réellement *trop* épicé !

— Ça va ? demanda le cowboy.

Zach, les larmes aux yeux, secoua vivement la tête. Ses doigts tremblants agrippèrent son verre d'eau qu'il vida d'un coup. Il avait l'impression d'avoir un incendie dans la bouche !

— Comment fais-tu pour manger ce truc ?!

— Ça ? Tu trouves ça trop épicé ? Pourtant, il n'y a qu'une toute petite quantité de *jalapeños* dans la sauce…

Kay paraissait surpris. Probablement parce que, lui, n'avait même pas goûté les épices, à croire qu'il était immunisé.

— J'ai eu l'impression d'avoir la bouche en feu !

Zach voyait que Kay se retenait pour ne pas rire de lui.

— Tu n'es pas obligé de tout manger, je vais te commander autre chose la prochaine fois que le serveur viendra à la table.

Le blond hocha la tête et repoussa son assiette loin de lui. Kay tint promesse et lui commanda un poulet au miel tout doux. Le serveur demanda à Kay s'il devait repartir avec la seconde assiette de poulet épicé, mais le cowboy lui répondit que non et Zach eut la chance d'observer l'estomac sans fin qu'était Kay avaler deux poulets à lui tout seul.

Ils terminèrent de manger, prirent un petit dessert et retournèrent chercher son costume au tailleur. Il était dans une housse et Kay ne lui laissa pas le loisir de le voir, lui disant qu'il lui donnerait à la maison.

Ils reprirent la *Jeep* et la route du ranch. Le ciel nocturne était parsemé d'étoiles et Zach dû avouer que c'était cent fois plus magnifique que la vue qu'il en avait à Los Angeles, avec la pollution lumineuse. Il pourrait peut-être s'habituer à vivre au Nebraska, finalement.

Chapitre 8

De retour au ranch, Zach fut surpris de remarquer qu'il y avait de nombreuses voitures garées dans l'entrée. Kay lui expliqua que c'était les gars qui travaillaient pour lui qui n'étaient toujours pas repartis chez-eux.

— À l'autre bout du ranch, il y a même une autre maison et, au temps où mon *abuelo* tenait le ranch, les employés y habitaient, dit Kay avec une évidente fierté par rapport à son passé et à l'histoire multigénérationnelle de ses milliers d'hectares de terre. Maintenant, la plupart ont leur maison en ville avec leur famille, alors on ne l'utilise plus que pour les réceptions et pour prendre les repas, mais mes gars savent que s'ils en ont besoin, la maison est là pour eux.

Ils marchèrent en direction de la maison principale, puis Kay s'arrêta à quelques mètres de celle-ci.

— Hey, Hervé ! s'exclama-t-il en souriant.

Le cowboy se tourna vers Zach.

— Viens, je dois te présenter quelqu'un.

L'adolescent distingua un homme d'environ le même âge que Kay s'avancer vers eux. Il portait un chapeau et des bottes de cowboy avec une chemise blanche à frange et un jean. Il était assez bel homme avec de jolies bouclettes brunes sur la tête, une mâchoire virile et un regard de miel.

— Zach, voici Hervé. Il est celui qui s'occupe du ranch en mon absence. Il supervise les autres gars qui travaillent pour moi, il m'est d'une aide précieuse.

Kay se tourna ensuite vers son vieil ami :

— Hervé, je te présente Zach. C'est le fils de Chester.

— Ah, voici donc le jeune enfant prodige de Los Angeles ! s'exclama Hervé avec un grand sourire.

Zach était, quelque part, un peu énervé. Tout le monde semblait le connaître – ou du moins, connaître son père –, mais lui ne connaissait personne.

— Zach passera tout l'été avec moi sur le ranch, alors j'espère que je peux compter sur toi pour lui apprendre deux ou trois petits trucs si jamais l'occasion se présente.

— Je ferai de mon mieux ! promit Hervé avec un clin d'œil pour le jeune adolescent, avant de reprendre un air un peu plus sérieux et de froncer les sourcils. Au fait, Kay, j'avais à te parler d'un truc.

Au ton de la voix de son bras droit, Kay se raidit et toute trace d'amusement déserta son visage.

— Quoi donc ?

— Tu devrais venir voir ça toi-même. Ça ne risque pas de te plaire... Prends un cheval, c'est arrivé tout près.

— Sunshine n'est pas sellée…, mais tant pis, je monterai à cru.

Kay rentra dans l'écurie, laissant Zach seul avec Hervé.

— Tu ressembles beaucoup à ton père, commenta l'ami de Kay.

— Tout le monde dit que je ressemble davantage à ma mère.

Zach était presque insolent dans sa réponse.

— J'aimerais beaucoup la rencontrer, je n'ai entendu que de jolies choses sur la belle Sophia.

C'est à cet instant que Kay ressortit de l'écurie avec son étalon à la robe baie.

— Allons-y, Hervé.

Le contremaître du ranch salua Zach.

— J'ai été heureux de te rencontrer.

Il se dirigea ensuite vers la jument noire qu'il avait laissée quelques pas derrière et grimpa sur son dos, tandis que Kay montait sur son propre étalon. Zach était impressionné de le voir monter à cru tout en ayant une maîtrise de sa monture aussi parfaite que s'il avait eu tout l'équipement nécessaire.

— Je te rejoindrai dès que possible, Zach, lui assura Kay, tu peux aller prendre une douche et faire ta toilette.

Mais le blond n'avait pas envie de rentrer à l'intérieur et de se préparer pour la nuit, pas alors que Kay était dehors à chevaucher avec un homme séduisant. Il ne savait pas d'où lui venait ces pensées, mais il n'avait pas envie de laisser le cowboy seul, surtout alors qu'il semblait s'être passé quelque chose de grave.

— Est-ce que je peux venir ? demanda-t-il. S'il s'est passé un truc, j'aimerais voir, pour apprendre.

Oui, enfin, il ne voulait pas vraiment suivre Kay et Hervé pour approfondir ses connaissances, mais les deux hommes n'avaient pas à le savoir.

Kay sembla hésiter, mais ils étaient pressés.

— D'accord, finit-il par céder, mais dépêche-toi.

Zach trottina jusqu'aux deux cowboys, mais c'est alors qu'une interrogation apparut dans sa tête.

— On fait comme hier, je monte avec toi ?

— Je suis à cru, ce ne sera pas évident d'être à deux sur le même cheval...

— Je peux le prendre avec moi, proposa Hervé, ça ne me dérange pas et il faut se dépêcher avant que la nuit tombe.

— Merci, fit Kay. Allez *chico*, monte avec lui, tu seras plus à l'aise.

Zach masqua au mieux sa déception et grimpa sur la jument d'Hervé. Aussitôt qu'il fut installé convenablement, les deux montures démarrèrent au quart de tour et galopèrent dans la plaine jusqu'à un large fossé.

Durant le trajet, Zach fut forcé de reconnaître que chevaucher avec Hervé n'était pas comme chevaucher avec Kay. Il ne ressentait pas du tout les mêmes choses et, surtout, il n'avait pas la trique.

Ils descendirent de leur cheval et s'approchèrent du bord du fossé. Zach se détourna avec le goût de vomir aussitôt qu'il vit de quoi il s'agissait. Il retourna aux chevaux, une main devant la bouche.

Kay et Hervé restèrent plus longuement. De là où il était, Zach vit le contremaître passer un bras autour des épaules de son ami, comme pour le réconforter. Le blond ressentit alors une étrange jalousie. Hervé était un bel homme et, de plus, il avait le même âge que Kay... Les deux semblaient assez proches l'un de l'autre... Zach ignorait quoi en penser, mais il savait que, comparé à Hervé, il n'avait aucune chance. Puis, de toute manière, pourquoi voudrait-il des chances, hein ?

Les deux hommes revinrent finalement. Kay pestait.

— C'est la troisième vache morte que l'on retrouve en un mois ! Elle a probablement été tuée par les coyotes. Il n'y a plus le choix, il va falloir organiser une chasse ! En plus, sa carcasse risque d'en attirer d'autres...

— Je ferai passer le message aux autres gars, promit Hervé, nous prendrons une journée cette semaine et je leur dirai d'amener leur fusil de chasse. On va tuer cette meute de coyotes qui décime toutes tes vaches, ne t'en fais pas pour ça, Kay.

Hervé donna une tape virile dans le dos de son ami, puis remonta sur son cheval. Toujours un peu perturbé par l'image de la carcasse en décomposition et à-moitié dévorée par les vers qu'il n'arrivait pas à s'ôter de la tête, Zach prit plus de temps à bouger. Si bien que Kay finit par venir le voir.

— Tu vas bien, *chico* ? s'enquit-il, un peu inquiet.

— Je… ouais, ça va.

Zach ne voulait pas avoir l'air faible. Ce n'était qu'une charogne, après tout. Il n'avait pas à être troublé ou traumatisé par quelque chose comme ça ! Il était plus fort que ça mentalement !

Kay ne parut pas convaincu, mais il hocha la tête.

— Ok. Si tu as besoin de parler, tu peux venir me voir. Je sais que ça peut être troublant d'être confronté à pareille vision même si ça fait partie intégrante du job. J'ai réagi comme toi quand j'ai vu mon premier cadavre.

Sans attendre de réponse, l'hispanique remonta sur son cheval. Quelques secondes plus tard, Zach grimpa sur celui d'Hervé qui les raccompagna à la maison principale.

— Bon, je vais rentrer chez-moi, annonça le contremaître. On se revoit demain, Kay.

Le cowboy hocha la tête.

— À demain.

Hervé le salua et il disparut en direction de l'écurie pour aller desseller son cheval avant de quitter le ranch.

Ils allèrent chercher les sacs et les paquets qu'ils avaient laissés dans la *Jeep* et les ramenèrent sur le perron. Zach rentra à l'intérieur de la maison, suivi de Kay et de leurs achats.

Fidèle à sa promesse, Kay alla installer la figurine de *Star Wars* que Zach lui avait offerte sur sa table de chevet pendant que ce dernier était parti prendre sa douche. Une fois que le plus jeune en fut sorti, il prit les vêtements tout juste achetés et démarra une lessive pour que Zach puisse les porter dès le lendemain, puis alla lui-même se débarbouiller.

Quand il ressortit de la salle de bains, il était presque neuf heures, l'heure du couvre-feu était quasiment arrivée. Il trouva Zach dans le salon, assis sur le sofa, portant un pantalon de jogging gris. Lui-même ne portait qu'un boxer noir qui fit déglutir le jeune adolescent, alors qu'il devait se faire violence pour détourner le regard.

— Alors, tu sembles assez près d'Hervé…, commenta Zach en tentant de n'avoir l'air de rien.

— Oui, nous sommes amis depuis presque aussi longtemps que je le suis avec Tristan, pourquoi ?

— *Amis* ?

— Oui, *amis*, pour quelle raison te montres-tu aussi curieux ce soir ? Ça ne te ressemble pas.

— Ça ne fait qu'à peine deux jours que je suis là, tu ne me connais pas. Et je demandais ça parce que vous agissez l'un envers l'autre comme si vous pourriez être autre chose que des *amis*… des *amants*, par exemple ?

Zach savait qu'il s'aventurait en terrain glissant, mais il avait une curiosité maladive à ce propos et une jalousie insensée à faire taire.

Kay parut visiblement assez surpris par sa question. Si surpris qu'il manqua de s'étouffer.

— Ma vie personnelle ne te regarde pas, *chico*, répondit-il un peu plus sèchement que voulu.

Il réfléchit, prit une pause, puis rajouta :

— Mais je suis gay, alors oui, j'ai remarqué qu'Hervé était un bel homme, mais il ne m'a jamais intéressé autrement qu'en tant qu'ami. Il est marié avec une femme et a deux enfants, de toute façon.

Kay ne savait pas exactement pourquoi il avait ressenti le besoin de se justifier. Habituellement, il ne le faisait jamais. Habituellement, il ne s'ouvrait pas de cette manière-là aux gens, surtout à ceux qu'il ne connaissait que depuis quelques jours. Seulement, c'était comme s'il n'avait pas envie que Zach se fasse de fausses idées sur lui. Tout comme il souhaitait mettre tout de suite au clair qu'il était gay, ne serait-ce que pour voir la réaction de l'adolescent. Il ne savait pas du tout à quoi s'attendre de sa part.

Peut-être qu'il lui ferait peur et le repousserait à jamais ? C'était probablement la meilleure chose qui pourrait arriver. Si Zach s'enfuyait en courant, Kay pourrait enfermer à tout jamais le désir sexuel qu'il commençait à voir s'épanouir pour ce jeune homme de vingt-quatre ans son cadet...

Mais la réponse de Zach ne fut pas du tout celle attendue...

Chapitre 9

Peut-être que c'était parce qu'il y avait un sacré bordel dans sa tête, mais suite à la révélation de Kay, Zach se retrouva incapable de réagir normalement. Il repensa aux moments qu'ils avaient passés tous les deux ensemble, à ce qu'il avait ressenti quand il avait remarqué que Hervé était un peu trop près du cowboy et quand Kay lui avait avoué qu'ils n'étaient rien de plus qu'amis. Il repensa à tout cela, à l'expression qu'avait eu le rancher quand il lui avait offert la statuette de *Star Wars*, à toutes les fois où sa voix rauque et son délicieux accent hispanique l'appelaient « *chico* », à quand Kay lui donnait des ordres et, surtout, à quand il lui avait claqué le cul.

Zach réalisait que Kay lui plaisait et que ça avait dépassé le sens physique du terme. Depuis qu'il était petit, depuis qu'il était parti à Los Angeles avec sa mère, il avait l'habitude d'obtenir tout ce qu'il voulait. Sa mère était généreuse avec lui, cherchant inconsciemment à compenser la présence paternelle dont elle l'avait privée. Alors, si le seul moyen de faire taire ce désir sexuel qu'il avait développé pour Kay était de l'assouvir, il allait le faire ! Et qu'importe que le cowboy ait vingt-quatre ans de plus que lui. Il le voulait, alors il l'aurait. Il ferait craquer Kay d'ici la fin de l'été. À commencer par répondre à sa confession :

— Eh bien, figure-toi que je suis gay aussi !

Kay parut assez surpris ou, plutôt, sous le choc.

— Alors, c'est pour ça que tu posais des questions sur Hervé ? Il t'intéresse ? De toute façon, comme je te l'ai dit, il est marié avec une femme magnifique et a des enfants, alors n'y pense même pas une seule seconde : je ne t'autoriserai pas à lui faire du charme sous mon toit ! De toute façon, pourquoi t'intéresserais-tu à un homme de deux fois ton âge ?

Kay s'était emporté sans même le réaliser.

— Quarante piges, ce n'est pas vieux ! protesta Zach. Il y a des hommes très sexy à cet âge-là et je suis attiré par leur maturité et leur expérience !

Sa réponse cloua le bec à Kay. Elle n'avait rien d'innocente. Même si « *officiellement* » ils parlaient d'Hervé, de manière indirecte, l'adolescent venait de dire à son aîné qu'il le trouvait tout à fait désirable et que, pour lui, l'âge ne faisait pas de différence. Kay avait très bien compris le sous-entendu, même s'il n'était pas certain que ce soit ce que Zach avait voulu insinuer. Dans le doute, il préféra ne pas le relever, même s'il éprouvait une drôle de sensation dans le creux de son estomac.

— Bonne nuit, cowboy ! s'exclama Zach pour mettre fin au moment de silence qu'ils vivaient, tout en détalant comme un lapin.

— Non, hé, attend ! fit Kay, sourcils froncés, semblant enfin sortir de son mutisme et du choc que les paroles (probablement irréfléchies) de Zach avaient causés.

Son appel demeura sans réponse : Zach était déjà parti s'enfermer dans sa chambre.

L'homme soupira et se laissa tomber dans le sofa tout en se massant les tempes d'une main. Le gamin allait finir par le tuer !

***

Zach était étendu sur son lit, le regard au plafond et un sourire niais sur les lèvres. Il était plutôt content de lui. Car bien sûr, la phrase qu'il lui avait lancée n'était pas innocente, aucun d'eux ne l'ignorait. L'expression à la fois choquée et surprise sur le visage de Kay en avait valu le coup. Et ce n'était que le début !

Zach allait pousser Kay dans ses retranchements jusqu'à ce que l'homme ne puisse plus se retenir de le faire culbuter sur le lit et de prendre son joli petit cul ! Il en avait assez de fantasmer sur la voix rauque et la poigne de fer du cowboy. Bientôt, il l'aurait pour lui tout seul.

Il s'endormit avec ce même sourire ridicule sur le visage, songeant déjà au lendemain où il commencerait à mettre en place un plan absolument machiavélique pour faire tomber le cowboy dans ses filets.

***

Nullement conscient de ce que préparait Zach dans la chambre d'à côté, Kay alla se coucher peu après ce dernier.

Lorsqu'il se réveilla le lendemain matin, il fut heureux de constater qu'une odeur de bacon flottait dans la maison. Ainsi, les attentions de la veille de Zach n'étaient pas l'affaire d'une seule fois. Finalement, il arriverait peut-être à faire quelque chose de ce garçon avant la fin de l'été.

Déboulant dans la cuisine, habillé de sa célèbre chemise déboutonnée et d'un jean délavé, il poussa un grognement provenant du plus profond de sa gorge en découvrant Zach qui faisait la cuisine… avec rien d'autre que son boxer ! Incapable de détourner le regard du parfait petit cul qui s'agitait devant lui, moulé à la perfection dans un tissu noir, Kay tenta, au moins, de le cacher du mieux qu'il le put.

Semblant sentir peser un regard sur son dos – et son postérieur –, Zach se retourna pour croiser le regard de Kay.

— Ah, désolé pour ma tenue, j'espère que ça ne te dérange pas, c'est juste qu'il faisait vraiment chaud ce matin et que si, en plus, je dois me mettre aux fourneaux… c'était insupportable ! expliqua-t-il avec un air faussement innocent.

Kay se racla une nouvelle fois la gorge, puis secoua la tête, tentant de camoufler à la fois son trouble et sa surprise.

— As-tu fait mon café ?

— Il est posé sur le comptoir.

— Merci, grogna-t-il à voix basse en se saisissant de sa tasse et en allant s'installer à la table pour le boire à petites gorgées.

Décidément, ce gamin cherchait réellement à le tuer…

En plus, il aurait pu jurer que l'adolescent faisait de son mieux pour qu'il le remarque en train d'agiter son cul, se penchant toujours quand il le regardait par-dessus le comptoir, comme pour bien le mettre en évidence.

Kay serra ses doigts plus fortement sur l'anse de sa tasse et crispa sa mâchoire. Il devait se faire violence pour ne pas réagir et ignorer Zach.

Si toute la journée se passait comme ça, ça promettait… Kay allait finir par obliger Zach à mettre un foutu pantalon !

***

Zach ne comprenait pas. Il ne comprenait pas pourquoi il n'obtenait aucune réaction de la part de Kay. Pourtant, il faisait de son mieux pour que celui-ci le remarque, lui et son postérieur.

Quand il vint pour servir le cowboy, il s'assura de bien se pencher pour mettre en évidence son cul et il fit pareil pour remplir sa tasse de café, pour se servir lui-même où quand il dut ranger les ustensiles et les assiettes dans le lave-vaisselle.

Il ne savait pas comment Kay faisait ! S'il ne réagissait pas, c'était qu'il devait être fait de bois ! Car Zach faisait de sacrés efforts, et il se savait désirable. Mais Kay était un putain de roc !

Alors qu'ils terminaient de desservir la table, Kay lui jeta un regard :

— *Chico*, va t'habiller.

— Je vais aller mettre les shorts qu'on a achetés, dit-il sur le ton le plus innocent possible.

Il y eut comme une lueur de détresse dans les prunelles du cowboy, mais il le camoufla bien.

— Va mettre un *putain* de pantalon, *chico* !

— Mais pourquoi ?

Il fit la moue. Le poing de Kay se crispa imperceptiblement sur la table.

— Parce que je te le demande et parce qu'on a pas mal de travail ce matin et, qu'en short, tu risquerais de te blesser.

Ce n'était pas entièrement faux, mais Kay voulait surtout que Zach mette un pantalon pour ne pas qu'il ait à supporter son petit cul dans des shorts bien courts toute la journée. Il allait restreindre sa torture à ce matin.

— On va faire quoi, aujourd'hui ?

— Il faut aller peindre la clôture qu'on a installée l'autre jour. On en aura probablement pour tout l'avant-midi et, après ça, il faudra aller nettoyer les boxes des chevaux : il leur faut de la nouvelle paille.

Zach était bien forcé de se rendre compte qu'effectivement, il serait mieux avec un pantalon pour ces tâches. Tant pis, il trouverait bien un autre moyen d'aguicher Kay !

À regret, il grimpa dans sa chambre et alla enfiler une camisole et un jean. Il rajouta son nouveau chapeau, puis redescendit rejoindre Kay qui était déjà prêt à partir sur le terrain. Zach mit ses bottes et ils sortirent.

— Mes gars ne sont pas encore arrivés, fit remarquer le cowboy, ils arriveront vers midi et, alors, nous aurons de l'aide pour terminer la peinture. Ce ne sera pas de refus.

Zach se contenta de hocher la tête, tandis que Kay se rendait dans l'écurie pour y prendre son cheval préféré qu'il sella cette fois.

— Est-ce que je vais avoir le droit à ma propre monture, ce coup-ci ? demanda Zach.

Kay le regarda, puis poussa un soupir. *Mierda*, il était sérieusement partagé sur ce coup-là. Zach avait eu de la difficulté à monter et descendre de son cheval quand il l'avait fait monter la dernière fois, alors il n'était vraiment pas prêt à chevaucher tout seul, mais d'un autre côté, il n'avait vraiment pas envie de vivre une autre balade équestre de la torture avec le cul de Zach qui se frotterait à lui ! Le choix était difficile. En plus, il n'avait pas envie d'aller seller un autre cheval…

Il finit par se résigner…

— Non, mais cette fois, on va faire différemment. Tu vas monter à l'arrière.

— C'est moi qui vais tenir les rênes ?

— Ne rêve pas tout haut, *chico* ! Tu te tiendras sur les côtés de la selle ou à ma taille. C'est moi qui tiendrai les rênes !

Si Zach fut déçu, ce ne dura qu'une fraction de secondes. S'il pouvait passer ses bras autour de la taille musclée de Kay, la balade n'allait sûrement pas être ennuyante…

Chapitre 10

Kay passa pour la énième fois sa main dans sa crinière brune qui lui arrivait juste un peu plus haut que les épaules (elle commençait à être un peu trop longue, mais il n'avait pas le temps d'aller chez la coiffeuse) : quelle mauvaise idée avait-il eu en décidant de faire chevaucher Zach derrière lui ? Qu'est-ce qui lui était passé par la tête, bon sang ! Il allait rapidement devoir penser à donner des leçons d'équitation à ce *chico* !

Il avait l'impression que c'était pire que d'avoir le gamin en face de lui. Zach était beaucoup *trop* collé à lui et ses mains juste un peu *trop* basses sur ses hanches. C'était encore plus infernal que ce qu'il avait pensé. Pourvu qu'ils arrivent rapidement à la clôture !

Kay ne pouvait pas le voir, mais Zach avait un sourire idiot planté sur les lèvres : il savait exactement ce qu'il faisait. Il fut presque déçu lorsqu'ils atteignirent finalement leur destination.

Le cowboy aida Zach à descendre en lui tendant sa grande main, puis ils déchargèrent les gallons de peinture qu'ils avaient mis dans la charrette qu'avait tirée le cheval jusqu'ici. Kay sortit les gros pinceaux, puis utilisa un pied de biche pour ouvrit les pots contenant la peinture et le vernis. Zach saliva en observant les muscles de l'homme se contracter sous l'effort.

— Bon, *chico*, tu vas commencer à droite et moi à gauche, nous irons plus vite comme ça.

Zach cacha sa déception de devoir s'éloigner du cowboy et hocha la tête en prenant son seau et son pinceau, se dirigeant vers l'autre extrémité de la clôture. Il commença à peindre la première planche en silence, quand tout à coup, il sentit une présence derrière lui et quelque chose de chaud s'enrouler autour de son poignet : Kay était juste derrière lui et sa main lui tenait le poignet, l'empêchant de bouger.

— Pas comme ça. Tu ne dois pas peindre n'importe comment, tu dois toujours y aller dans le même sens, lui expliqua le cowboy.

Zach se sentit réchauffé par la présence de l'homme juste derrière lui et fut incapable de s'empêcher de se frotter « *sans le faire exprès* » contre lui.

— Oui, voilà, comme ça, c'est bien. Bon, je te laisse faire ta partie et je retourne de mon côté.

Il y avait comme un peu trop d'impatience dans la voix de Kay qui détala un peu trop vite au goût de Zach. Pinçant les lèvres, le plus jeune se remit néanmoins au travail du mieux qu'il le put.

Le blond se dépêcha, car plus il allait vite, plus il se rapprochait de Kay et il avait très hâte d'être côte-côte avec lui pour peindre la dernière planche. Mais il avait mal calculé son coup et, à la toute fin, il se retrouva à terminer sa dernière planche, en même temps que Kay terminait la sienne.

— Bon, on va attendre un peu que ça sèche, puis on va faire le vernis, annonça Kay en soupirant d'aise une fois une bonne partie du travail terminé.

Le cowboy se dirigea vers les sacoches de cuir suspendues au cheval.

— Tu veux un sandwich ? proposa-t-il en sortant deux sous-marins enveloppés dans du papier parchemin et deux gourdes.

Zach, salivant, hocha la tête et attrapa au vol le sandwich que Kay lui lança, suivi de la bouteille d'eau. Alors qu'il travaillait, il n'avait même pas réalisé qu'il approchait midi et que son ventre gargouillait. Il déballa voracement son goûter et croqua dedans à pleines dents.

Kay s'assit sur une botte de foin et imita son cadet en se rendant compte qu'il avait tout aussi faim que ce dernier.

— Au fait, parce que ça m'intrigue depuis que je suis arrivé, d'où te vient ton accent espagnol ? demanda le blond entre deux bouchées. Est-ce que tu as émigré depuis le Mexique ?

Zach se disait que plus il s'intéressait à Kay, plus ce dernier s'intéresserait à lui. C'était le moment de changer de tactique d'approche.

— Je ne suis pas Mexicain ! s'exclama Kay avec humour. Je suis né ici, mais mon arrière-grand-père et toute ma famille éloignée vient du Texas. Si tu as suivi quelques cours d'histoires à l'école, tu dois savoir que lors de la création des États-Unis, le Texas n'en faisait pas partie. Il a été annexé quelques années plus tard, vers 1845, je crois, après la Révolution texane, parce que le Texas voulait déclarer l'indépendance par rapport au Mexique. Je suis hispanique de par mon père dont les ancêtres vivaient au Texas. Mon nom de famille n'est pas espagnol, car j'ai pris celui de ma mère. Mon père et mon grand-père, qui possédaient le ranch avant moi, se nommaient *Santonelli*, d'où le nom du ranch.

Zach était demeuré silencieux durant tout le discours de Kay. À la fin, il esquissa un sourire. Il retirait du plaisir à regarder le cowboy parler de ses ancêtres et de l'histoire de son ranch et du bout de pays qui l'abritait, car il était évident qu'il en tirait une immense fierté. Ce côté fier de Kay plaisait énormément à Zach. Il aimerait être aussi passionné par quelque chose comme ça, à un moment dans sa vie. Il admirait Kay pour ça.

— Pourquoi est-ce que tu n'as pas pris le nom de ton père ? s'étonna Zach.

Avec toute la fierté qu'avait Kay pour ses origines, il était surpris qu'il n'ait pas gardé le nom espagnol de ses ancêtres.

— Ma mère ne voulait pas que j'aie un nom à connotation hispanique parce qu'elle ne voulait pas que j'aie de souci à l'école avec ça. Tu sais, parce que y'a toujours eu de l'immigration illégale en provenance du Mexique, encore plus maintenant, alors c'est mal vu d'être hispanique.

Kay croqua son sandwich et regarda au ciel.

— Cette histoire de mur à bâtir, c'est peut-être pas une si mauvaise idée, après tout.

Zach haussa les épaules et termina son sous-marin.

— Où est-ce que je mets ça ? demanda-t-il en brandissant la petite boule de papier parchemin qui lui restait.

— Dans une des sacoches du cheval, on jettera tout ça en revenant à la maison.

Kay avait aussi terminé de manger, alors il se releva et alla jeter ses déchets, suivi de Zach.

— Bon, allez, *chico*, faut se remettre au travail, il reste encore tout le vernis à faire.

Kay avait hâte de s'enfermer dans le travail pour pouvoir respirer un peu et aussi réfléchir. Alors qu'il parlait avec Zach, il n'avait pas réussi à cacher le plaisir et la passion qu'il avait à parler de ses origines qui le rendaient si fier. Il était heureux que Zach s'intéresse à lui et à sa vie et il n'arrivait pas à le dissimuler.

Alors qu'ils se réinstallaient pour faire le vernis, ils entendirent des hennissements de chevaux ainsi que des sabots qui battaient la terre. Ils se retournèrent et virent trois chevaux galoper, puis ralentir vers eux.

Zach plissa les yeux en contre-jour et réussit à distinguer Hervé qui dirigeait la cavalerie suivi d'un grand homme baraqué noir et d'un autre rouquin.

— Ah, voilà mes gars ! s'exclama Kay avec un large sourire tout en s'avançant à la rencontre des cavaliers qui stoppèrent leur monture et descendirent les rejoindre. Zach, viens ici, j'ai des gens à te présenter.

Lâchant son pinceau, le blond rejoignit l'attroupement de cowboys. Kay posa une de ses grandes mains sur son épaule et le poussa vers les trois autres hommes.

— Tu as déjà rencontré Hervé.

Zach hocha la tête.

— Alors, la montagne de muscles que tu vois là, il s'agit d'Owen. Il n'est pas très bavard.

Le grand baraqué à la peau chocolat abaissa son chapeau et le salua d'un hochement de tête.

— Et le rouquin se nomme Wilson.

L'interpellé offrit un large sourire à Zach que ce dernier lui retourna un peu timidement.

— Heureux de te rencontrer !

— Enchanté de même, répondit-il.

— Voilà, tu as rencontré toute la troupe. Il ne manque que Caterina, l'adorable femme de Wilson qui se charge de faire la cuisine pour mes gars quand ils sont ici.

Le visage de Wilson s'illumina en entendant parler de Caterina. Le gars semblait raide-dingue de sa petite-amie.

— Elle fait les meilleurs petits plats de toute la ville ! rajouta Hervé d'un air taquin. Et si je n'avais pas déjà une femme et qu'elle n'était pas la tienne, Wil', je pimenterais sûrement très bien les choses entre nous !

— N'y pense même pas ! répliqua Wilson.

Kay donna une grande tape dans le dos de son vieil ami Hervé en joignant son rire rauque à ceux des autres hommes.

— Voyons, Hervé, tu sais très bien qu'il est chatouilleux au sujet de Caterina !

Le brun aux cheveux courts croisa les bras sur sa poitrine.

— Rien n'empêche un gars de plaisanter un peu !

Owen secoua la tête.

— Même si tu t'essayais durant vingt autres années, il ne te la laissera jamais, même pour une nuit, fit-il remarquer en dévoilant ses dents parfaitement blanches.

— Et Margaret ne te le pardonnerait jamais ! rajouta Kay, amusé.

Il était rare qu'Owen parle, mais quand il le faisait, c'était rarement pour dire quelque chose qui était sans intérêt.

Zach trouvait à la fois amusantes et chaleureuses les plaisanteries familières que se lançaient les hommes. Il pouvait admirer Kay sourire et rire – le plus beau son qu'il n'ait jamais entendu, décida-t-il – de tout son soûl. Il réalisait que le cowboy était vraiment beau quand il riait et que des petites pattes d'oie apparaissaient au coin de ses yeux, le rendant encore plus charmant. Kay semblait bien s'entendre avec les gars qui travaillaient pour lui, il semblait chez-lui quand il était avec eux.

Les autres hommes – à part Wilson qui semblait un peu plus jeune, quelque part dans la trentaine – semblaient tous avoir le même âge que Kay, mais aucun ne lui faisait autant d'effet que lui, bien qu'ils soient tous sexy à leur façon : Owen avec ses gros muscles, Wilson avec son sourire, ses tâches de rousseur et son air taquin et Hervé avec l'impression réservé et mystérieuse qu'il donnait, le faisant paraitre inaccessible.

— Bon, les gars, on va arrêter de blaguer et se mettre à l'ouvrage. Ça ira plus vite à nous cinq ! finit par trancher Kay en mettant fin à la petite discussion qu'ils avaient.

— C'est toi le patron ! fit Wilson avec un clin d'œil avant d'aller se chercher un pinceau dans la charrette, suivi des deux autres gars.

Zach abandonna tout espoir de se retrouver à vernir la même planche de bois que Kay pour pouvoir se trémousser près de lui à cet instant. À eux cinq, le travail fut terminé en à peine une trentaine de minutes. Tout en travaillant, les hommes avaient continué de plaisanter de manière salace et le blondinet ne put s'empêcher de sourire en les entendant. Le sujet de la femme de

Wilson ou encore de Margaret qui s'avéra être celle d'Hervé semblait revenir particulièrement souvent dans les discussions.

— Et toi, Kay, aucun joli cul en vue ? s'enquit Hervé, malicieux.

Le cowboy manqua de s'étouffer.

— Hé ! Pourquoi est-ce que personne ne s'intéresse à la vie sentimentale d'Owen, ici ?

— Parce qu'ils savent que c'est mieux pour leur survie, sourit l'intéressé en faisant jouer ses gros bras.

— Alors, Kay ? Tu ne crois tout de même pas que tu vas pouvoir te défiler comme ça, hein ? poursuivit Hervé, appuyé par Wilson.

— Disons que je n'ai pas trop le temps pour les affaires de cœur ces temps-ci.

— Depuis vingt ans que tu n'as pas le temps pour ça ! Encore, avant, on savait tous que, une fois par mois, tu prenais l'avions pour aller baiser dans un club gay d'Oklahoma, mais là, tu ne prends même plus le temps d'y aller ! Tes couilles vont finir par rouiller, mec, à force d'inutilisation, tu le sais, ça ?

Kay s'empourpra brusquement et passa une main dans sa chevelure brune mi-longue en soulevant son chapeau.

Zach, quant à lui, tendit l'oreille. En écoutant les conversations des hommes, il apprenait des informations plutôt croustillantes ; ainsi Kay avait pour habitude de prendre l'avion pour aller baiser ? En dehors du fait que c'était super cool que ses amis sachent pour son orientation sexuelle et l'acceptent, Zach venait aussi d'apprendre que, tout compte fait, Kay n'était pas fait de pierre. L'homme était, ainsi, bien capable d'éprouver des sensations. C'était une bonne nouvelle pour lui, ça.

— Merde, les gars, faîtes attention, il y a des petites oreilles mineures et chastes, par ici !

Zach ouvrit grand la bouche, n'en revenant pas que Kay osât l'utiliser comme excuse pour échapper à l'interrogatoire que lui faisaient passer ses amis. Mais penser que ça fonctionnerait serait mal connaître les trois hommes Wilson s'approcha de lui et lui donna un léger coup de poing sur l'épaule.

— Oh, allez ! Je suis certain que le gamin de Chester a baisé plus de fois en dix-huit ans que toi en quarante-deux !

Et ce fut au tour de Zach de méchamment s'empourprer. Il était vrai qu'il n'avait pas eu une vie de Saint à Los Angeles, mais il ne tenait vraiment pas à mettre ça sur le tapis…

— Allez, les mecs, assez de plaisanteries grivoises pour aujourd'hui, je pense que nos deux amis en ont assez entendu, les interrompit Owen, semblant remarquer leur malaise évident.

Kay le remercia silencieusement du regard. D'eux tous, Owen avait toujours été le plus sage et réfléchi.

— Au fait, patron, rajouta le grand baraqué, Hervé nous a raconté pour la vache… Wilson et moi, on a ramené nos fusils, alors nous serions prêts à partir chasser le coyote dès que la nuit sera tombée, on fera le guet.

Kay hocha la tête.

— Merci à vous. Je ne sais pas ce que je ferais sans votre vigilance.

— Tu vas voir, Kay, on va les attraper, ces foutus coyotes qui foutent la merde dans ton ranch ! lui assura Hervé avec un sourire compatissant.

Zach se sentait un peu mis à l'écart et il avait hâte de rentrer pour se retrouver seul avec Kay. Mais avec la chasse aux coyotes qui venait tout juste de s'organiser, il avait bien peur que ce ne soit pas pour bientôt.

Chapitre 11

Alors que l'après-midi touchait à sa fin, ils furent tous invités à aller souper dans la grosse maison au fond du ranch où Caterina, la femme de Wilson, avait préparé de bons petits plats pour nourrir cette troupe de cowboys affamés.

La maison était encore plus gigantesque que celle où Kay habitait. Elle avait trois étages plus un grenier et une cave à vin qui semblait avoir été aménagée plus récemment. Elle était dans le même style victorien campagnard que la demeure principale et dans les mêmes couleurs pastel, mais tout y était plus gros. Zach fut très impressionné quand il arriva.

— Pourquoi est-ce que tu n'habites pas là ? demanda-t-il à Kay.

Lui, s'il avait un tel manoir à disposition, il y habiterait !

— Parce que cette *casa* est ancestrale et elle me fichait la trouille quand j'étais gosse. De plus, elle me rappelait trop la mort de *mi padre*, je ne pouvais plus y vivre. Voilà pourquoi j'ai fait agrandir l'autre *casa* qui, à la base, n'était qu'un cabanon, et pourquoi j'y ai emménagé.

Devinant que le sujet de la mort de son paternel était toujours un peu sensible, Zach se tut. Puis, le cowboy le poussa gentiment vers l'entrée de la maison, alors que ses amis les rattrapaient. À l'intérieur, ils furent accueillis par la femme de Wilson et une douce odeur de fromage grillé.

Caterina était une jolie jeune femme qui devait accuser la fin vingtaine. Elle était toute menue avec une taille fine et une petite poitrine, mais à voir comment elle gérait avec les amis de son mari, Zach sut tout de suite qu'elle était le genre de femme à pouvoir vaincre toute une petite armée à elle seule. Elle était du genre à être petite, mais à ne pas se laisser marcher sur les pieds facilement. Zach le remarqua dès qu'il vit de quelle façon elle n'avait pas peur de s'adresser à Hervé ou même à Owen malgré leurs kilos de muscles.

— Alors, de quoi avez-vous parlé aujourd'hui, les garçons ? leur demanda-t-elle en sortant du four ce qui avait l'air d'être une gigantesque lasagne.

— D'à quel point Hervé avait envie de te mettre le grappin dessus, répondit Wilson avec un sourire jovial tout en déposant un baiser chaste sur les lèvres de sa femme.

— Et surtout sur son cul, hein ? rajouta Owen, moqueur.

Caterina croisa les bras et jeta un regard à Hervé.

— Qu'il ne s'avise pas de poser un seul doigt sur moi ou je lui assure qu'il n'en aura plus assez pour faire plaisir à Margaret et *surtout*... pour *se* faire plaisir !

Tandis que Zach demeurait bouche-bée, Kay éclata de rire tout en allant s'installer à table.

— Ça c'est la Caterina que j'ai épousée ! s'exclama Wilson en allant rejoindre Kay.

Owen suivit le pas, puis Hervé. Alors que Zach allait les imiter, Kay se tourna vers lui et l'arrêta :

— Zach, rend-toi utile et aide donc Caterina à servir tout le monde. Ce sera une aide bienvenue.

Pour une fois, il se plia aux ordres sans rouspéter, car il était vrai que ce n'était pas sympa de laisser la pauvre Caterina servir tous ces cowboys vulgaires toute seule, même si elle paraissait bien se débrouiller jusqu'à maintenant. Il l'aida donc à apporter les assiettes fumantes à table, se réservant le privilège de servir lui-même Kay en s'assurant de *bien* se pencher lorsqu'il lui remit son assiette.

Lorsque tout le monde fut servi, il se prit lui-même une petite part de lasagne – pour être certain de pouvoir vider son assiette selon les règles de Kay – et s'installa à une des places restantes, soit à côté d'Hervé. Caterina prit place en face de ce dernier, à côté de Wilson. Zach aurait préféré manger à côté de Kay, alors il était un peu déçu. Au moins, comme l'homme mangeait au bout de la table, il pouvait quand même le voir. C'était mieux que rien, même s'il ne pouvait pas lui faire du pied.

Ils terminèrent de manger, puis comme le soleil commençait déjà à décliner, les hommes allèrent se préparer à la chasse au coyote, tandis que Caterina et Zach desservaient et faisaient la vaisselle.

Pendant qu'il essuyait une assiette, Zach pouvait tendre l'oreille et écouter les discussions qu'avaient Kay et ses gars depuis le salon :

— Je suis inquiet, avoua Kay, un seul coyote n'aurait pas pu tuer autant de vaches à lui tout seul, cela signifie donc qu'on a affaire à une meute au complet.

— Ne t'en fais pas avec ça, tenta de le rassurer Hervé. Si on en tue un ou deux, les coups de fusil suffiront à effrayer les autres.

— Mais pour combien de temps ?

Le reste de leur conversation fut étouffée par Caterina qui ouvrit le robinet d'eau froide. Néanmoins, il en avait suffisamment entendu. Kay était bien plus angoissé qu'il ne l'avait imaginé à propos de ses bêtes. Il tenait à elles, même si elles étaient destinées à l'abattoir.

Environ une petite heure plus tard, les hommes étaient prêts à partir. Zach se risqua une fois de plus à demander à Kay s'il pouvait les accompagner pour apprendre, mais ce coup-ci, le cowboy se montra plus intransigeant :

— Pas cette fois, *chico*. Ce sera dangereux et ton père me tuerait s'il t'arrivait quelque chose. Reste ici avec Caterina, nous serons de retour à l'aube.

Zach fit la moue, n'arrivant pas à cacher sa déception. Kay lui donna une tape virile sur l'épaule, puis il sortit rejoindre Owen, Wilson et Hervé. Le blond surveilla, par la fenêtre, les quatre cavaliers disparaître dans la nuit, fusil de chasse en mains.

— Ne te fais pas de souci pour eux, lui conseilla gentiment Caterina en arrivant derrière lui, ce n'est pas la première fois que quelque chose comme ça arrive. Puis, ça fait vingt ans que ces gars-là se connaissent, ils savent protéger leurs arrières.

Zach était rassuré par les paroles de Caterina, mais il ne pouvait pas s'empêcher de regarder chaque minute passer fatidiquement sur l'horloge du salon.

***

Dehors, il faisait si noir qu'ils ne voyaient pas plus loin que leur monture. Ils avaient au moins eu l'ingéniosité de se trimbaler des lampes torches.

Kay connaissait son ranch comme sa poche, alors ils n'eurent aucun mal à retrouver l'endroit où la vache était morte quelque temps plus tôt. Son cadavre fétide en décomposition soulevait encore plus le cœur que la veille, comme si les vers qui le dévoraient avaient œuvré comme des forcenés tout le jour durant.

Kay descendit de son cheval et remonta son foulard rouge sur son nez pour masquer l'odeur atroce de pourriture qui se dégageait de la carcasse. Il fut suivi de ses compagnons et, ensemble, ils se cachèrent derrière un gros rocher, accroupis. Ils ôtèrent le cran de sûreté de leur arme et se préparèrent à tirer sur tout ce qui bougerait, mais l'attente allait être longue.

Alors que les heures passaient, Kay sentait ses jambes le faire souffrir. Il n'avait plus l'âge de rester aussi longtemps dans pareille position. N'y tenant plus, il se redressa d'un seul coup.

— Où vas-tu ? lui demanda Hervé.

— Pisser, répondit-il en prenant son arme.

Il s'éloigna jusqu'à un buisson où il serait à l'abri des regards, baissa sa fermeture éclair et fit ce qu'il avait à faire.

En se rhabillant, non-loin, un bruit attira son attention. Fronçant les sourcils, il s'approcha lentement, tel un prédateur chassant sa proie. C'est alors qu'il vit les yeux fluorescent d'un animal briller dans le noir. Un coyote ! Sans attendre, il posa un genou au sol pour s'appuyer et pointa son fusil sur la bête. Il tira.

Il ne manqua pas son coup et entendit une sorte de couinement, tandis que le coyote perdait pied et s'effondrait par terre.

Kay marcha à petits pas de course en direction du coyote et il distingua le nouveau cadavre d'une vache. Le coyote devait être en train de lui manger une patte lorsqu'il l'avait surpris.

Néanmoins, plus il s'approchait, plus il réalisait quelque chose qui lui avait, jusqu'alors, complètement échappé.

— Kay ! crièrent des voix. Kay !

— Est-ce que tout va bien ?

Ses amis avaient été alertés par le bruit de la détonation et ils accouraient pour le rejoindre. Ils arrivèrent près de lui et remarquèrent le froncement de ses sourcils et sa mâchoire crispée. Hervé regarda le corps de la vache et il fut le premier à comprendre.

— Oh.

— Qu'est-ce qu'il y a ? demanda Wilson en s'approchant pour mieux voir.

Kay se tourna vers lui.

— Cette vache était morte depuis longtemps. Ce pauvre coyote n'y était pour rien. Ce ne sont pas les coyotes qui tuent mes bêtes…

— Mais alors… quoi ?

— Je ne sais pas…

Le coyote que Kay avait tiré respirait encore, mais son souffle était saccadé. Le cowboy s'agenouilla près de lui et lui caressa la tête, entre les deux oreilles.

— *Lo siento*, murmura-t-il. Je suis désolé…

Puis, il se recula, pointa son arme et tira dans la tête de l'animal pour abréger ses souffrances.

***

Zach n'en pouvait plus de tourner en rond comme un lion en cage dans la grande maison avec Caterina. Et il sentait que la jeune femme partageait sa misère. Caterina semblait être une femme d'action qui aimait bouger, pas le genre qu'on enfermait dans une maison pour faire le ménage. Si elle faisait la cuisine au ranch de Kay, c'était parce qu'elle aimait ça et que ce job lui permettait d'accompagner son mari au travail au lieu de rester cloîtrée à la maison.

— Je vais retourner à la maison principale, annonça-t-il à Caterina au bout de quelques heures.

— Tu es certain de vouloir sortir à cette heure ? Il fait plus noir que dans le cul d'un ours, dehors !

— Je m'ennuie comme un rat mort, ici. Au moins, chez Kay, je pourrai prendre mon portable, être dans mes affaires et préparer la maison pour son retour.

— Tu sembles tenir à lui.

— Je l'aime bien, avoua Zach avec un haussement d'épaule. Il est un peu grognon et sévère de temps à autres, mais il m'a bien accueilli sur ses terres.

Caterina lui sourit, un peu moqueuse

— Tu sais que tu le caches mal ?

Il s'étonna.

— De quoi ?

— Que ce n'est pas juste la maison que tu veux *préparer* à son retour…

Zach s'empourpra d'un seul coup.

— Quoi ? Mais non… je… !

— Oh, allez, tu ne peux rien me cacher ! Je suis une femme, je peux repérer les gays comme des poissons dans la mer ! J'ai remarqué comment tu te penchais ou comment tu te dandinais devant Kay pour attirer son attention. En même temps, les autres ne remarquent peut-être pas ton petit manège, mais ça saute aux yeux comme le nez au milieu de la figure ! Tu n'es pas très subtil, Zach Winthrop !

Caterina l'avait visiblement découvert, alors rien ne servait plus de se cacher, lui et ses intentions. Il décida plutôt d'en profiter pour lui soutirer des informations.

— De toute manière, je n'arrive pas à attirer son attention, peu importe à quel point je sautille autour de lui comme un chiot excité, maugréa-t-il.

Caterina parut réfléchir.

— Hum… Tu n'y as peut-être pas pensé, mais… pourrais-tu imaginer que, peut-être, toute ton énergie le ferait se sentir… vieux ?

Zach écarquilla les yeux.

— Mais il n'est pas vieux ! protesta-t-il vivement. Ou pas tant que ça…

— Oui, mais quand tu t'excites à côté de lui, tu lui fais ressentir toute la profondeur du fossé qu'il y a entre vous. Vingt-quatre ans, ce n'est pas rien.

Zach hocha la tête. Caterina avait raison. Elle lui faisait voir la situation sous un tout nouveau jour.

— Merci, la remercia-t-il. Je vais réfléchir à tout ça dans la maison principale. Je prends une lampe torche et j'y vais.

— À pied ?

— Oui, pourquoi pas ? Ça ne prendra qu'une trentaine de minutes.

— Dans ce cas, je viens avec toi. Il n'est pas question que tu marches jusque là-bas tout seul, jeune homme ! Ne manquerait plus que les hommes te prennent pour un coyote !

Caterina prit deux lampes torches, lui en tendit une et ils sortirent ensemble. Ils suivirent le chemin de terre battue qui traversait le ranch de bord en bord.

En arrivant près de l'écurie, ils se mirent à entendre des bruits bizarres. Une sorte de mélange entre des grognements et des hennissements. Ils se regardèrent, puis Zach prit la direction de la grande porte :

— C'est vraiment étrange, on devait aller voir ce qui se passe là-dedans.

Ils pénétrèrent dans l'écurie ou la plupart des chevaux dormaient, debout ou couchés. Suivant la provenance des sons, Zach se figea en arrivant devant un box.

— Oh, mon Dieu ! La jument est en train de mettre bas ! s'exclama-t-il.

Caterina le rejoignit en courant.

— Je vais appeler le vétérinaire, j'ai son numéro. Surveille pour voir si tout se passe bien !

Zach ouvrit la porte de l'enclos, impressionné et s'approcha de la jument qui poussaient tous ces bruits horribles.

— On dirait que le poulain est coincé ! s'exclama Zach en paniquant, tandis que Caterina était au téléphone avec le vétérinaire qu'elle avait probablement réveillé.

— Tire sur ses pattes ! lui ordonna la jeune femme en éloignant quelques secondes son portable de son oreille.

Zach sentit une vague de dégoût le submerger, mais il prit une grande respiration pour se contrôler et calmer ses nerfs. Il n'allait tout de même pas laisser ce poulain mourir par sa faute ! Il jeta un regard au plafond, pria Dieu, puis plongea ses bras dans le sang jusqu'à ce qu'il réussisse à agripper les pattes visqueuses du nouveau-né. Essayant de ne pas trop regarder, il tira de toutes ses forces sur elles jusqu'à ce qu'il vît apparaître la tête du poney. La jument poussa un hennissement terrible, puis le poulain fut évacué d'un seul coup.

Les mains et les bras couverts de placenta, Zach fut projeté en arrière et tomba dans la paille. Reprenant son souffle, il contempla le poulain qu'il avait aidé à mettre bas. Le jeune cheval avait du mal à se tenir sur ses pattes et s'était couché entre celles de sa mère.

Zach se surprit à sourire. Ce n'était pas tous les jours qu'on aidait à donner la vie, après tout. Au même moment, Caterina revint vers lui après avoir raccroché.

— Tu as réussi, souffla-t-elle.

Ils patientèrent encore une vingtaine de minutes, puis un homme avec un sarrau blanc, les cheveux en bataille, des lunettes sur le nez et une mallette de premiers soins vint les rejoindre dans l'écurie.

— Je suis là ! Où est la jument ?

Caterina alla à sa rencontre.

— Ah, Westmore ! s'exclama-t-elle. Je suis désolée de t'avoir réveillé à une heure pareille. La jument a finalement réussi à mettre bas avec l'aide de notre brave Zach, le fils de Chester. Tu veux venir voir le poulain ?

Westmore suivit Caterina jusqu'au box où Zach attendait tout en caressant la jument pour la calmer.

— C'est un beau bébé ! s'exclama le vétérinaire en enfilant des gants de latex.

Il offrit un sourire à Zach :

— Bravo, petit, tu as fait du beau travail ! Maintenant, laisse-moi un peu de place, je vais examiner ce poulain pour m'assurer que tout soit en ordre.

Zach sortit du box pour laisser entrer Westmore et Caterina lui tendit une serviette pour qu'il puisse nettoyer ses bras et ses mains. Ils laissèrent le vétérinaire à son examen, attendant patiemment sur le côté.

— Tout m'a l'air bien. C'est un poulain en parfaite santé, vous le direz à Kay. Lui et la mère auront besoin de quelques jours de repos et ce sera bon.

Tandis que Westmore rangeait son matériel, les portes de l'écurie s'ouvrirent dans un fracas et Kay ainsi que ses hommes débarquèrent en courant.

— Est-ce que tout va bien ? Nous avons vu la voiture de Westmore devant la maison et nous sommes venus aussitôt !

Caterina leur sourit.

— La jument a mis bas et Zach l'a aidée.

— Ton nouveau poulain est en parfaite santé, Kay, rajouta Westmore.

Kay parut instantanément soulagé. Mais aussitôt, un pli barra son front.

— Westmore, comme tu es là, tu aurais le temps de faire quelques analyses pour moi ?

— Oui, bien sûr, de quoi s'agit-il ?

— Viens, je vais t'expliquer.

Alors que Kay s'apprêtait à repartir avec le vétérinaire, il offrit un sourire à Zach :

— Au fait, bien joué, *chico*.

Le blondinet sentit une douce chaleur se répandre dans son abdomen.

***

La chasse aux coyotes étant terminée, Hervé et les autres étaient retournés chez eux. Quant à Kay, il avait amené Westmore là où ils avaient retrouvé morte la seconde vache.

Le vétérinaire venait tout juste de terminer les analyses que Kay lui avait demandées et il avait une expression grave sur le visage lorsqu'il se retourna pour faire face au cowboy.

— Et alors ? le pressa-t-il.

— Tu avais raison, Kay, ce ne sont pas les coyotes qui tuent tes vaches : elles ont été empoisonnées.

Chapitre 12

Caterina était repartie avec Wilson, tous les autres gars du ranch étaient aussi retournés chez eux et Zach venait d'entendre le moteur de la voiture du vétérinaire gronder et de voir les phares s'allumer. Il partait lui aussi.

Cela signifiait que Kay serait de retour d'une seconde à l'autre. Zach l'attendait bien sagement à la maison. Il essayait de ne pas trop s'exciter, mais il ne pouvait empêcher son cœur de battre follement dans sa poitrine. *Boum, boum, boum !* Il se sentait comme un jeune chiot dans l'attente du retour de son maître.

Soudainement, la porte de la maison s'ouvrit et Kay entra. Le cowboy paraissait épuisé, vidé de toute énergie. Il avait une expression grave sur son visage qui prenait des traits sérieux. Ça ne plaisait pas du tour à Zach qui se demandait ce qui avait bien pu achever ainsi le moral de son cowboy.

Kay ôta ses bottes et Zach s'approcha de lui, alors qu'il se redressait.

— Laisse-moi prendre ton chapeau, proposa-t-il en tendant la main, profitant que Kay soit accroupi et qu'il puisse ainsi atteindre le *Stetson*. Où est-ce que tu le ranges, habituellement ?

— Sur la chaise dans ma chambre.

— Installe-toi dans le salon, je vais le ranger.

Il avait dépassé le couvre-feu depuis longtemps, mais personne ne s'en souciait. Aucun d'eux ne dormirait beaucoup cette nuit.

Zach courut dans les escaliers pour s'arrêter devant la porte entrouverte de la chambre de Kay. Il n'y était jamais entré avant aujourd'hui. Il se sentait un peu comme en terrain inconnu, voire interdit. En même temps, sa curiosité l'emportait.

Il poussa la porte et entra. La chambre était sobre et épurée. Il n'y avait pas une masse de meubles. Tripotant le chapeau dans ses mains, il le posa sur la chaise qui trônait près de la table de chevet, ne pouvant s'empêcher de sourire en voyant la figurine de *Star Wars* qu'il avait offerte à Kay posée sur cette dernière.

La vérité, c'était qu'il aurait aimé s'attarder dans la chambre de Kay pour fouiller un peu, mais il savait que ça ne plairait pas au cowboy et que celui-ci finirait par se douter de quelque chose s'il restait trop longtemps en haut, alors qu'il était supposé seulement aller y ranger le chapeau. Il se résigna donc à faire demi-tour, refermant la porte derrière lui, comme pour s'empêcher d'avoir envie d'y retourner.

Il entendit Kay grogner depuis le rez-de-chaussée et il se pinça les lèvres. Le cowboy n'avait vraiment pas l'air dans son assiette et il avait envie de faire quelque chose pour lui, mais il ne savait pas quoi… Qu'est-ce qui ferait plaisir à un homme de quarante-deux ans ? En réfléchissant, il se souvint de ce qu'il avait aperçu dans la salle de bains la dernière fois qu'il y avait été pour prendre une douche. Un sourire naquit sur ses lèvres et il alla récupérer ce qu'il voulait avant de redescendre rejoindre Kay qui était assis sur le divan.

— Qu'est-ce qui s'est passé avec les gars et avec le vétérinaire ? demanda-t-il. Avez-vous réussi à tuer un coyote ?

Kay grimaça.

— Ouais, on en a tué un. *J'en* ai tué un. Mais ce n'était pas lui qui avait tué mes vaches… ni même un autre de ses congénères. Le Docteur Westmore a confirmé ce que je craignais : mes vaches ont subi un empoisonnement.

Zach demeura bouche-bée.

— Mais… comment ? Qui aurait bien pu faire une telle chose ?

Le visage de Kay se ferma.

— Je souhaite de tout cœur me tromper, mais… les seules personnes qui ont eu accès à mes vaches dernièrement sont mes gars et Caterina…

C'est alors que Zach compris pourquoi Kay paraissait aller si mal. Il craignait la trahison d'un de ses plus proches amis.

— Tu pourrais appeler la police, les mettre sur l'enquête et tu saurais qui a fait pareille horreur, non ?

Kay secoua la tête.

— Je ne peux pas appeler la police. Si un de mes gars a vraiment fait ça, c'est à moi qu'il devra des explications. C'est le genre de chose qui se règle entre cowboys. De toute façon, si je contactais la police, demain matin, tout le monde serait au courant de l'histoire et saurait que mes vaches ont été empoisonnées et, après, qui voudra acheter ma viande ? Westmore m'a dit que le poison était probablement dans la nourriture, alors normalement, si je change de semoule, il ne devrait pas y avoir de problème et ce ne devrait pas être contagieux, mais les gens préfèrent généralement ne pas prendre de risque et les fournisseurs des grandes épiceries ne m'achèteront plus rien…

Kay soupira longuement. Il était abattu. Zach baissa les yeux. Il comprenait tout à fait les sentiments de l'homme.

— J'ai trouvé de l'huile aromatique dans l'armoire à pharmacie de la salle de bains, voudrais-tu que je te fasse un massage ? proposa-t-il gentiment. Ça pourrait te faire du bien.

Zach voulait faire plaisir à Kay, mais il avait aussi quelques arrière-pensées dans sa proposition…

En d'autres occasions, Kay aurait immédiatement refusé de peur de succomber beaucoup trop facilement à la tentation sur pattes que représentait Zach, mais là, il était trop fatigué pour réfléchir. Les petites mains de Zach sur son corps lui promettaient une douce détente qu'il n'avait pas la force de refuser.

Il se trouvait trop vieux pour Zach, mais pas trop vieux au point d'en devenir impotent. Normalement, il se serait senti vexé que son cadet se propose d'aller ranger son chapeau et tout le reste, mais il aimait aussi se faire dorloter. C'était d'ailleurs pour cette raison qu'il devait être le seul homme sur terre à posséder une fiole d'huile aromatisée dans son armoire. En même temps, il était gay, alors c'était normal, diraient ses amis. Quoiqu'il en soit, il n'était jamais contre un massage bien exécuté. C'était agréable, parfois, de se laisser aller. Puis, Zach devait apprendre à s'occuper un peu des autres de toute façon. Si ça pouvait aider sa conscience à se porter mieux, il se dirait que ça faisait partie de sa formation.

— Ouais, ce serait bien.

Tout sourire à la réponse de Kay, parce qu'il était persuadé que le cowboy refuserait, Zach tenta de ne pas trop s'exciter.

— Alors enlève ta chemise et allonge-toi sur le ventre.

Kay ne protesta pas et ôta sa chemise déjà déboutonnée et se coucha comme demandé sur le sofa. Zach grimpa sur son dos et s'assit sur les fesses fermes du cowboy.

— Oh, putain ! ne réussit-il pas à s'empêcher de s'exclamer en voyant le dos musclé de Kay qui faisait absolument honneur à ses abdominaux taillés au couteau comme dans de la glaise et… en plus, il avait le droit d'y toucher !

Il avait envie de chanter sa joie.

— Quoi ? demanda le cowboy en arquant un sourcil.

— Non, rien, se rattrapa rapidement le plus jeune en mettant une généreuse quantité d'huile à massage dans le creux de sa main.

Kay appréciait le poids de Zach sur lui et il ne pouvait s'empêcher de s'imaginer ce que ce serait que de l'avoir *sous* lui.

Le plus jeune appuya ses paumes au milieu du dos de son aîné qui frissonna légèrement au contact de leur froideur. Puis, Zach commença à faire rouler les muscles sous ses doigts, en profitant pour toucher chaque centimètre de la peau de Kay.

Si le cowboy fut d'abord un peu réticent et eut quelques difficultés à se détendre, ça ne dura pas et, bientôt, il ronronna presque de bonheur.

— Oh, oui, juste comme ça, grogna-t-il, appréciateur, en sentant les mains de Zach presser ses épaules.

Kay était heureux. Malgré le fait que Zach soit assis directement sur ses fesses, il ne s'était pas trop frotté contre lui et semblait accorder plus d'attention au massage en lui-même qu'à l'aguicher, rendant la chose tout à fait acceptable pour le cowboy.

Le plus jeune redoubla d'efforts, prenant plaisir à masser le corps de Dieu grecque de son aîné. Kay avait peut-être quarante-deux ans, mais il n'avait absolument rien à envier à des garçons plus jeunes ! Aux yeux de Zach, il était parfait.

Au bout de plusieurs dizaines de minutes, le sommeil rattrapa le blond et il commença à avoir des crampes aux mains, alors bien à regret, il dut arrêter le massage. Il descendit de Kay, alors que ce dernier se redressait en faisant de grandes rotations avec ses épaules.

— Ah, ça a fait du bien, *chico* ! Tu as de vrais doigts de fée !

Zach avait envie de lui dire que ses doigts pouvaient servir à beaucoup d'autres choses, mais il fut pris d'un bâillement avant d'avoir pu dire quoique ce soit.

— Tu as bien travaillé aujourd'hui, *chico*, tu dois être épuisé. Allez, hop, va te coucher, lui conseilla Kay, tu le mérites.

Zach n'essaya même pas de protester. Minuit était passé et il était si fatigué que ses paupières lourdes tombaient toutes seules.

***

Le lendemain, Zach se réveilla en sursaut quand il réalisa que son réveil affichait 7h. Bon Dieu, pourquoi Kay ne l'avait-il donc pas réveillé ? Il devait être arrivé quelque chose de grave pour que le cowboy ne vienne pas s'assurer qu'il fût debout. Il paniquait ! Cela faisait déjà trois bonnes heures qu'ils auraient dû avoir déjeuné et être partis travailler sur le ranch faire il-ne-savait-quelles-bricoles !

Il s'habilla à une vitesse folle et descendit les escaliers comme l'éclair au risque de glisser et de faire une chute. Il arriva en haletant dans la cuisine où une douce odeur de bacon flottait dans l'air. Kay était assis à table avec une assiette de nourriture, paisible.

Zach hésita.

— Heu… ?

Kay tourna alors la tête vers lui et lui sourit.

— Pourquoi est-ce que tu ne m'as pas réveillé ? Il est sept heures ! s'exclama le blond sans comprendre ce qui se passait.

— Caterina est venue tôt ce matin et elle nous a laissé un déjeuner à faire réchauffer. Tu n'as pas beaucoup dormi et hier a été une journée éprouvante, voilà pourquoi je t'ai laissé dormir. Tu méritais bien une grasse matinée pour aujourd'hui, mais ne t'y habitues pas trop !

— Et le travail, et les vaches, et la clôture et les poules ?

— Tu t'en fais trop pour rien. Wilson, Owen et Hervé sont venus en même temps que Caterina. Ils sont déjà en train de travailler et de faire toutes ces tâches. Ils ont cru que, toi et moi, avions bien besoin d'une matinée de congé.

— Oh.

Ce fut tout ce qu'il fut capable de dire. Les gars de Kay étaient tous beaucoup trop gentils. C'était franchement adorable de leur part.

— Ton assiette est sur le comptoir, tu n'as qu'à la mettre au micro-onde.

Zach hocha la tête et revint s'asseoir à table avec Kay deux minutes plus tard avec son déjeuner fumant.

— C'est vraiment généreux de leur part, commenta Zach après avoir pris une première bouchée. Et les petits plats de Caterina sont vraiment les meilleurs !

— Tu penseras à le lui dire et à remercier mes gars.

Le blond acquiesça une nouvelle fois de la tête.

— On va les rejoindre, après déjeuner, hein ? Ce ne serait pas correct de les laisser faire tout le boulot !

— Tu me prends pour qui ? Tu termines de manger, tu te brosses les dents et on y va.

Zach sourit et se dépêcha de terminer de manger.

Il n'oubliait pas ce que Kay lui avait dit hier à propos de ceux qui avaient eu accès à ses vaches dans les dernières semaines, tous ceux qui étaient venus au ranch. Il allait se montrer attentif pour tenter de déjouer le coupable, car il ne voulait pas que son cowboy s'inquiète pour ce genre de choses. Il trouverait qui avait osé faire ça !

Chapitre 13

Il était temps que Zach apprenne lui-même à monter, car Kay n'allait pas supporter une autre balade avec son derrière lascivement collé au sien ! Voilà pourquoi il avait sorti deux chevaux de l'écurie au lieu d'un seul avant de rejoindre Hervé et les autres.

— Allez, salue ton cheval. C'est lui que tu monteras pour la journée, je t'apprendrai.

À la fois heureux et impressionné, Zach s'approcha du cheval, puis lui flatta lentement l'encolure.

— J'espère que tu ne m'as pas choisi un gros paresseux ! s'exclama le plus jeune à la rigolade.

Une petite rougeur s'éprit des joues de Kay, mais il détourna le regard et secoua la tête.

— C'est un bon cheval, se contenta-t-il d'affirmer.

En vérité, Zach avait vu juste. Kay lui avait choisi un gros cheval lent, mollasson et bien obéissant. Il ne voulait pas risquer qu'un de ses précieux chevaux de course se fassent arracher la bouche ! Il préférait voir comment le petit se débrouillait avant de lui donner un cheval plus expérimenté. De plus, l'entraînement de Zach serait moins ardu avec une monture facile à chevaucher.

— Tu m'aides à monter ? demanda Zach avec un large sourire.

Le cheval que Kay lui avait choisi était plus bas que le sien de sorte qu'il devrait être capable de grimper dessus tout seul, mais Zach n'avait aucune envie d'être indépendant sur ce coup-là. Il préférait de loin avoir les mains du séduisant cowboy sur ses hanches ou, encore mieux, sur ses fesses... Sans lâcher Kay du regard, il mit un premier pied dans l'étrier.

— Pousse-moi pour me donner un élan, rajouta-t-il sans se départir de son sourire.

Il savait *exactement* ce qu'il faisait.

Kay eut une lueur d'hésitation dans le regard. *Puta*, est-ce que Zach le faisait exprès ? Il avait l'impression que le gamin cherchait à le pousser dans ses retranchements. Mais il ne pouvait pas résister à son sourire enjôleur qui semblait si innocent. En soupirant, il posa ses grandes mains sur ses hanches (pas question de les poser sur son délicieux petit cul !) et souleva Zach pour l'aider à monter à califourchon sur sa monture. Il le lâcha le plus vite qu'il put.

Se reculant, il monta sur sa propre monture d'un seul saut, puis se rapprocha de Zach, étira la main, puis prit les rênes de son cheval avec les siennes.

— Qu'est-ce que tu fais ? lui demanda Zach, l'air surpris. Tu ne me laisses pas les rênes ?

— Pas maintenant, peut-être lorsque nous reviendrons toute à l'heure.

— Tu sais, ça fait un moment que je n'ai pas monté, mais je me souviens de quelques trucs.

Zach paraissait presque vexé qu'il ne lui laisse pas toute de suite les rênes, mais Kay n'en avait rien à faire. La sécurité et le bien-être de ses bêtes passaient avant toute chose !

— Tu ne me fais pas confiance, c'est cela ? rajouta le plus jeune en faisant la moue et croisant les bras sur sa poitrine.

Kay soupira. Zach agissait vraiment comme un enfant… Des épisodes comme celui-ci lui faisait bien ressentir le fossé que creusaient les âges entre eux.

— Tu n'y es pas du tout, dit-il en secouant la tête, c'est seulement que je veux m'assurer que tu es bon cavalier avant de te laisser complètement libre, car je tiens beaucoup à mes chevaux, surtout ceux destinés à la course et que, là, je n'ai pas le temps de t'évaluer. Je te promets que nous le ferons sur le chemin du retour. Commence par agripper le pommeau et me montrer que tu sais bien te tenir !

Au lieu de se sentir davantage vexé dans son ego, Zach n'en admira que davantage Kay. L'homme avait réellement à cœur la santé des animaux qui vivaient sur son ranch et cette sensibilité touchait Zach qui n'éprouvait que plus de désir à l'égard du cowboy mature.

Il posa donc ses mains sur le pommeau comme indiqué par son mentor du jour et se tint le plus droit possible.

Kay commença à faire trotter son étalon à la robe baie, puis le sien avança quelques pas derrière au même rythme.

— Où est-ce qu'on va aujourd'hui, d'ailleurs ? finit par s'enquérir Zach en remarquant qu'ils ne prenaient pas le même chemin qu'à l'habitude.

Kay regarda par-dessus son épaule pour lui répondre :

— Ce matin, mes gars ont incinéré les cadavres de vaches pour ne pas attirer les charognards et c'était principalement ce que je comptais faire de la journée, alors nous pouvons en profiter pour prendre un peu d'avance sur demain : il y a une vieille grange au fond du ranch qui tombe en poussière, il faut aller la démolir avant qu'elle ne s'effondre sur quelqu'un. Et après, un camion de livraison doit me livrer la nouvelle semoule que j'ai commandée, alors il faudra partir un peu avant les gars pour être là quand il arrivera. Je ne laisserai personne d'autres toucher à ça à partir de maintenant.

Lorsqu'ils arrivèrent, Hervé et les autres étaient déjà sur place. Kay avait raison, la petite grange était vraiment dans un sale état… Le bois était pourri, rongé par les insectes et l'humidité et les clous rouillés. Elle était si abîmée qu'elle penchait d'un côté comme la tour de Pise. Elle était irrécupérable. Zach comprenait mieux pourquoi Kay ne perdait pas de temps à la retaper.

— Vous avez fait du bon travail avant que l'on arrive, commenta Kay en descendant de son cheval, remarquant que près de la moitié de la grange avait déjà été jetée à terre.

Kay s'avança vers ses gars, déjà en tête d'attraper un pied-de-biche et d'arracher quelques planches, quand une voix l'arrêta :

— Tu m'aides à descendre, dis ?

N'en croyant pas ses oreilles, il soupira, puis se retourna lentement vers Zach qui lui faisait encore ce *puta* de sourire éclatant. Il paraissait tellement innocent… jamais Kay n'aurait pu deviner ce qui se passait réellement dans la tête du garçon…

— Je vais me laisser glisser, lui dit Zach le plus innocemment possible en passant sa jambe par-dessus l'encolure du cheval, et tu n'auras qu'à me rattraper. D'accord ? J'ai peur de me blesser en tombant, sinon.

Zach était plutôt fier de lui. Il ne savait lui-même pas comment il arrivait à paraître crédible tout en disant de telles choses, mais si ça lui permettait de faire craquer le séduisant rancher, toutes les techniques étaient bonnes !

Résigné, Kay s'approcha et se prépara à rattraper Zach.

— Vas-y, je suis là.

Zach se laissa tomber, puis passa ses bras autour du cou de Kay pour se retenir. Par réflexe, le cowboy passa une main sur ses hanches pour éviter de basculer en avant.

— Hey, les gars, prenez-vous une chambre ! cria Wilson en les voyant du coin de l'œil.

— Est-ce que vous allez rester comme ça toute la journée ou venir nous aider ? surenchérit Hervé.

— Nous aurions peut-être dû les laisser au lit toute la journée, finalement…, rajouta Owen avec un large sourire moqueur.

Rougissant et réalisant leur position rapprochée et hautement ambiguë, Kay reposa Zach au sol et s'éloigna d'un pas ou deux. Le cadet tenta de cacher au mieux le sourire qui menaçait d'étirer ses lèvres, suivi de son embarras et de sa courte déception.

Alors que Kay allait récupérer ce fameux pied-de-biche, Zach le surveilla du regard, tout en scannant le périmètre du regard. Wilson, Hervé et Owen s'étaient remis à travailler d'arrache-pied. Ils étaient tous si gentils et paraissaient tellement familiers et amicaux les uns envers les autres qu'il avait du mal à croire que l'un d'eux puisse vraiment avoir empoisonné les vaches de Kay. Qui aurait bien voulu lui causer du tort ? N'étaient-ils pas tous amis depuis plus de vingt ans ?

— *Chico*, tu viens ?

Sortant de ses pensées, Zach hocha la tête, puis ramassa un marteau au hasard dans la charrette qui contenait tous leurs outils. Il s'approcha et arracha quelques planches et quelques clous.

Il ne fit pas attention à toutes les conversations qui se déroulaient autour de lui (toutes – ou presque – à caractères sexuels) jusqu'à ce qu'une en particulier attire son attention.

— Alors, Hervé, Margaret n'a pas trop de mal à garder les jumelles à la maison pendant que tu es ici ? demanda Kay avec une expression soucieuse.

L'interpellé parut quelques peu mal à l'aise et il refusa de regarder Kay directement dans les yeux.

— Oh, tu sais… on fait comme on peut, on se débrouille. On n'était pas préparés à avoir des jumelles, c'est certain, mais je ne voudrais retourner en arrière pour rien au monde : elles sont comme la prunelle de mes yeux.

Ainsi, Zach apprit que Hervé n'avait pas seulement eu un enfant, mais qu'il avait eu deux petites filles, des jumelles.

— Et toi, Wilson, à quand les enfants ? demanda Owen en donnant un coup de coude dans les côtes de son ami.

Zach soupçonna Owen d'avoir également remarqué le malaise de Hervé et d'avoir voulu détendre l'atmosphère.

— Oh, non ! N'en rajoute pas toi aussi ! Cela fait près de deux ans que Caterina me supplie !

Kay offrit une tape amicale à Wilson dans le dos :

— Tu sais, tu dois faire des enfants avant d'être trop vieux !

— Et toi, c'est pour quand, les enfants ? Tu es bien plus vieux que moi ! se défendit Wilson.

— Je suis gay ! s'exclama Kay comme si cela suffisait à tout expliquer. Je n'aurai jamais d'enfants !

— Et l'adoption, alors ? ne démordit pas Wilson. Il faudra bien quelqu'un pour reprendre ce vieux ranch !

— Je suis très bien sans enfants, des morveux qui courent dans mes pattes, ce n'est vraiment pas pour moi. Si un de mes neveux ou nièce veut le ranch après ma mort, je lui léguerai avec plaisir !

Il n'y avait plus qu'à espérer que sur les fils et les filles de ses frères élevés à la ville, il y en ait un seul un tant soit peu attiré par les animaux, la campagne et l'élevage bovin. Même s'il y avait de moins en moins d'éleveurs, il ne fallait pas se leurrer : un ranch de plusieurs hectares pouvait valoir jusqu'à des millions de dollars et être rancher était une activité énormément lucrative, pourvu de savoir mettre la main à la pâte. Ce n'était pas pour rien que Kay avait recours aux services d'un conseiller boursier… Il avait l'argent pour le faire. Et n'importe qui serait fou de passer à côté de la chance d'hériter d'un pareil ranch. Kay l'avait bien compris lorsque son père était mort.

— Tu n'es pas drôle, Kay ! fit Wilson en boudant.

Zach ne put s'empêcher de rigoler avec les autres hommes en pensant que, peut-être était-il trop jeune encore pour le savoir, mais que lui non plus ne souhaitait pas d'enfants. Il n'avait jamais su s'y prendre avec les gamins. Il les trouvait agaçants et énervants.

Sur ses pensées, il se remit au travail comme les autres jusqu'à ce que Kay lui donne une gentille tape sur l'épaule.

— Il faut y allez *chico*, la livraison va bientôt arriver.

Zach hocha la tête et alla déposer son marteau dans la charrette. Il s'approcha de son cheval et n'eut même pas à le demander pour que Kay l'attrape par les hanches et l'aide à se hisser dessus. Ne s'y attendant pas, il fut d'abord pris par surprise et manqua d'échapper un petit cri, mais sitôt qu'il put s'accrocher au pommeau, il prit son équilibre et ce fut mieux. Il croisa le regard moqueur de Kay. Zach détourna la tête et décida de changer de sujet.

— Alors ? Tu avais dit que je pourrais avoir les rênes sur le chemin du retour.

— Laisse-moi te montrer, d'abord.

Kay lui apprit de quelle manière il fallait manier les rênes pour faire tourner le cheval à droite, puis à gauche et comment il fallait lui indiquer de s'arrêter. Il lui montra aussi comment faire démarrer son cheval avec une légère pression du talon dans son estomac.

Zach était soucieux d'apprendre et d'impressionner son nouveau professeur. Dès que Kay lui donna sa chance, il fit de son mieux et, progressivement, les mouvements qu'il avait appris lorsque, tout jeune, il habitait sur le ranch de son père, lui revinrent. Ils étaient ceux d'un cavalier expérimenté. C'était comme la bicyclette, ça ne s'oubliait pas.

En cours de route, il dépassa même Kay en faisant trotter son cheval plus vite que le sien, lui lançant un sourire narquois au passage.

— On fait la course ?

Kay aurait dû refuser, mais Zach paraissait être habile sur sa monture, alors il se laissa entraîner par le jeu. Sitôt, sa monture démarra au triple galop et doubla Zach dont le sourire s'étira.

Zach rattrapa Kay avec un grand éclat de rire et ce fut presque en même temps qu'ils arrivèrent à la maison principale, tout aussi essoufflés que leur bête.

— Je suis impressionné, admit Kay en descendant, se retenant difficilement de sourire.

Cela faisait des années qu'il ne s'était pas laissé aller ainsi. Ça faisait du bien. Il s'était senti jeune.

— Je ne pensais pas que tu serais aussi bon cavalier, rajouta-t-il en s'approchant du cheval de Zach pour aider ce dernier à descendre.

Le plus jeune était très fier d'avoir réussi à impressionner Kay.

— Tu sais, j'ai beaucoup d'autres talents cachés…, lui répondit-il avec un clin d'œil.

Kay eut un moment de déconcentration. Il avait très bien compris le sous-entendu dans les paroles de Zach, mais il s'en voulait pour ça. Si ça se trouvait, le gamin lui parlait de bricolage. Il se trouvait pervers pour y voir autre chose...

Zach glissa de sur sa monture et se pendit une fois de plus au cou de son aîné. Ils restèrent ainsi de longues secondes, leur visage près – *trop* près – l'un de l'autre, leur souffle se mélangeant au gré de leur respiration. Le cadet déglutit, il avait la gorge de plus en plus sèche.

C'est alors qu'ils entendirent le vrombissement d'un gros moteur. Kay tourna la tête et vit le gigantesque camion qui venait de se stationner à l'avant de son ranch.

— C'est la livraison, dit-il simplement.

À regret, Zach relâcha son étreinte, puis se frotta les bras, repensant à ce qui venait tout juste de se passer, tandis que Kay allait à la rencontre du chauffeur.

Chapitre 14

Ils durent se mettre à trois (avec le chauffeur) pour décharger les lourds sacs de nourriture sèche du camion et les transporter un à un sur la mezzanine de l'écurie où ils étaient entreposés avec des bottes de foin. Le transport leur prit tout une partie de l'après-midi. Et pourtant, Kay n'avait pas commandé énormément de provisions, car il voulait d'abord tester cette nouvelle marque avant d'acheter davantage, mais aussi parce qu'il n'en avait pas besoin de beaucoup puisque, la plupart du temps, il laissait ses bêtes brouter librement dans les grandes plaines du ranch.

En cette fin d'après-midi, le soleil tapait tout aussi fort que s'il était midi sur leur tête. Zach n'avait jamais été aussi content d'avoir son *Stetson* sur le crâne ! Si le chapeau lui évitait les maux de tête, il ne pouvait cependant rien pour la chaleur. Les hommes crevaient de chaud, si bien que Zach finit par enlever son haut et le jeter sur le perron de la maison principale. Il était moins costaud et pas aussi dessinés que Kay, mais sa musculature n'avait rien à lui envier pour autant. Elle était celle qui résultait des passages en salle de gym d'un jeune Casanova de Los Angeles. Zach le savait et il n'était pas du tout gêné d'exhiber fièrement ses abdos devant Kay. Quelque part, c'était une petite vengeance. Le cowboy allait peut-être enfin comprendre ce qu'il lui faisait en se baladant constamment chemise ouverte sur son torse légèrement velu et musclé comme celui d'un Dieu celtique !

Kay faisait de son mieux pour ne pas se déconcentrer, mais c'était difficile alors que Zach se promenait sans son haut juste sous ses yeux. Il devait se faire violence pour s'empêcher de le regarder ! Il était fasciné par le dos souple du plus jeune et par sa musculature tout en finesse, loin de la dureté de la sienne. Zach était un homme fort – certes pas autant que lui –, mais il avait tout de même cette impression qu'il pourrait facilement le briser ou… le soumettre à toutes sortes de choses… Oh, *puta* ! Pourquoi pensait-il encore à des choses comme celles-là ? Il était un foutu pervers doublé d'un pédophile ! Secouant la tête, il se força une fois de plus à détourner le regard et alla porter sa poche remplie de semoule à sa place.

Lorsque, plus tard, ils eurent terminé de travailler, ils étaient couverts de sueur, leur peau brillant sous le soleil déclinant. Transporter et monter les sacs de semoule par la petite échelle qui permettait de monter jusqu'à la mezzanine d'entreposage avait été éreintant. Zach était mort de fatigue et il ne souhaitait plus que se laisser tomber au sol pour s'éteindre en paix. Il n'avait presque plus la force de faire des blagues ou du charme à Kay.

Trouvant un coin d'herbe, il s'y laissa tomber et soupira de bien-être en sentant ses muscles fatigués et douloureux se détendre. Tandis qu'il somnolait, une ombre se dessina au-dessus de lui.

— Qu'est-ce que tu fais là, *chico* ? Allez, relève-toi, on rentre à la *casa* !

Zach soupira.

— Peux plus bouger…

Tout son corps demandait grâce. Il n'avait jamais travaillé aussi fort de toute sa vie ! Il n'avait même plus la force de se lever.

Alors qu'il croyait que Kay allait le forcer à se bouger ou que, au contraire, il allait le laisser là se reposer un peu avant de reprendre les activités de la journée, un sourire moqueur qui ne prédisait rien de bon s'étira sur les lèvres du cowboy. Puis, sans crier gare, Zach fut soulevé de terre. Il poussa un petit cri de surprise jusqu'à ce qu'il réalise qu'il se trouvait dans les bras de Kay comme une princesse.

— Ce n'est pas une raison, allez, je t'emmène, *chico* ! Accroche-toi bien !

Son premier réflexe aurait été d'hurler pour qu'on le repose, car après tout, il n'était pas une demoiselle en détresse, sauf que là… les choses étaient bien différentes. Il était dans les bras de Kay, bon sang ! Jamais il n'avait été aussi près de son but depuis qu'il s'était mis en tête de le séduire. En plus, Kay ne pourrait se plaindre de rien, car après tout, il était celui ayant initié l'action. Zach ne se débattit donc pas, trop heureux. À la place, il noua ses mains derrière le cou du cowboy sous prétexte de se retenir et lui offrit un sourire tout ce qu'il y avait de plus charmant.

Zach était tout de même assez impressionné. Kay avait travaillé aussi longtemps et fort que lui, si ce n'était pas même plus et, pourtant, il semblait encore plus en forme que lui et avait même l'énergie pour le soulever, alors qu'il n'était pas léger, et le ramener jusqu'à la maison. Quel genre de surhomme était-il ?

En vérité, les muscles de Kay le faisaient bien souffrir après cette dure journée, mais il était habitué à la dépense physique et pour rien au monde il n'aurait admis sa faiblesse devant Zach. Il était bien trop fier. Il poussa la porte de la maison et ce fut avec soulagement qu'il laissa tomber sa charge sur le sofa du salon.

Même s'il venait d'être déposé sur le divan, yeux à demi-fermés et voix endormie, Zach ne lâcha pas le cou de Kay et il l'attira à lui.

— Je suis certain que tu es fatigué, tu ne peux pas être encore *top shape* après *tout* ça…, lui dit-il à voix basse, un doux sourire sur les lèvres. Reste te reposer avec moi, tu en as besoin.

Kay fut face à un dilemme. Le sofa l'appelait, criait son nom et était diablement tentant après cette dure journée, mais il doutait que ce soit une bonne idée que de se blottir contre le torse nu de Zach…

Finalement, sa fatigue l'emporta sur le reste et il se laissa aller à s'allonger. Ils roulèrent sur le côté et, bientôt, Zach lui fit dos pour faire face au dossier et ils se retrouvèrent en cuillère. C'était plus confortable, mais beaucoup plus intime également... Kay en venait presque à regretter son choix... Surtout quand il commença à laisser dériver son cerveau après cette longue journée de travail et qu'il réalisa que ses pensées s'avéraient ne pas être très catholiques... Il se mordit la lèvre et tenta de penser à autre chose, mais ce n'était pas évident avec le corps à moitié nu de Zach collé au sien ! Les choses empirèrent quand il prit conscience qu'il était en train de durcir contre le postérieur du plus jeune.

— ¡ *Puta mierdia* ! jura-t-il avant de brusquement se lever et descendre du sofa, espérant que Zach n'eût rien remarqué.

Mais c'était mal connaître le cadet. Zach avait parfaitement senti la légère bosse qui grandissait dans le pantalon de Kay. Il avait même fait exprès de s'y frotter ! Il offrit un sourire innocent à l'homme :

— Qu'est-ce qu'il y a ?

Kay devait penser rapidement.

— Le souper ! s'exclama-t-il. Tu es fatigué, je le suis aussi, alors je pense que le mieux serait de commander quelque chose.

Zach s'étonna :

— Le service de livraison livre jusqu'ici ?

— Je suis un peu reculé, mais moyennant un petit supplément, ils font la livraison. De plus, je connais quasiment tout le monde en ville.

Kay alla chercher le téléphone et quelques menus de restaurant dans la cuisine, en profitant pour reprendre ses esprits et se donner deux bonnes claques mentales, puis revint dans le salon.

— Alors, qu'est-ce qui te ferait plaisir ? Chinois, libanais, italien ?

Zach se pinça les lèvres. Il se rendit compte que son estomac grondait.

— Tu ne préférerais pas mexicain ? demanda-t-il.

Il savait que Kay adorait la nourriture épicée qui lui rappelait ses origines.

— Je n'ai pas osé te le proposer, avoua le cowboy, vu comment le poulet de la dernière fois a terminé, mais si ça ne te dérange pas…

— Commande-moi des nachos et je serai le plus heureux des hommes !

Zach offrit un sourire lumineux à son interlocuteur qui paraissait plutôt content.

— Très bien, je commande ça. Ce sera probablement livré dans une trentaine de minutes.

— Je ne vais pas pouvoir attendre tout ce temps ! s'exclama Zach qui venait de réaliser à quel point il avait faim.

Il fit la moue, tandis que Kay repartait dans la cuisine avec un éclat de rire. Zach l'entendit qui commandait, mais comme l'homme parlait en espagnol, il ne comprit pas un seul mot de ce qu'il racontait

Le cowboy revint dans le salon.

— C'est fait, il n'y a plus qu'à attendre, maintenant.

Kay croisa les bras.

— Ça va arriver dans combien de temps, déjà ?

L'homme soupira.

— Je te l'ai déjà dit : dans une trentaine de minutes. Tu agis comme un enfant !

Zach bouda et courba l'échine, mais lorsqu'il releva la tête, ses yeux étincelaient.

Il paraissait soudainement beaucoup plus mature et âgé. Ce n'était pas le gamin qui s'adressait à Kay, c'était le jeune homme qui allait bientôt faire ses premiers pas à l'université.

— Je t'assure que je n'en suis pas un. Je fais des tas de choses qu'un enfant ne fait pas et qu'on ne ferait jamais à un enfant...

Zach passa sa langue sur ses lèvres, son regard ancré dans celui de son hôte qui le regardait, muet.

Chapitre 15

Kay était bouche-bée. Sûrement avait-il mal entendu. Ce devait être ça ! Zach ne pouvait pas vraiment avoir dit ça…, pas vrai ? *Puta*, il pouvait essayer de se convaincre, mais il savait très bien ce qu'il avait entendu… Il n'était pas encore vieux au point d'en être sourd !

Il commençait à penser de moins en moins que le garçon agissait en toute innocence. En ce moment, avec cette expression qu'il avait sur le visage, Zach paraissait savoir exactement ce qu'il sous-entendait et où il allait. Cela donna des frissons à Kay. Le jeune homme cherchait donc à le séduire ? Mais pourquoi donc ? Il avait vingt-quatre ans de plus que lui ! Zach devrait plutôt chercher l'attention de garçons de son âge, pas d'un homme de quarante-deux ans comme lui ! Il ne comprenait pas et était plutôt troublé par ce qu'il réalisait.

D'un autre côté, il était content. Content de ne pas être le seul à éprouver cette sorte d'attirance physique – presque malsaine – malgré le fossé des âges. Malgré tout, il ne s'en sentait que davantage responsable. Il était de son devoir de ne pas craquer, par respect pour Chester et parce que c'était lui l'adulte. Zach avait dix-huit ans, il était trop jeune, il ne savait pas ce qu'ils encouraient à aller plus loin, si Chester portait plainte ou qui que ce soit d'autre.

Il avait la gorge sèche. Il secoua la tête pour chasser les pensées les moins catholiques qu'il avait, puis détourna le regard pour éviter de le poser sur le torse nu de Zach, voire Zach tout entier.

— Si tu n'es pas un enfant, alors commence à agir comme un adulte, se contenta-t-il de lui répondre en croisant les bras sur sa propre poitrine.

Le cadet le défia du regard, relevant le menton. Il avait une expression tout à fait insolente sur le visage. Quand Kay finit par le regarder, il s'en voulut : le blond avait l'air d'un petit diable et c'était *très* sexy.

— Ne t'inquiète pas pour moi, je suis capable d'agir de manière *très… adulte*, quand je le veux vraiment…

Kay sentit quelque chose tressaillir dans son pantalon et sa gorge se dessécher davantage, si c'était possible. Il prit une grande inspiration pour conserver son calme (et son désir en cage). Il devait trouver quelque chose ! Vite !

— Dans ce cas, maintenant que nous revenons à la routine habituelle, je compte sur toi pour préparer le petit déjeuner demain matin.

Zach parut brièvement déçu par sa réponse et son visage perdit son expression taquine et assurée pour redevenir celle du gamin qu'il connaissait. Il en était presque soulagé.

Le plus jeune se releva et se dirigea vers les escaliers.

— Je suis toujours fatigué, alors je crois que je vais aller me reposer dans mon lit en attendant que la livraison arrive. Tu n'auras qu'à m'appeler quand ce sera le cas.

Il se sentit un peu mal pour Zach, mais il ne dit rien pour l'arrêter, tandis qu'il l'observait de dos gravir les douze marches menant au second étage. Il soupira à nouveau, puis se rendit dans la cuisine où il dressa la table. Normalement, ce devrait être le travail de Zach, mais quelque chose lui disait qu'il était préférable qu'il le fasse lui-même ce soir. Le gamin aurait tout le temps de se rattraper durant le restant de l'été.

Peu de temps après avoir mis la table, il entendit le moteur d'une automobile. Il prit quelques billets qu'il gardait toujours sur le dessus d'une armoire de cuisine avec sa carte de crédit et sortit sur le perron pour accueillir le livreur avant même que celui-ci ne soit sorti de sa voiture. Il alla à sa rencontre, le paya avec un généreux pourboire et revint dans la cuisine avec les deux boîtes en carton entourées d'une solide attache qui contenaient leur repas.

— Zach ! appela-t-il en déposant les boîtes sur la table, après avoir coupé les attaches.

Il entendit le robinet de la salle de bains de l'étage tourner, puis quelques secondes plus tard, Zach descendit le rejoindre. Il paraissait avoir tout oublié de leur précédente interaction et affichait un sourire affamé digne de celui d'un lion d'Afrique.

— Miam ! s'exclama-t-il en découvrant ses nachos recouverts de fromage et garnis d'olives.

Zach lui avait ouvert l'appétit et Kay s'était commandé la même chose, mais avec un supplément de piment. Il adorait les *jalapeños* ! Il était le genre de gars qui mettrait de la sauce *sriracha* (même si c'était thaïlandais et pas mexicain comme on pourrait d'abord le penser) ou de la sauce *Tabasco* (pour sa part, typiquement mexicaine) partout s'il le pouvait !

Le plus jeune plongea ses mains dans sa boîte et commença à dévorer ses croustilles si délicieuses. Kay l'imita. Ils avaient si faim qu'ils terminèrent le repas en moins de deux sans échanger plus d'une ou deux paroles, parce qu'ils avaient toujours la bouche trop pleine pour parler.

— Les gars viennent m'aider trois fois par semaine au ranch, alors ils ne seront pas là demain, mais ils reviendront la journée d'après, finit par dire Kay, une fois son plat vidé, tout en essuyant la bouche du coin de sa serviette de table.

— Alors… nous allons être seuls demain ? s'enquit Zach.

Kay se trompait. Il n'avait rien oublié de leur précédent rapprochement – si on pouvait appeler ça comme ça…– et l'opportunité de passer une journée seul à seul avec le beau cowboy faisait renaître un nouvel espoir en lui… ainsi que toute une panoplie d'idées machiavéliques pour faire craquer son homme. Le temps d'une petite journée, il pouvait bien mettre son enquête sur pause pour se concentrer sur une cause bien plus importante, à savoir pousser Kay dans ses derniers retranchements.

— Oui, c'est ce que ça signifie, répondit le plus âgé avec prudence.

Il était devenu méfiant depuis qu'il avait compris que Zach cherchait à lui faire du charme.

— Ça veut dire qu'il faudra qu'on travaille plus fort, aussi, rajouta-t-il comme pour faire mourir dans l'œuf toute tentative de séduction qui pourrait venir de la part de son jeune colocataire.

— Je ne suis pas stupide, tu sais. Je suis capable d'additionner deux et deux : je sais très bien que s'il y a moins de mains d'œuvre une journée, cela signifie qu'il faudra faire plus de travail ! s'exclama Zach, comme s'il était insulté.

Mais ça n'avait jamais été l'intention de Kay qui se sentit tout de suite un peu mal. Peut-être était-il trop méfiant vis-à-vis de Zach ? Il devait baisser sa garde.

— Je sais, désolé. Je ne voulais pas te vexer, mais juste te préparer mentalement à ce qui nous attend pour demain.

Son interlocuteur hocha la tête. Il semblait avoir compris qu'il n'avait pas voulu le blesser ou le faire se sentir stupide.

— Bon, allez, *chico*, aide-moi à débarrasser la table, dit-il en se levant, et tu pourras ensuite aller prendre une bonne douche. Je crois que nous en avons, tous les deux, grand besoin !

Zach l'aida, puis remonta les escaliers. Kay entendit la porte de la salle de bains claquer. Le cowboy alla dans sa chambre et jeta sa chemise déboutonnée au lavage. Il espérait que le gamin ne serait pas trop long, car il avait aussi bien hâte d'aller se laver sous le jet d'eau chaude. Il patienta quinze bonnes minutes, puis alors qu'il posait son chapeau sur sa chaise attitrée et fouillait dans ses tiroirs pour prendre un nouveau boxer, il entendit la voix de Zach depuis le pas de la porte :

— J'ai terminé, tu peux y aller.

— Ok, j'y vais, dit-il tout en se retournant avant de se figer brusquement, les yeux écarquillés.

Zach se tenait devant lui, la peau encore humide. Totalement *nu*.

Chapitre 16

Cela faisait déjà près d'une semaine que Zach était arrivé sur son ranch, déboulant comme une véritable tornade dans sa petite vie bien rangée et bien tranquille. Une semaine qu'il s'efforçait d'ignorer les avances du jeune, de lui résister. Parce que, bien sûr, il ne devait pas céder. Pour tout plein de raisons qu'il ne voulait pas ressasser une fois de plus.

Sauf que là… Zach avait poussé le vice un peu trop loin. Le jeune homme était complètement nu, de la vapeur fumante s'échappant toujours de son corps et de ses cheveux encore humides après sa douche.

Kay avait senti son cœur rater un battement dans sa poitrine. Sa gorge se dessécha d'un seul coup, devenant aussitôt aride comme une plaine désertique. Il sentit son sexe tressaillir dans son pantalon. Il avait fait de son mieux durant les derniers jours pour se contenir et se contrôler, parce qu'il était l'adulte, mais… tout homme possédait ses limites. Il n'y échappait pas. Zach avait été trop loin. Trop loin pour que Kay recule. Il ne se contrôlait plus.

Zach aurait dû avoir peur de la lueur affamée qui s'alluma au fond des prunelles de Kay, mais il n'était pas le moins du monde effrayé. À la place, il trouvait cela… *excitant*. Il n'avait pas du tout envie de se défiler. Encore moins lorsque Kay parla d'une voix rauque et basse :

— Qu'est-ce que tu veux vraiment, *chico* ?

Zach déglutit.

— Tu sais ce que je veux, eut-il l'audace de rétorquer sans se démonter.

Quelques secondes, pas longtemps, Kay eut une hésitation, mais il finit par secouer la tête et jurer dans sa barbe :

— *¡ Puta mierda ! ¡ Tu tendrás deseado lo !*

Puis, sans crier gare, il fonça sur Zach et sa bouche se referma voracement sur la sienne.

Zach fut surpris parce qu'il s'attendait à être une fois de plus rejeté (il s'attendait même à retourner dans sa chambre la tête basse, mais non sans agiter son cul au visage de Kay, tandis qu'il franchirait le couloir). Il gémit quand Kay se décida finalement à l'embrasser. L'homme n'était pas doux. Le cowboy le poussa rudement contre la porte qu'il referma d'une seule main derrière eux. Sa grande main s'enroula autour du sexe du plus jeune qui rejeta la tête en arrière, le souffle coupé, offrant sa gorge à son aîné qui posa instantanément ses lèvres dessus, mordillant et suçotant la mince peau blanche.

Kay fit des va-et-vient sur toute la longueur de la virilité de Zach qui commençait déjà à haleter, les jambes devenues tremblantes, si bien qu'il agrippa solidement les bras musclés de son partenaire pour garder l'équilibre. Il se sentit devenir de plus en plus dur. Son sexe s'était dressé contre son ventre.

Puis, Kay lui donna l'assaut final et il jouit violemment sur son ventre et le pantalon de l'homme.

Ils reprirent lentement leur respiration l'un contre l'autre, puis sans crier gare, Kay s'éloigna d'un seul coup.

— Je suis désolé, lâcha-t-il brusquement. Ça n'aurait pas dû se passer comme ça. Je n'aurais pas dû craquer. Je t'ai donné ce que tu voulais, mais maintenant ça ne doit plus arriver.

Kay passa une main rapide dans sa chevelure, l'air troublé, puis il dégagea Zach de la porte, l'ouvrit, puis sortit dans le corridor.

— Encore désolé, dit-il avant d'entrer dans la salle de bains pour prendre cette fameuse douche.

Resté seul dans la chambre de son hôte, Zach ne savait plus quoi penser. Même la figurine de *Star Wars* posée sur la table de chevet semblait le narguer. Il avait été heureux de voir enfin ses efforts porter fruits, mais Kay semblait regretter ce qui s'était passé entre eux.

Il soupira et retourna dans sa propre chambre pour se nettoyer avec quelques mouchoirs et s'habiller avec un vieux survêtement.

Lui, il ne regrettait rien. Il pouvait encore sentir les mains fermes et expérimentées de Kay se poser partout sur son corps, enserrer son sexe et le pomper jusqu'à ce qu'il jouisse. Personne ne l'avait déjà fait jouir comme ça. Pas même à Los Angeles. Il en frissonna de plaisir. Plus que jamais, il désirait que cette scène se reproduise.

Si le cowboy avait craqué une fois, Zach avait confiance qu'il pourrait le faire céder une deuxième fois. Il pensait même que ce pourrait être plus facile que la première fois. Mais peut-être se trompait-il…

***

Sous la douche, Kay ne cessait pas de s'injurier de tous les noms de la planète.

— ¡ *Hijo de puta* !

Il n'arrivait pas à se pardonner ce qui venait tout juste d'arriver. Zach était sexy et n'avait pas arrêté de le tenter depuis le début de la semaine, mais… bon sang ! Le gamin n'avait que dix-huit ans, tandis qu'il en avait quarante-deux ! Il aurait dû pouvoir gérer mieux que ça !

Zach ne voulait que du sexe. À son âge, c'était ce qu'on voulait. Kay n'avait plus qu'à espérer qu'il arrêterait son petit manège de séduction maintenant qu'il lui avait donné ce qu'il voulait. Car Kay ne voulait pas d'une relation uniquement sexuelle, pas plus qu'il ne se sentait prêt à amorcer une histoire avec le fils de son meilleur ami de vingt-quatre ans son cadet. Que penserait Chester s'il apprenait qu'il avait fait une branlette à son fils ? Kay préférait ne même pas imaginer la scène !

Cela faisait déjà quinze longues minutes qu'il était sous la douche et il ne voulait pas prendre toute l'eau chaude, alors il éteignit le jet, puis mit pieds sur le tapis posé juste devant. Il prit une serviette, essuya son corps et essora ses cheveux mi-longs qui lui arrivaient aux épaules. Il la noua ensuite autour de sa taille pour ne pas faire comme Zach toute à l'heure, puis sortit dans le corridor.

Le gamin n'était plus là. Il était probablement retourné dans sa chambre. C'était aussi bien. Il fit pareil.

***

Le lendemain matin, Zach avait mis son réveil et s'était réveillé à 4h pour préparer le petit-déjeuner. Cela ferait sans doute plaisir à Kay. Souhaitant faire cuire une omelette, il réalisa qu'il n'y avait plus d'œufs dans le frigo. C'est alors qu'il se souvint que Kay détenait un petit poulailler derrière la maison, réservé uniquement à son usage personnel et à un élevage de subsistance. Il y trouverait forcément des œufs.

Il enfila ses bottes de cuir et sortit à l'extérieur où il faisait un peu frisquet comparé aux chaleurs écrasantes du reste de la journée. Surtout qu'il ne portait qu'un pantalon de jogging.

Se rendant dans la cour de la maison, c'est alors qu'il distingua une silhouette plutôt suspecte dans la brume du matin. Plissant les yeux, il reconnut les cheveux roux et le chapeau d'un des gars de Kay.

— Wilson ? s'exclama-t-il avec surprise.

L'interpellé sursauta, puis tourna la tête dans sa direction, semblant le remarquer. Wilson s'avança à sa rencontre. Dès qu'il fut à portée de voix, Zach l'assaillit de questions :

— Qu'est-ce que tu fais ici ? Surtout à cette heure ? Kay m'a dit qu'aucun de ses gars ne devaient venir travailler aujourd'hui.

Wilson parut, tout à coup, assez mal à l'aise.

— C'est qu'hier j'ai eu une dispute avec Caterina au sujet d'avoir un bébé, ce fut assez violent et c'était soit dormir sur le canapé, soit venir ici. Je suis venu dormir dans les dortoirs de la maison au bout du ranch. Je dois aller récupérer ma voiture pour rentrer chez-moi.

Zach ne parut pas convaincu.

— Très bien, alors je te souhaite un bon retour à la maison et j'espère que ça se réglera avec Caterina.

Wilson lui offrit un sourire triste, puis le dépassa pour aller dans le stationnement prendre son automobile.

Zach alla au poulailler et prit quelques œufs aux mignonnes poules de toutes les races et de toutes les couleurs qui somnolaient encore. Même elles dormaient encore ! Il était sûrement complètement taré d'accepter de se réveiller à une heure pareille !

Il rentra à l'intérieur et prit un bol. Il brisa ses œufs, rajouta du lait, un peu de bacon et d'oignon, puis il versa le tout dans une poêle qu'il mit ensuite sur le four. Le tout fut cuit environ une quinzaine de minutes plus tard.

C'est à peu près au même moment que Kay descendit les escaliers et vint le rejoindre. Il s'installa à la table, qui avait déjà été dressée quelques minutes plus tôt, puis Zach le servit.

Il avait eu un peu peur du malaise qui régnerait entre eux le matin venu, mais pour le moment, il n'était pas présent. Il s'installa pour manger avec le cowboy et, devant le silence pesant, il se décida à dire quelque chose aussi nonchalamment que possible pour faire la conversation et alléger l'atmosphère :

— J'ai vu Wilson en allant chercher des œufs. Il a dit qu'il avait dormi ici cette nuit.

— Ah, oui ?

— Il a dit qu'il avait dormi dans la grande maison au fond du ranch.

— Les gars savent que le dortoir où habitaient auparavant les ouvriers du ranch leur est toujours ouvert s'ils en ont besoin, mais c'est rare qu'il soit utilisé. Wilson devait avoir une bonne raison.

— Une dispute avec sa femme, il me semble.

— Sûrement à cause du bébé. C'est compliqué entre eux… Caterina aimerait bien avoir un enfant, mais Wilson n'est pas vraiment prêt… J'espère que ça s'arrangera.

— Oui, moi aussi, rajouta Zach distraitement.

Il pensait à toutes sortes d'autres choses à la fois. Il était loin d'avoir oublié son enquête et il trouvait Wilson assez suspect.

— Au fait, tu as dit que tu avais été au poulailler ? s'étonna Kay.

— Oui, pourquoi ?

— Rien, je suis juste surpris que tu aies pris cette initiative, mais c'est bien.

Zach rayonnait de fierté.

Comme ils avaient terminé de déjeuner, il desservit la table, puis attendit que Kay donne l'horaire du jour.

— J'ai prévu un tournoi de poker pour en fin de semaine, alors aujourd'hui, je dois terminer d'envoyer mes invitations et j'ai aussi pas mal de paperasse à faire pour le ranch avec la commande de nourriture qui est arrivée cette semaine et les autres trucs que j'ai commandés pour refaire la clôture. Toi, il faudrait que tu nettoies les boxes des chevaux. Je vais te montrer comment avant, puis tu en auras pour une grande partie de la journée.

Est-ce que Kay cherchait à l'éloigner de lui ? Ça en avait tout l'air pour Zach…

Ils s'habillèrent. Kay avec son éternelle chemise déboutonnée et le plus jeune avec un T-shirt blanc simple, puis des jeans. Ils allèrent à l'écurie et le cowboy lui fit un petit cours :

— D'abord, tu sors le cheval de son box et tu l'attaches dans l'allée. Ensuite, tu retires toute la vieille paille, tu vas la porter dans le tas derrière l'écurie, tu vas en chercher de la neuve et tu en tapisses le box. Tu remets le cheval à l'intérieur et tu passes au suivant. Tu vois, c'est très simple. Bon, je te dis à plus tard, je vais faire mes papiers.

Zach n'avait aucune envie de nettoyer des boxes remplis de crottins de chevaux toute la journée loin de Kay, mais le cowboy semblait déterminé à le tenir à l'écart. Il l'observa sortir de l'écurie à regret. Ravalant sa rage, il décida de la passer dans la paille. Il terminerait ce boulot le plus vite possible pour pouvoir rejoindre Kay. Ainsi, ce dernier n'aurait rien à lui reprocher !

Chapitre 17

Zach eut beau se dépêcher au maximum, il fut forcé de se rendre compte que nettoyer les boxes de chacun des dizaines et des dizaines de chevaux qui logeaient à l'écurie du ranch n'était pas une mince affaire. Néanmoins, il s'autorisa une petite pause quand il arriva devant l'enclos où logeaient la mère et le poulain qu'il avait aidé à mettre bas. Les deux semblaient aller très bien. Il en était heureux. Il prit un moment pour leur caresser l'encolure, puis finit par changer leur paille.

Il nettoya encore trois boxes, puis s'arrêta pour essuyer son front, s'appuyant sur son râteau. Il était tout aussi fatigué que lorsqu'ils avaient déplacé tous ces sacs de nourriture jusqu'à la mezzanine par la petite échelle. Son ventre gargouillait, il devait être près de midi. Il n'avait pas encore fini de tout nettoyer, alors il ne savait pas s'il était autorisé à retourner à la maison pour se prendre un truc à manger. Surtout que Kay semblait vouloir le tenir à l'écart pour la journée. Zach avait peur de l'énerver en rentrant sans avoir terminé ce qu'il avait à faire, mais d'un autre côté, il avait faim et ne travaillerait pas bien si son estomac grondait.

Heureusement, il n'eut pas à y réfléchir plus longtemps.

— Tu as bien travaillé, tu as presque fini, le félicita la voix de Kay.

Lorsqu'il se retourna, Zach aperçut le cowboy qui s'avançait vers lui, quelque chose dans la main.

— Tiens, je t'ai amené un sandwich, attrape.

Le cadet leva les bras et réceptionna son déjeuner en plein vol.

— Merci, dit-il en relevant les yeux sur Kay, se demandant si le malaise entre eux s'était finalement dissipé.

Il adorerait pouvoir poursuivre son opération séduction, mais ça n'avait aucune chance de fonctionner si le cowboy lui en voulait pour ce qui c'était passé plus tôt. Lui faire du charme en ce moment ne réussirait qu'à envenimer davantage la situation. C'était une évidence pour Zach.

— De rien, lui répliqua son interlocuteur, neutre. Bon, je vais retourner à mes papiers. Bonne fin de travail et essaie de te dépêcher un peu, car le ciel est gris : il va bientôt se mettre à pleuvoir.

Et Kay tourna les talons sous le regard dépité du blond. En d'autres circonstances, il aurait eu des tas de répliques salaces complètement déplacées à relancer à Kay – dans le genre « *Tu vas voir, ce n'est pas la seule chose qui peut pleuvoir...* » –, mais il voyait bien que le cowboy n'était pas d'humeur... Que faudrait-il faire pour que le cowboy lui laisse à nouveau sa chance ? Zach refusait de croire que tout était perdu. Il lui suffirait de réussir à approcher Kay et... il était persuadé que ce dernier craquerait encore ! Mais dans ce cas, serait-ce une bonne chose ou est-ce que l'homme lui en tiendrait davantage rancœur ?

— Argh ! C'est vraiment la merde, cette affaire ! jura-t-il, une fois à nouveau seul – avec les chevaux – dans la vaste écurie.

***

Plus tard, vers la fin de l'après-midi, il commença à pleuvoir dehors. Zach entendit Kay aller actionner la cloche pour faire entrer ses vaches à l'intérieur de l'immense grange – bâtiment non-loin de l'écurie. Quant à lui, il avait presque terminé son boulot. Il ne lui restait plus qu'un ou deux boxes à nettoyer et il aurait fini cette tâche interminable.

— Je te l'avais dit, il pleut, dit Kay en venant le rejoindre dans l'écurie. Je vois que tu as bientôt terminé. Je dois me rendre en ville pour aller à la banque et faire un tour chez mon notaire, mais je reviendrai vite. Termine ton travail et va te mettre à l'abri à la maison : les tempêtes peuvent souvent être violentes au Nebraska, on est en plein dans le couloir des tornades. Regarde, même les chevaux sont un peu plus agités, ils le savent.

Kay tendit son bras dans le box le plus proche et flatta le museau d'un animal, comme pour le rassurer. Zach le regarda faire avec fascination. Le cowboy eut un mince sourire qui était adressé à la bête, puis il reposa son regard sur le blondinet.

— On se revoit tout à l'heure, rajouta-t-il avant de tourner les talons.

Zach entendit le moteur de sa *Jeep Wrangler* kaki tourner. Soupirant de lassitude face au caractère plus près d'un bloc de glace que celui d'un humain de Kay, il termina de nettoyer le dernier box, tandis que dehors, la tempête grondait. Il était vraiment temps qu'il retourne à la maison pour se protéger de l'intempérie.

Lorsqu'il mit le nez dehors, il pleuvait à grosses gouttes et il ventait si fort que Zach avait peur de s'envoler. Devant mettre une main sur sa tête pour ne pas perdre son chapeau, il courut pour regagner la maison, ne soufflant qu'une fois à l'intérieur, porte et fenêtres bien verrouillées. Il se posta devant une vitre et observa l'extérieur. Plus le temps passait, plus les vents semblaient devenir violents. Il pouvait voir les quelques rares arbres qui parsemaient le terrain plier sous la force des rafales. Il se mit aussi à entendre le tonnerre gronder et vit des éclairs déchirer le ciel. Il espérait que rien de grave n'arriverait à Kay !

Un peu plus tard, il entendit cogner à la porte. Persuadé qu'il s'agissait de Kay, il courut pour l'ouvrir. Quelle ne fut pas sa surprise de découvrir le visage épouvanté de Caterina !

— Zach ! s'exclama-t-elle. Est-ce que Kay est là ?

— Non, pourquoi ?

— C'est Wilson ! Il n'est pas rentré à la maison depuis la nuit dernière et je suis persuadée qu'il est venu ici ! Avec la tempête, j'ai vraiment peur qu'il lui soit arrivé quelque chose !

Zach se rappelait avoir surpris Wilson sur les terres du ranch ce matin. Ainsi, l'homme ne serait jamais retourné chez-lui ? Il y avait de quoi s'inquiéter avec la grosse tempête qui venait d'éclater.

— Entre, Caterina, ne reste pas là, dit-il en tirant la jeune femme à l'intérieur de la maison. Je vais prendre un cheval et trouver Wilson, je te le promets ! Je vais te le ramener !

Il sortit dehors et se remit à courir en direction de l'écurie, sans prêter attention aux exclamations étouffées de Caterina qui lui disait de ne pas y allez que c'était dangereux et qu'il valait mieux attendre le retour de Kay. S'ils attendaient le retour de Kay qui pourrait être bloqué en ville, Wilson avait le temps de mourir dix fois. Une telle tempête ne pardonnait pas. Zach se rappelait avoir appris à l'école que le Nebraska était particulièrement sujet aux tornades de la même manière que le lui avait spécifié Kay.

L'odeur de la terre retournée, des bêtes mouillées, du cuir et du bois humide lui assaillait les narines. Dans l'écurie, il prit le premier cheval sur lequel il tomba : un grand étalon noir. Il ne prit pas la peine de le seller et décida de le monter à cru pour gagner du temps. Après tout, une vie humaine était potentiellement en jeu ! Chaque seconde était encore plus précieuse que la précédente !

Il s'appuya sur la porte du box ouvert pour se donner l'élan nécessaire pour monter à califourchon sur sa monture. Contrairement à ce qu'il laissait penser à Kay, il était parfaitement capable de monter et descendre d'un cheval…

Sous l'adrénaline et le stress, tous ses vieux réflexes de cavalier acquis durant l'enfance lui revinrent et il démarra au triple galop. Wilson pouvait être n'importe où sur ces centaines de milliers d'hectares.

Tandis qu'il galopait, les mains solidement agrippées à la crinière du destrier, la pluie faisait désagréablement coller ses vêtements à son corps et ses cheveux sur son crâne. Au bout d'un moment, il finit par distinguer une forme humanoïde dans un fossé. Il arrêta son cheval et sauta en bas, puis se dirigea vers ledit fossé en courant. Il l'avait trouvé !

— Wilson ! cria-t-il. Est-ce que tu vas bien ? Comment as-tu atterri là ?

L'homme leva la tête et sembla éprouver un immense soulagement en réalisant qu'il avait une chance d'être sauvé.

— J'ai perdu pied et je suis tombé. J'ai essayé de remonter, mais la terre mouillée est devenue trop glissante ! Je vais bien !

Il devait parler fort pour se faire entendre par-dessus les rafales de vent.

— Ok, je vais essayer de t'aider !

Zach examina les alentours du regard, puis il ramassa une branche de bois qui traînait par terre, probablement arrachée à un arbre par la tempête. Il retourna auprès de Wilson et s'agenouilla dans la boue, se fichant de salir ses nouveaux vêtements. Il tendit le bout de la branche à Wilson, étendant son bras au maximum de son élasticité.

— Tiens, attrape ça !

L'homme allongea lui aussi le bras et tenta d'attraper la branche, mais cette dernière paraissait trop courte. Zach grogna, puis poussa davantage son bras, s'avançant un peu plus dans la boue au risque de tomber lui aussi dans le fossé. Wilson finit par réussir par attraper le bout de bois qui émit un craquement peu rassurant, puis Zach essaya de toute ses forces de le tirer à l'extérieur du trou.

Il suait à grosses gouttes et poussait des grognements bestiaux, les muscles contractés au maximum de leur force.

***

En revenant de chez son notaire, Kay fut surpris de reconnaître la voiture de Caterina devant son entrée. Les sourcils froncés et un pli barrant son front, il déverrouilla la porte de sa maison et y entra.

— Caterina ? appela-t-il.

La jolie femme arriva alors dans son champ de vision. Elle avait des cernes sous les yeux et un air épouvantable. Kay s'inquiéta davantage. Quelque chose était arrivé, il en était persuadé !

— Caterina ? répéta-t-il. Pourquoi es-tu ici ? Qu'est-il arrivé et où est Zach ?

Il crut que la femme allait exploser en larmes devant lui.

— C'est Wilson ! Il n'est pas revenu à la maison depuis la nuit dernière et je suis persuadé qu'il est venu ici, mais avec la tempête… je crains qu'il ne lui soit arriver quelque chose… Zach est parti à son secours, même si je lui ai dit qu'il aurait mieux fallu t'attendre !

Kay jura :

— ¡ *Puta de mierda* ! Cet enfant n'en fait donc que toujours à sa tête ?!

Il regarda Caterina, puis hocha la tête :

— Je vais aller les chercher.

Il passa l'élastique de son chapeau sous son menton pour éviter de le perdre dans le vent, puis retourna dans la tempête. Une fois dans l'écurie, il s'arrêta un instant devant un box vide. Zach avait-il vraiment pris *ce* cheval-là ?

Il alla chercher son cheval couleur baie, celui qu'il montait tout le temps, puis tout comme Zach, sans prendre la peine de le seller, il le chevaucha à cru. Il avait déjà une petite idée d'où pouvait être Zach et Wilson si les deux étaient ensemble. Il connaissait son ranch mieux que quiconque, incluant les endroits à ne surtout pas fréquenter en cas de tempête.

Il retrouva son ami et Zach exactement là où il le pensait. Son cœur rata un battement quand il discerna Wilson penché au-dessus du corps du plus jeune. Il sauta en bas de sa monture et courut pour les rejoindre.

— Kay ! s'exclama Wilson en le voyant.

— Qu'est-ce qui s'est passé ? s'énerva le cowboy en se penchant lui aussi au-dessus de Zach qui ne bougeait pas.

— J'ai perdu pied et j'ai glissé dans le fossé derrière nous. Je ne pouvais plus remonter à cause de la bouette, mais Zach est venu me sauver. Le pauvre, il s'est cogné la tête en tombant et il a perdu conscience après m'avoir sorti de là.

Kay angoissait.

— Ok, bouge-toi de là !

Surpris, Wilson s'écarta et Kay souleva Zach dans ses bras comme s'il n'était pas plus lourd qu'un sac de plumes.

— Je vais le ramener à la maison.

Kay se tourna avec son fardeau dans les bras et réalisa que Zach avait vraiment montré le cheval qu'il pensait... À cru, en plus. Il resta un moment sans bouger, bouche-bée, puis il reprit ses esprits et regarda Wilson :

— Prend mon cheval, je vais prendre celui de Zach.

Il hissa le corps du jeune sur le cheval, puis grimpa derrière lui, glissant une main autour de sa taille pour le tenir en place. Son autre main vint se nouer dans la crinière de l'étalon, puis ils partirent en direction de la maison, Wilson suivant non-loin.

Lorsqu'ils arrivèrent, Caterina fut d'abord heureuse de voir son mari en un seul morceau, puis angoissée quand elle vit Kay arriver avec un Zach inconscient dans les bras.

— Qu'est-ce qu'il a ? Il va bien ? s'inquiéta-t-elle.

Même s'il le cachait, Kay était encore plus inquiet qu'elle.

— Il s'est épuisé, s'est cogné la tête et a probablement attrapé froid, mais il va aller mieux. À votre place, je m'occuperais de vos problèmes de couple avant de vous occuper de l'état de Zach. À cause de vos querelles, vous l'avez mis en danger. Rentrez chez-vous et réglez ça, ordonna-t-il froidement avant de monter les escaliers. Vous avez déjà causé bien assez de problèmes comme ça.

Caterina et Wilson se regardèrent, interdits. Jamais ils n'avaient vu Kay réagir de la sorte. Était-ce parce que Zach avait été en danger ?

Chapitre 18

Zach reprit lentement conscience. Ses yeux papillonnèrent doucement, puis ses paupières se soulevèrent l'une après l'autre. Où se trouvait-il ? Il regarda autour de lui, loin d'avoir les idées claires : il y avait de l'eau.

— Ferme les yeux, lui conseilla une voix grave qui semblait venir d'au-dessus de lui.

Il obéit presqu'inconsciemment à l'ordre et quelque chose comme une casserole d'eau chaude lui fut versée sur la tête. Il rouvrit les yeux et réalisa qu'il était dans un bain, nu. La voix qui lui avait parlé était probablement celle de Kay. Il releva un peu le menton pour s'en assurer, rougissant comme une pivoine quand il croisa le regard du cowboy plus âgé.

D'accord, ce n'était pas la première fois que Kay le voyait nu, mais il trouvait tout de même ça un peu embarrassant… Sans parler qu'il ignorait comment il s'était retrouvé dans cette situation. Tout ce dont il se souvenait, c'était d'avoir galopé sous une pluie torrentielle et d'avoir sorti Wilson du fossé duquel il avait glissé. De toute façon, il n'avait pas la force de protester. Tout ce qui se passait autour de lui était comme caché derrière un épais voile blanchâtre. C'était comme si tout se déroulait au ralenti.

Il laissa Kay terminer de lui savonner le dos, tout en se demandant si le cowboy l'avait aussi lavé *ailleurs*, tandis qu'il était inconscient… Il ne s'en plaindrait pas. Il aimait ces petites attentions de la part de l'homme. Elles étaient agréables et tranchaient avec l'attitude distante qu'il avait eue avec lui durant tout le matin et l'après-midi. Sur ces pensées, il ne réalisa qu'à peine que Kay venait tout juste de tirer le bouchon du bain qui commençait doucement à se vider.

— Tu es capable de te lever ? lui demanda l'homme.

Zach tenta avec difficulté de prendre appui sur ses jambes. Kay l'aida à enjamber le rebord de la baignoire, puis il le fit asseoir sur le couvercle refermé des toilettes. Il alla chercher une serviette et la lui mit sur les épaules avant de commencer à le frictionner. Il déplaça ensuite le tissu sur sa tête et sécha ses cheveux blonds devenus d'un châtain-brun à cause de l'humidité.

Ensuite, Kay le souleva une nouvelle fois dans ses bras et le transporta dans *sa* chambre où il l'allongea sur le lit.

— Tiens, dans ma chambre, le lit est plus grand et plus confortable que dans ta chambre, alors tu y seras mieux.

Alors que Zach était surpris de se retrouver là, Kay tentait de se persuader qu'il avait fait le bon choix.

— Je vais chercher des oreillers et des couvertures, je reviens.

Tandis que Kay repartait dans le couloir pour fouiller dans une penderie où il rangeait la literie supplémentaire, Zach se roula dans les draps déjà présents du lit. L'odeur masculine et musquée de Kay était partout.

Le cowboy revint et rajouta des couvertures sur le corps de Zach et des oreillers sous sa tête.

— Tu as assez de coussins ? s'enquit-il.

Il en avait peut-être amené un peu trop, mais il voulait que le gamin soit à l'aise au maximum.

Zach hocha la tête, un peu groggy. Avec le parfum de Kay qui l'entourait et tous ces oreillers et couvertures, le sommeil le prenait. Le cowboy allait repartir en voyant le cadet s'endormir, quand ce dernier essaya de parler :

— Est-ce que... est-ce que Wilson va bien ?

— Oui, il va bien. Lui et Caterina sont partis il n'y a pas longtemps.

Pour ne pas dire qu'il les avait chassés du ranch. Kay soupira.

— Allez rendors-toi maintenant. Tu as besoin de te reposer, rajouta-t-il.

— Où est-ce que tu vas, toi ?

— Je vais aussi dormir.

— Où ?

Bon sang ! Ce gamin n'arrêtait-il donc jamais de parler ? Kay avait l'impression que ses questions étaient intarissables !

— Dans ta chambre pour cette nuit, répondit-il, las.

— Reste avec moi, gémit Zach.

Kay se sentait déchiré. Déjà que cela avait été difficile de déshabiller et de baigner Zach sans avoir de pensées ayant rapport de près ou de loin avec le sexe, si en plus il devait passer la nuit avec lui… Il n'en aurait pas fini de se maudire ! Pourtant, il se retrouvait incapable de refuser quoique soit à l'adorable visage de Zach et à ses grands yeux de chien battu qui demandaient à ce que l'on s'occupe de lui. Soupirant pour une énième fois, il ferma les yeux, puis ôta sa chemise, la jetant dans son panier à linge sale non-loin.

— Ok, murmura-t-il pour lui-même.

Il se doutait qu'il allait probablement le regretter, mais… De toute manière, il pensa que, dans l'état où il était, Zach n'aurait pas assez d'énergie pour lui faire de quelconques avances sexuelles. C'était, d'ailleurs, tout aussi bien comme ça. Tandis qu'il descendait la fermeture éclair de son jean, il espéra ne pas s'être trompé. Habituellement, il préférait dormir nu, mais il préférait ne pas pousser le vice trop loin aujourd'hui…

Il rabattit les couvertures du lit et se glissa auprès de Zach. Le plus jeune n'essaya même pas de se rapprocher. Il devait déjà dormir trop durement ne serait-ce que pour pouvoir y songer.

***

Zach se réveilla au beau milieu de la nuit. Il avait repris ses esprits en partie. Du moins, il était assez conscient pour réaliser que Kay dormait à poings fermés, uniquement vêtu d'un boxer près de lui et qu'il serait stupide de ne pas en profiter. Cela faisait des jours qu'il attendait pareille opportunité ! Kay ne pourrait se plaindre de rien, car c'était lui qui avait accepté de partager son lit, après tout.

Le jeune homme avait un plan déjà tout tracé dans sa tête. Il se rapprocha de Kay jusqu'à se coller contre lui, entremêlant ses jambes aux siennes. Une fois bien blotti contre son cowboy et après avoir regardé l'heure, il referma les yeux. Il devait se rendormir, car il était trop tôt pour se lever.

Le lendemain matin, Kay penserait tout simplement qu'ils s'étaient rapprochés durant la nuit. Son petit stratagème passerait ni vu ni connu.

***

Le matin venu, lorsque Kay se réveilla, Zach dormait encore. Le cowboy réalisa qu'il avait passé – sûrement de manière inconsciente – le bras autour du corps nu du blondinet. Et il était plutôt content que ce soit passé alors qu'ils dormaient tous les deux. Qui sait comment l'affaire aurait pu dégénérer autrement ?

Il étira son bras libre au-dessus de sa tête et décida qu'il était sûrement préférable qu'il s'écarte de Zach et se lève. Il laissa le gamin dormir et se déplaça aussi doucement que possible hors du lit. Il enfila un pantalon de survêtement gris, puis se rendit dans la cuisine pour y préparer le petit déjeuner.

Lorsqu'il eut terminé et lui-même mangé, il plaça la nourriture qu'il avait conservée au chaud sur un plateau trouvé dans une armoire sous l'évier, et remonta l'escalier avec celui-ci sur les bras. Quand il arriva dans la chambre, Zach était réveillé, le dos appuyé sur une montagne d'oreillers.

— Je t'ai apporté le petit-déjeuner, annonça Kay en posant le plateau de nourriture sur les jambes de Zach qui semblait déjà saliver.

— Depuis quand prépares-tu le petit-déjeuner ? demanda le jeune homme avec la voix groggy.

Kay émit un faible sourire.

— Depuis que tu ne serais même pas capable de tenir sur tes jambes plus de deux secondes.

Sans parler du fait que tu es même trop faible pour me faire des avances..., pensa-t-il en son for intérieur, tout en se retenant néanmoins de le dire à voix haute, de peur d'activer quelque chose dans le cerveau de l'adolescent.

Zach enfourna un croissant grillé au toaster et beurré dans sa bouche, sans même prendre la peine de répondre au cowboy. Le plus jeune termina son déjeuner en un temps record. Kay lui reprit alors le plateau.

— Au fait, dit le cowboy avec un léger froncement de sourcil, est-ce que Wilson t'a dit, hier, ce qu'il faisait encore sur le ranch, alors que ce n'était pas un jour de travail ?

Le blond secoua la tête.

— Non, je ne crois pas, répondit-il, mais peut-être que je ne m'en souviens pas, aussi…

Le jeune homme avait l'impression qu'il lui manquait des souvenirs de sa soirée de la veille.

— Hum… D'accord, murmura le cowboy en pinçant les lèvres. Il faudra que je lui demande quelques explications quand il viendra travailler. Normalement, il devrait venir aujourd'hui. Mes gars travaillent le mercredi, le jeudi et le samedi matin.

Zach aussi était curieux, à vrai dire. Il n'oubliait pas son enquête.

— Au fait, tu as vraiment monté l'étalon noir, hier ?

La question intriguait vraiment Kay, tandis que Zach n'en comprenait pas l'intérêt. Il haussa les épaules avec nonchalance.

— Oui, pourquoi ?

Le cowboy demeura quelques secondes surpris et il ne parla pas.

— Quoi ? J'ai fait quelque chose de mal ? s'inquiéta le cadet.

— C'est un cheval sauvage, finit par expliquer Kay, un indomptable que personne excepté moi n'arrive à monter. Et même moi, j'éprouve quelques difficultés avec lui. Et toi, sans le savoir, tu l'as chevauché, et à cru. C'est impressionnant.

Zach écarquilla les yeux en réalisant qu'il aurait pu se mettre en danger si l'étalon avait décidé de n'en faire qu'à sa tête, la veille.

Kay entendit un moteur et se pencha sur la fenêtre de sa chambre pour voir une première voiture s'arrêter dans l'entrée.

— Bon, mes gars arrivent, annonça-t-il. Je te donne une journée de congé, alors profites-en pour te reposer.

Le jeune homme se recoucha, s'enfouissant sous les couvertures à nouveau. Si Kay lui donnait congé, il n'allait pas s'en plaindre !

— Bonne journée, se contenta-t-il de grogner, la voix étouffée par l'oreiller.

Le cowboy était déjà parti.

***

Owen, Hervé et Wilson étaient arrivés. Ils étaient tous là. Kay les avait réunis, mais avant de discuter du planning de l'avant-midi, il avait autre chose à leur révéler.

— J'ai quelque chose à vous dire, commença-t-il.

Il avait l'air si grave que chacun des hommes se tut immédiatement pour l'écouter.

— Ce soir-là lorsque nous avons abattu le coyote, il y a eu un l'accouchement d'un poulain dans l'écurie et le vétérinaire, Westmore, est venu. J'en ai profité pour lui demander de faire des analyses sur les vaches décédées.

— Et alors ? s'empressa de lui demander Wilson.

— Et alors, j'ai appris que ce n'était pas les coyotes qui les tuaient...

— Alors... quoi ? questionna Owen avec un froncement de sourcil dubitatif.

— Du poison. Du cyanure pour être plus précis. Quelqu'un a empoisonné mes vaches.

Kay observa tout le monde, recherchant un quelconque comportement qui serait suspect.

— Qui aurait voulu faire ça ? demanda Owen. C'est ridicule. Tout le monde t'aime en ville, Kay !

— Eh bien, je ne sais pas..., admit Kay, mais cette affaire est grave et je ne veux accuser personne à tort, mais seules les personnes qui ont eu accès à mes terres durant les dernières semaines sont à soupçonner… Je souhaite de tout cœur qu'aucun de vous ne soit impliqué dans l'affaire, mais si c'était le cas… sachez que j'aimerais mieux que vous veniez m'avouer votre crime pour que nous puissions régler ça entre-nous plutôt que de devoir faire appel à la police. Je pense que vous serez du même avis que moi.

Un silence de plomb régna lorsqu'il eut terminé de parler.

Chapitre 19

Zach avait toussoté et éternué toute la journée. Vraisemblablement, il avait attrapé froid la veille et il avait ainsi hérité d'un mauvais petit rhume. Kay avait interrompu son travail plusieurs fois dans la matinée pour monter le voir, s'inquiétant toujours de savoir s'il avait assez de couverture et/ou d'oreillers. Zach appréciait toutes ces petites attentions dont il était l'objet. Le cowboy lui avait même apporté des cachets et un verre d'eau lors d'une de ses visites.

— Qu'est-ce que tu fais avec les gars ? demanda-t-il avec curiosité.

— On va rebâtir la petite grange en ruine que l'on a démolie la dernière fois. Je pense en faire un petit cabanon pour y ranger les outils dont on se sert le moins.

— C'est bien, se contenta de répondre le blond.

Kay se sentait triste pour Zach. Habituellement, le plus jeune sortait toujours de petits sous-entendus pervers. Il se serait attendu à quelque chose dans le genre de « *en tous cas, moi, si j'étais ton outil, tu ne voudrais pas m'y ranger... !* », mais à la place, son cadet avait simplement hoché la tête et répondu platement. La maladie et les médicaments semblaient avoir sapé toute spontanéité et joie de vivre de la part de Zach. Même s'il pouvait parfois être lourd et énervant, Kay avait hâte de retrouver la petite tornade qui était venu chambouler son quotidien du tout au tout, alors même que cela ne faisait pas encore une semaine complète qu'elle était là ! Voir Zach ainsi mal en point lui faisait mal au cœur et il pouvait deviner à quel point ce devait être difficile pour lui d'être forcé au repos.

— Allez je vais te laisser, il faut que j'y retourne. Les gars ont besoin de moi.

— Nah, ne pars pas.

Kay soupira.

— Je dois vraiment y aller.

Zach, persistant comme de la mauvaise herbe, agrippa mollement sa main de ses petits doigts et, même s'il n'exerçait aucune véritable force et que Kay aurait pu facilement le faire lâcher et s'en aller, il n'en fit rien et s'immobilisa.

— Ok, je reste, mais pas longtemps, céda-t-il.

— Hum, se contenta de grogner Zach.

Le blond aurait bien aimé que Kay se couche avec lui dans le lit et qu'ils puissent y faire toutes sortes de choses… Mais le cowboy semblait décidé à sortir retrouver ses gars pour aller travailler avec eux.

Tranquillement, l'emprise déjà faible de la main de Zach sur la sienne se ramollit, au fur et à mesure que les médicaments faisaient leur effet. Le blondinet lutta, mais ses paupières étaient lourdes. Bientôt, sa main retomba sur le matelas, alors qu'il s'endormait.

Kay l'observa quelques secondes, puis fit un petit sourire. Il posa une main sur le crâne de Zach et caressa sa chevelure.

— Repose-toi bien, *chico*.

Après avoir arrangé son chapeau, il sortit de la chambre, tout en refermant la porte derrière lui. Dehors, il reprit sa monture, Sunshine, puis galopa pour rejoindre ses gars plus rapidement. Il ne voulait pas les laisser faire tout le travail tout seuls et même si Hervé était là pour les superviser, il préférait être sur place pour vérifier que la construction de la petite grange correspondît bien à ce qu'il avait en tête.

***

Lorsque Kay retourna avec ses gars, l'ambiance y était un brin tendue. Depuis qu'il avait fait ses révélations sur l'empoisonnement des bêtes par un tiers, on aurait dit que plus personne n'osait plus plaisanter. Owen essayait tant bien que mal de détendre l'atmosphère de temps en temps, mais c'était inefficace. Kay n'avait jamais souhaité que ses gars commencent à se soupçonner entre eux. Tout ce qu'il avait voulu, c'était que le coupable se dénonce pour qu'il puisse en avoir le cœur net et prendre les mesures nécessaires à son encontre.

À la fin de l'avant-midi, la charpente de la grange était montée. Kay travaillerait un peu sur le truc lundi, puis ils termineraient ça tous ensemble le mercredi, comme convenu. Ses gars partirent, mais il retint Wilson avant que celui-ci ne puisse embarquer dans son auto.

— Hey, l'appela-t-il, tu peux rester une seconde ? Je dois te parler.

Wilson regarda pour s'assurer que c'était bien à lui qu'on parlait, puis haussa les épaules et approcha.

— Heu… ouais, je suppose. Qu'est-ce qu'il y a ?

— Zach m'a appris que tu avais couché au dortoir il y a deux jours. Tu sais que tu y es toujours le bienvenu, mais j'aimerais savoir pourquoi tu étais toujours sur le ranch hier soir, alors que ce n'était pas un jour de travail.

L'accusé se mordit la lèvre.

— C'est que j'ai eu une dispute avec Caterina au sujet d'avoir un enfant. Assez violente. On a dit des choses que l'on ne pensait pas, ni l'un ni l'autre… C'était soit le sofa soit le dortoir et j'ai préféré dormir dans un vrai lit. Le lendemain, j'ai croisé Zach près de la maison principale et je lui ai raconté toute l'histoire. À ce moment-là, je voulais vraiment retourner chez-moi, mais j'ai pris la frousse à la dernière seconde et je suis resté ici à errer, réfléchir et angoisser. Je sais que j'aurais dû te prévenir, je suis désolé.

Après l'avoir scanné du regard, Kay hocha la tête.

— Ok, je te crois, mais ne refais plus ça sans me prévenir, car j'aime savoir ce qui court sur mes terres, tu le sais, et ta présence sur celles-ci alors que je n'en étais pas au courant te fait paraître suspect.

Le visage de Wilson se décomposa.

— Tu ne veux pas dire que tu me suspectes dans cette affaire d'empoisonnement ?

— Je n'accuse personne et je n'aime pas suspecter mes amis, mais plus vite j'aurai mis la main sur le coupable, plus vite je pourrai régler cette histoire.

Wilson baissa les yeux.

— Je comprends, mais sache que jamais je ne t'aurais fait ça, Kay.

Le cowboy hocha la tête, mais ne répondit pas. Wilson le salua, puis grimpa dans sa voiture. Il était le dernier à partir.

Kay ramassa ses affaires et rentra chez-lui. La première chose qu'il fit, ce fut de monter voir si Zach allait bien. Ce n'était pas comme si le gamin pouvait mourir d'un rhume ou comme s'il pouvait lui arriver quelque chose de grave, mais c'était une des premières fois que le cowboy avait à s'occuper d'une personne malade et il s'inquiétait un peu trop. *Surtout* parce qu'il s'agissait de Zach.

Lorsqu'il entra dans la chambre, le jeune homme somnolait paisiblement et seule sa masse de cheveux blonds dépassait des couvertures. Soulagé que rien ne soit arrivé, il redescendit les escaliers pour se rendre dans son bureau où la paperasse s'étendait. Il lui restait encore quelques coups de téléphone à passer pour la partie de poker du lendemain. Il y avait invité ses gars aujourd'hui. Seul Hervé avait décliné l'invitation.

Prenant une pause, il se fit à manger et mit une portion supplémentaire au frigo, prévoyant que Zach voudrait peut-être mettre quelque chose dans son estomac s'il se réveillait avant le souper.

Le reste de l'après-midi passa à la vitesse grand V. Vers 3h, Kay eut terminé de régler tous ses papiers, alors il en profita pour vérifier que son jeu de poker était bien en ordre dans sa valise et qu'il n'aurait pas de difficulté à tout installer le lendemain. Il compta que les paquets de cartes étaient bien de 52, puis rangea le tout à l'arrière du sofa, là où ce serait facile d'accès.

Ensuite, il se mit aux fourneaux pour préparer le repas du soir. L'effluve de la bonne nourriture sembla avoir monté jusqu'à l'étage, car Kay entendit des pas dans l'escalier et Zach se pointa dans la cuisine. Sa chevelure blonde était emmêlée comme s'il ressortait tout juste d'une furieuse partie de jambe en l'air et il portait un boxer qui, visiblement, ne lui appartenait pas…

— Qu'est-ce que tu fais debout, *chico* ?

Avec mon boxer, sur le dos, en plus…, pensa-t-il sans oser le dire à voix haute. Voir Zach avec un de ses sous-vêtements trop grand pour lui avait quelque chose d'atrocement sexy et ils en avaient tous les deux conscience.

— Tu devrais retourner te coucher, rajouta-t-il.

— J'ai faim et je n'ai plus sommeil. J'ai dormi toute la journée ! protesta le plus jeune en s'approchant. Qu'est-ce que tu cuisines ?

Zach se hissa sur la pointe des pieds et tenta de voir le plat qui mijotait par-dessus l'épaule de Kay qui le trouva tout de suite trop près.

— Il est temps que tu goûtes au plat officiel du Texas de mes ancêtres : le *chili con carne* !

Sorte de ragoût à base de bœuf – du ranch de Kay, évident – et de chili épicé, le célèbre *chili con carne* était le plat le plus emblématique du Texas – officiellement depuis 1977 – et du Sud des États-Unis.

Zach n'aimait pas les choses qui piquaient trop la gorge et/ou qui enflammaient sa bouche, mais les effluves appétissants qui se dégageaient de la cuisine de Kay le poussaient à vouloir goûter le repas qui semblait être parmi les préférés du cowboy hispanique.

— Va t'asseoir à table, je vais servir dans quelques minutes, mentionna Kay dans une tentative pour éloigner le jeune homme en sous-vêtement.

Impatient de goûter à la nourriture, Zach obéit sans protester et alla s'attabler. Pour une fois que Kay préparait le souper, il n'allait pas s'en plaindre. Bien au contraire. Sa cuisine paraissait bien piètre lorsqu'elle était comparée à celle expérimentée du cowboy.

Kay servit le célèbre *chili con carne* dans des bols garnis avec une grosse *chips* de type *tortilla*.

— J'ai essayé de mettre un peu moins de piment dans ta portion, mentionna Kay en s'asseyant à table, mais il s'agit tout de même d'un des ingrédients principaux de la recette… Enfin, tu me diras si tu aimes.

Zach se contenta de hocher la tête, heureux de la petite attention qu'avait eu le cowboy à son égard, puis il plongea sa fourchette dans la mixture rougeâtre. Il goûta d'abord du bout de la langue pour mesurer le taux d'épice avant de prendre carrément une bouchée. Les larmes ne lui vinrent pas aux yeux, mais il avait tout de même l'impression, qu'à force de manger des piments, Kay ne les goûtait plus, car sa portion lui paraissait tout de même assez épicée. Il n'osait pas imaginer celle du cowboy, alors que celui-ci lui avait dit avoir réduit l'utilisation du *chili* dans son assiette ! Il toussa un peu à cause de son rhume et du piquant du piment mélangés, ce qui alerta Kay qui riva instantanément son regard gris comme la tempête sur lui.

— Tu vas bien ?

Il but une gorgée d'eau et acquiesça.

— Oui, ça va passer. Je n'avais jamais mangé du *chili con carne* ou alors j'étais trop jeune pour m'en rappeler. C'est, certes, un peu épicé, mais très bon.

Kay parut satisfait de sa réponse et Zach surprit un petit sourire s'étirer discrètement sur ses lèvres et creuser de petites rides dans le coin de ses yeux. Ce qui le rendit, à son tour, heureux.

Le cowboy remarqua l'air joyeux de Zach, ainsi que la fossette qui apparaissait sur la joue du plus jeune lorsqu'il souriait. Il aurait pu passer des heures à regarder cette fossette. Tranquillement, son cadet semblait reprendre du poil de la bête. Kay ne s'inquiétait pas pour lui : demain, il serait sans doute à nouveau parfaitement sur pied !

Ils terminèrent de manger, puis Kay reprit le bol vide de Zach avant que celui ne se lève pour aller lui-même le porter, puis alla les ranger dans le lave-vaisselle sous le regard surpris de son cadet.

— Tu veux aller prendre une douche et retourner au lit ? proposa-t-il en revenant près de la table.

Zach lui offrit un grand sourire, un brin taquin.

— Tu veux rire, j'espère ! Je n'ai pas bougé de la journée, je ne suis très certainement pas sale ! Tu peux approcher pour sentir, si tu veux !

Kay savait que Zach n'aurait probablement pas détesté qu'il approche encore plus pour le *sentir*... Lui non plus d'ailleurs, n'aurait probablement pas détesté, mais il devait encore résister.

— Ça va aller ! s'exclama Kay en riant un peu de son rire grave. Tu vas te coucher directement, dans ce cas ?

— Il est super tôt et j'ai passé toute la journée à dormir : je ne suis plus du tout fatigué ! Je te l'ai déjà dit.

Kay savait qu'il s'inquiétait peut-être un peu trop, mais il était incapable de s'en empêcher. C'était tout simplement plus fort que lui !

— D'accord, finit-il par consentir, mais comment est-ce que tu vas t'occuper jusqu'à neuf heures ?

— Je ne sais pas, il y a des *tas* de choses que je pourrais faire...

Le cowboy se mordit la langue. Pourquoi est-ce que Zach s'entêtait à laisser traîner des sous-entendus dans chacune de ses phrases ? À chaque fois, ça le faisait grincer des dents ! À tous prix, il souhaitait fuir avant de faire une chose qu'il regretterait. Il avait déjà laissé les choses aller trop loin avec Zach. Pourtant, il trouvait de plus en plus difficile de résister au charme du garçon qui semblait mettre tout en place pour le pousser plus loin dans ses retranchements à chaque fois. C'était plus difficile depuis qu'il s'était soumis à ses plus bas instincts, depuis qu'il avait vu le jeune homme complètement nu, à vrai dire. C'était comme si son corps voulait retrouver le sien. C'était peut-être con, mais c'était ainsi qu'il le percevait et il sentait que la seule manière qu'il avait d'y échapper était la fuite.

— Moi, en tous cas, je suis épuisé, alors je vais aller au lit me ressourcer un peu.

Il n'était pas obligé de dormir. Il pouvait prendre un livre, par exemple. Tant qu'il était loin de Zach.

— Je crois que je vais faire pareil.

Le blondinet croyait que lorsque Kay parlait du « lit », il parlait du sien dans la chambre principale. Et si c'était le cas, il allait tout faire pour être au lit au même moment que lui, pleinement éveillé. Il avait été déçu d'avoir été trop faible la nuit dernière pour faire de véritables avances au cowboy. Sans le savoir, il avait alerté le système d'alarme de Kay. Si ce dernier avait d'abord prévu de se rendre dans sa chambre, ce n'était décidément plus le cas.

Zach partit devant pour s'assurer de mettre son cul en valeur, tandis qu'il grimpait les marches une à une devant Kay et alla s'installer dans le lit, attendant patiemment son cowboy, alors que celui-ci allait prendre une douche.

Cependant, lorsque Kay sortit de la salle de bains, une serviette autour de la taille et ses vêtements sales dans une main, il ne vint dans la chambre que pour mettre lesdits vêtements dans leur panier et prendre un boxer et un jogging. Alors que Zach caressait encore l'espoir surréaliste de voir Kay se changer devant lui, ce dernier sortit de la chambre.

— Où est-ce que tu vas ?

— M'habiller, puis je vais m'installer dans ta chambre pour la nuit.

— Pourquoi est-ce que tu ne restes pas comme hier ?

— Car tu as l'air d'aller mieux, alors je n'ai pas besoin de te surveiller. Allez, on ne va probablement plus se revoir de la soirée, alors je te dis bonne nuit.

Si sa santé faisait fuir Kay, Zach était déçu de ne plus être aussi malade que la veille.

Chapitre 20

À son grand regret, Zach passa toute la nuit seul… Jusqu'à environ minuit où il se remit à tousser bruyamment, ce qui réveilla Kay. Le cowboy entra dans la grande chambre, un verre d'eau à la main.

— Zach, murmura-t-il, tu es réveillé ?

Il n'y eut qu'un vague grognement pour lui répondre. Il posa une main sur le crâne du jeune homme qui finit par relever la tête dans sa direction.

— Mmh… qu'est-ce qu'il y a ? Tu t'es enfin décidé à venir dormir avec moi ? demanda-t-il d'une voix endormie.

Zach n'était pas certain que le Kay qu'il avait devant lui était bien réel. Après tout, c'était peut-être juste son imagination qui lui jouait des tours. C'était d'ailleurs plus probable. Tout ça ne devait qu'être un délicieux rêve…

— Tu toussais beaucoup, tiens, je t'ai amené un verre d'eau et des cachets, lui répondit l'homme en lui tendant ce qu'il avait apporté.

Le blond obéit presque les yeux fermés, enfournant les cachets dans sa bouche et buvant une généreuse rasade d'eau pour les faire passer. Il redonna ensuite le verre à Kay qui repartit avec. Zach s'attendait à ne plus revoir le cowboy, mais ce dernier revint avec le verre d'eau de nouveau rempli et il le posa sur la table de chevet, là où le jeune homme y aurait accès en cas de besoin.

Ensuite, à la grande surprise de Zach, Kay se glissa près de lui sous les draps au lieu de retourner dans la petite chambre. La raison devait en être que le cowboy savait qu'il ne serait plus un danger une fois que les cachets commenceraient à faire effet… Et malheureusement, Zach en avait également conscience. Il se sentait déjà sombrer dans le sommeil.

***

Le lendemain matin, très tôt, Zach fut le premier à se réveiller. Il fallait dire que son sommeil avait été assez léger. En ouvrant les yeux, il réalisa que Kay dormait bien à côté de lui. Ainsi, ce n'avait pas été qu'un simple rêve de son cerveau inventif !

Il se sentait mieux que la veille ou même que la journée d'avant. Il était en forme et maintenant qu'il avait le cowboy avec peu de vêtements dans le même lit que lui, il n'allait très certainement pas laisser passer cette chance inestimable ! Ça ne se reproduirait peut-être plus jamais de l'été. Il fallait savoir saisir les occasions lorsqu'elles se présentaient.

Alors, sans hésiter, se dépêchant, il ramena ses jambes vers lui et ôta le sous-vêtement de Kay avec lequel il avait passé la nuit, puis le lança dans le panier à linge à l'autre bout de la pièce. Il n'avait jamais été aussi heureux de ne porter qu'un boxer beaucoup trop grand pour lui, car il avait l'impression que bander dans son jean trop serré aurait été plus douloureux qu'autre chose... sans parler du fait que ça aurait été bien plus long à enlever ! Zach n'aurait pas eu la patience de s'acharner sur la ceinture à grande boucle de Kay.

Désormais nu, il souleva prudemment le bras de Kay et se faufila sous celui-ci, grimpant sur le torse du cowboy pour se blottir contre lui. Soudainement, alors qu'il se pensait discret, délicat et silencieux, le bras se raidit anormalement sur son dos, le faisant se figer aussitôt. Lorsqu'il releva la tête, il croisa les yeux orageux de Kay qui le fixaient, grands ouverts, avec une expression bestiale dans les prunelles. Pris en flagrant délit, Zach eut l'impression que son cœur rata un battement et qu'il avait soudainement oublié comme respirer. Il déglutit terriblement lentement, incapable de détacher son regard de celui hypnotisant de Kay.

— À quoi est-ce que tu joues, *chico* ? Tu trouves peut-être ça plaisant de sans cesse chercher à m'aguicher ? Tu croyais peut-être que je ne l'avais pas remarqué ?

Brusquement, le cowboy le fit basculer sous lui et il se retrouva plaqué au fond du lit, Kay au-dessus de lui, les mains plaquées de part et d'autre de sa tête. Son pouls s'accéléra.

— Tu me tournes sans cesse autour et me fais toujours des avances, poursuivit Kay, mais est-ce que c'est vraiment ce que tu veux ?

Joignant l'acte à la parole, il déplaça une de ses mains et la posa sur la virilité de Zach, exerçant une pression – supportable – sur celle-ci. Au lieu de le faire fuir à grandes jambes, le blond sentit le sang affluer dans son sexe et l'excitation faire briller ses prunelles et trémousser ses hanches avec impatience. Le souffle coupé, il hocha vivement la tête pour répondre au cowboy.

— Je ne sais pas si c'est une bonne idée, tu es encore malade…

Zach avait la drôle d'impression que Kay faisait exprès de le frustrer, sexuellement parlant.

— Je vais beaucoup mieux ! affirma-t-il.

C'était la plus longue phrase qu'il arrivait à formuler avec son sexe enserré dans le poing de l'homme le plus sexy de tout le Nebraska.

— Dans ce cas… si tu es vraiment prêt à subir toutes les conséquences de tes actions…

Kay avait abandonné. Il avait fini par penser que le seul moyen de mettre un terme à cette attirance malsaine qu'il éprouvait pour le fils de Chester était d'y céder, juste une fois, pour de bon.

— Donneur ou receveur ? demanda-t-il.

Zach sentit un éclair parcourir sa moelle épinière. Il avait rêvé de ce moment depuis la première fois où il avait vu le beau cowboy.

— Prends-moi, finit-il par répondre après s'être mordu la lèvre.

Kay se sentit tout aussi excité que son partenaire lorsqu'il entendit sa réponse. Ce fut comme si un choc électrique le parcourait. Il n'avait rien espéré de mieux : il préférait de loin être le dominant, surtout alors qu'il était face à un partenaire avec un petit cul aussi délicieux que celui de Zach ! Il avait secrètement espéré que le plus jeune lui répondrait qu'il préférait être pris. Son souhait s'exauçait. Il ne savait pas ce qu'il aurait fait si Zach lui avait répondu l'inverse.

— D'accord, *chico*.

Nerveusement, il étira le bras pour ouvrir le tiroir de sa table de chevet où il avait désespérément rangé, il y a quelques années, du lubrifiant et quelques préservatifs avec le fol espoir qu'il pourrait peut-être en avoir un jour besoin. Il n'avait jamais été aussi heureux d'avoir eu ces quelques précautions au temps où il recherchait encore quelqu'un qui pourrait supporter son mode de vie de cowboy pour partager sa couche. Réussissant à attraper ce qu'il voulait, il referma le tiroir et ce fut avec angoisse qu'il chercha la date d'expiration sur le préservatif. Un grand soulagement le parcourut quand il vit qu'il expirait seulement dans quatre mois. Il déchira l'emballage avec ses dents, puis glissa d'une main un oreiller sous les hanches de Zach pour le surélever.

Le plus jeune le regardait faire avec l'œil brillant. Se hissant sur ses coudes, il plaça son visage à la hauteur de celui de Kay et chercha à obtenir un baiser, tandis que l'homme cherchait à ôter son boxer. Lorsqu'il y parvint enfin, il releva la tête et son regard croisa celui du plus jeune qui semblait quémander ses lèvres. Il céda à sa demande en l'embrassant comme s'il allait le dévorer. Puis, il déroula le préservatif sur son membre.

Une fois que Zach eut ce qu'il voulait, il sut dès cet instant qu'il voulait plus, *beaucoup* plus, dès qu'il posa les yeux sur la virilité dure de Kay, à vrai dire. Le sexe imposant et veiné du cowboy était impressionnant et il le voulait.

Le cowboy saliva devant le corps nu du blond qu'il n'était plus obligé de se retenir de toucher. Ses grandes mains se posèrent sur ses hanches et il le tira plus près de lui d'un mouvement brusque qui n'était pas pour déplaire à Zach qui appréciait la rudesse de Kay. Il aimait les hommes expérimentés qui savaient ce qu'ils faisaient. Il le laissa lui faire plier les genoux et garda les jambes au-dessus du matelas.

— Prêt, *chico* ?

Zach hocha vivement la tête. Il en avait assez d'attendre ! Il n'avait jamais été reconnu pour être très patient, d'ailleurs.

Kay, qui commençait à devenir tout aussi impatient que son jeune partenaire, finit par verser une noisette de lubrifiant dans le creux de sa main. Il en recouvrit ses doigts, puis poussa son indexe contre le muscle rosé de son compagnon qui inspira bruyamment sous l'intrusion.

Zach en profita pour poser ses chevilles sur les épaules du cowboy. Ce dernier inséra un deuxième doigt en lui et s'appliqua à bien l'étirer de l'intérieur. Zach commença à doucement haleter, ressentant déjà de petites vagues de plaisir le submerger. Mais ce n'était pas assez. Il voulait plus ! Il fit bouger son bassin à la rencontre des doigts de son aîné, cherchant à lui signifier qu'il était déjà prêt pour davantage. Il était si excité qu'il avait l'impression qu'ils auraient pu le faire sans lubrifiant du tout et que son plaisir aurait noyé toute douleur superficielle ! Ce n'était pas la première fois qu'il couchait avec un homme, alors il savait à quoi s'attendre.

Kay avait eu l'intention d'y aller doucement pour éviter de faire mal à Zach qui sortait tout juste de sa convalescence, mais son cadet semblait chercher à en obtenir plus de toutes les façons possibles. Les mouvements de ses hanches contre ses doigts le firent craquer. Il ne pouvait plus attendre, lui non plus ! Il ôta ses doigts, arrachant un glapissement à son partenaire qui était déçu de perdre leur sensation, mais ils furent rapidement remplacés par quelque chose de plus imposant.

— Tu cherches vraiment à trouver mes limites, hein, *chico* ?

Des picotements de l'excitation parcoururent Zach lorsqu'il sentit le gland du sexe de Kay se presser contre son entrée. Il haleta et chercha à aller à sa rencontre pour faciliter son intrusion. Kay le poussa en lui d'un brusque coup de rein qui le fit gémir et s'arquer contre le lit.

— Encore ! supplia-t-il

— ¡ *Tú vas a arrepentir !*

Zach ne chercha pas à savoir ce que Kay avait dit, tant que ce dernier se reculait un peu pour lui donner un nouveau coup de bassin aussi puissant que le premier. D'autres coups semblables suivirent, martelant son point G que le cowboy avait trouvé dès le premier élan. Le plus jeune gémit. Il se croyait propulsé au septième ciel.

Quant à Kay, il n'était pas en reste. Le corps de Zach était de loin le plus excitant qu'il n'avait jamais eu sous lui. Il se sentait un peu coupable, car il était incapable de ne pas associer la jeunesse du jeune homme avec son corps désirable. Était-il aussi agréable parce qu'il avait vingt-quatre ans de moins que lui ? Pour le moment, il préférait ne pas y penser.

— Tu es si étroit, *mi corazón*, commenta-t-il dans un grognement, accompagnant sa parole d'un coup de butoir.

Zach frissonna. Il tentait de résister aux assauts de Kay, tandis qu'il sentait l'excitation de plus en plus grimper en lui. Dans chacun de ses poings refermés, il avait agrippé une poignée de draps qu'il serrait jusqu'à ce que ses jointures en blanchissent.

La main de Kay s'enroula autour de sa virilité dressée et lui imprima des mouvements de va-et-vient qui menacèrent, alliés au sexe qui le martelait, de le faire jouir sur le coup.

Le cowboy se pencha sur son torse teinté de rouge et lui vola un nouveau baiser passionné et sauvage à la fois. Zach rejeta la tête en arrière, offrant sa gorge aux baisers affamés de son partenaire qui en mordilla la peau particulièrement sensible.

Zach avait l'impression que son corps n'était plus qu'une boule enflammée de sensations. Il se sentait comme fiévreux. Quant à Kay, à chaque fois qu'il ressortait presque au complet du corps de son compagnon pour s'y renfoncer ensuite, il avait l'impression de replonger dans un fourreau brûlant.

Au bout d'encore un moment, le plus jeune sentit qu'il ne pouvait plus se retenir. Ses sphincters se contractèrent et il jouit en hoquetant, se répandant partout sur son ventre plat. Quelques secondes – ou coups – plus tard, Kay lui emboîta le pas, remplissant son préservatif.

Épuisé, le cowboy s'effondra sur Zach. Ce dernier le trouva un peu lourd, mais il ne dit rien, tout aussi fatigué.

— C'était génial, souffla-t-il.

— Tant mieux, car je suis vieux et je n'ai pas l'énergie pour un deuxième round, avoua Kay, crevé.

En vérité, Zach n'aurait pas détesté remettre le couvert, il avait l'énergie pour le faire, mais ils pourraient bien le faire une autre fois aussi.

— Au fait, qu'est-ce que ça veut dire « *mi corazón* » ? demanda-t-il avec curiosité, se souvenant que Kay l'avait appelé par ce nom, tandis qu'ils faisaient l'amour.

Il fut déstabilisé le temps de quelques secondes. Le cowboy le regarda en clignant des yeux, comme légèrement surpris, comme s'il ne se souvenait même plus avoir employé ce mot durant leur ébat sans parler que.... pour lui, ce mot était si simple et évident ! Que Zach ne l'ait pas compris l'étonnait et le soulageait à la fois…

— *¡ Hay que te daré lecciones de español !* Il faut vraiment te donner des leçons d'espagnol, répéta-t-il en voyant que Zach ne l'avait pas compris la première fois, secouant la tête avec exaspération.

— D'accord, mais est-ce que tu vas me dire ce que ça voulait signifier ?

Kay ne semblait pas vouloir lui répondre.

— Tu n'auras qu'à chercher.

Avant que Zach n'ait pu lui poser une autre question, Kay se retira et ôta son préservatif, fit un nœud et alla le jeter dans la poubelle de la salle de bains.

S'arrêtant devant le miroir de ladite salle de bains, Kay observa son reflet, se demandant s'il avait bien fait de céder à ses pulsions avec Zach. Ça avait sans doute été une des meilleures parties de jambes en l'air de toute sa vie, il ne pouvait pas le nier, mais au lieu d'avoir étouffé le désir qu'il avait du jeune homme, cela semblait l'avoir décuplé.

Dans quel pétrin s'était-il fourré ?

Chapitre 21

Il était encore tôt, mais Kay était habitué à se lever à des heures qui pourraient être considérées comme anormales pour le reste des êtres humains et il ne tenait pas particulièrement à retourner au lit avec Zach en sachant ce qui s'y était déroulé quelques dizaines de minutes auparavant. Sans parler qu'il n'arrivait pas à se sortir de la tête que Chester devait venir chez-lui aujourd'hui pour la partie de poker. Comment pourrait-il le regarder dans les yeux, alors qu'il venait tout juste de baiser sauvagement son fils ?

Soupirant, il s'éloigna du miroir de la salle de bains et s'obligea à retourner dans la chambre pour prendre des vêtements. Sur le lit, Zach le suivait du regard.

— Qu'est-ce que tu fais et où comptes-tu aller ? N'avais-tu pas dit que dimanche était ton jour de congé ? l'interrogea-t-il. Tu pourrais en profiter pour passer toute la journée avec moi… au lit…

La proposition était tentante, mais Kay se força à la repousser le plus loin possible dans son esprit.

— Ce n'est pas une bonne idée, se contenta-t-il de répondre, je dois terminer de préparer la maison pour ce soir et c'est sans compter que ton père va venir. Je ne tiens pas à ce qu'il nous surprenne.

Sans trop savoir pourquoi, la possibilité de se faire surprendre excita un peu plus Zach. C'était peut-être son petit côté exhibitionniste qui aimait et faisait monter l'excitation de l'interdit en lui. Cependant, ce fut son instinct de survie qui l'emporta pour le coup : lui non plus n'avait pas envie de se faire surprendre avec Kay par son père ! Il ne savait pas comment réagirait Chester et il ne voulait pas le découvrir.

— D'accord, alors laisse-moi aller préparer le petit déjeuner – tu l'as déjà fait pour moi hier – et t'aider avec les préparatifs de ce soir, finit par soupirer Zach, même s'il aurait bien mieux préféré passer son jour de congé à se prélasser au lit… avec Kay en extra.

Il repoussa les couvertures et prit le temps d'étirer ses bras au-dessus de sa tête avant de jeter ses jambes en-dehors du lit. Poussant un énième soupir et rassemblant tout son courage, il finit par se lever. Ses hanches l'étiraient un peu – Kay n'y avait pas été de main morte –, mais il pouvait marcher sans problème. De toute façon, il avait l'habitude. À Los Angeles, il n'avait pas mené une vie de Saint…

Il ouvrit le tiroir de sous-vêtements de Kay qu'il avait découvert la veille et en tira un boxer au hasard qu'il enfila sans se soucier du regard du cowboy sur lui (et, en particulier, son cul).

Quand il se retourna pour faire face à l'homme qui le dévisageait, il leva un sourcil :

— Quoi ?

— N'as-tu donc pas amené avec toi tes propres sous-vêtements ?

Il haussa les épaules.

— Oui, mais je préfère porter les tiens.

Kay pouvait bien faire semblant de trouver cela complètement stupide, en vérité, il aurait aimé que Zach mette autre chose, car le voir avec un de ses boxers sur le dos était plutôt sexy… Il avait l'impression qu'il allait devenir fou s'il devait supporter la vue du jeune homme avec son sous-vêtement toute la journée. Zach sembla néanmoins le deviner puisqu'il tenta de le rassurer :

— Ne t'inquiète pas, quand tes amis arriveront, je m'habillerai.

Comme si c'était supposé le soulager ! Ses invités n'arrivaient pas avant cinq heures ce soir.

— Je te montrerai le complet que nous avons fait faire sur mesure la dernière fois, je veux que tu le portes ce soir.

C'était une partie de poker et, avec des gens comme Chester à table, des montants relativement élevés allaient être mis en jeu. C'était pour cette raison que la soirée demandait un certain code vestimentaire. Même Kay allait, pour une fois, boutonner sa chemise et enfiler un veston par-dessus !

— Ne me dit pas que je vais enfin le voir !

Lorsqu'ils avaient été chercher l'habit, Kay n'avait même pas voulu lui montrer ce qui se cachait sous la housse, à croire que c'était un secret d'État ! Zach était donc plutôt curieux de découvrir à quoi ressemblait le costume.

— Si tu promets de le mettre, je te le montre tout de suite, même !

Valait mieux un Zach sexy en costard qu'un Zach sexy en boxer, du point de vue de Kay. Malheureusement, le plus jeune secoua la tête, refusant, faussement innocent, son offre :

— Nan, j'aurais trop peur de le salir pendant la journée. Surtout que je dois aller faire le petit-déjeuner !

C'est ainsi que le blondinet s'entêta à rester en sous-vêtement et passa sous le nez de Kay, se pavanant, pour sortir de la chambre et descendre les escaliers jusqu'à la cuisine. Le suivant du regard, le cowboy finit par soupirer et lui emboîter le pas. Il semblait qu'il n'y avait pas moyen de gagner contre Zach… Ce petit chenapan était bien malin.

Zach s'installa aux fourneaux, tandis que Kay s'installait à la table avec un café, se sentant comme un vieux papi pervers, alors qu'il regardait le délicieux cul de son cadet se trémousser pendant qu'il faisait la cuisine. Le repas fut servi et ils purent commencer à manger.

— Alors, qu'est-ce qu'il te reste à faire pour ce soir ? demanda le blond après avoir pris une bouchée.

— Je pensais faire un peu de ménage et préparer une salsa avec des chips en guise de collation pour les gars.

— Je peux faire le ménage, proposa spontanément Zach pour aider, car j'ai de sérieux doutes sur mes talents culinaires…

— Tu vas t'améliorer en cuisine. Tu as encore deux mois pour ça ! Mais si tu veux m'aider, passe l'aspirateur, époussette les meubles et range ce qui doit l'être. En fait, je vais te faire une liste des choses à faire, tu pourras cocher au fur et à mesure.

Bien qu'il soit fier, Kay n'était pas du genre à cracher sur un peu d'aide. Il allait en profiter. Surtout que cela concernait Zach. Ce dernier était là pour travailler pour lui tout l'été, il serait idiot de ne pas l'exploiter un peu. Suite à ces paroles, il vit le désenchantement s'opérer dans le visage enthousiaste du jeune homme, mais il n'en avait cure ! Il avait voulu se proposer ? Eh bien, qu'il paie !

— Et… je dois tout faire ça pour cinq heures ce soir ? s'assura Zach avec une mince déconfite.

Kay hocha la tête.

— Je suis persuadé que tu y arriveras si tu ne traînes pas trop de la patte. Tu devrais, d'ailleurs, t'y mette tout de suite !

Zach écarquilla les yeux, puis courba l'échine. Il avait donné sa parole, il était trop tard pour reculer.

— Je vais faire de mon mieux, murmura-t-il sans conviction.

Kay lui retourna un sourire éclatant qu'il ignora tout en se levant pour aller ranger son assiette et sa coutellerie dans le lave-vaisselle.

— La balayeuse et tout le matériel de nettoyage sont entreposés sous l'escalier, lui mentionna le cowboy tout en continuant de manger paisiblement.

Zach : 1, Kay : 2. Le pointage était serré !

***

Zach se laissa lourdement tomber – comme un gros sac de patates – sur le sofa quand il eut terminé le ménage de la maison. Il était presque aussi fatigué que s'il avait transporté de lourds sacs de semoule ou que s'il avait œuvré sur une clôture toute une journée.

Dans la cuisine, Kay venait tout juste de terminer ses tortillas avec sa sauce salsa. Il recouvrit le tout d'une pellicule de plastique et mit le cabaret qui contenait son arrangement culinaire au réfrigérateur. Se frottant les mains il jeta un œil à l'heure numérique affichée sur le cadran du four.

— Zach ! appela-t-il. Les invités vont bientôt arriver, il serait temps d'aller s'habiller !

Il entendit le plus jeune grimper deux à deux les marches, puis il alla dans l'entrée pour ouvrir la penderie qui s'y trouvait et y prendre la housse noire suspendue sur un support qui contenait le complet sur mesure de Zach. Il l'avait rangé là pour être certain que le plus jeune ne le trouverait pas en fouillant dans sa chambre. Comme pour lui prouver qu'il avait eu raison de le faire, son cadet s'était directement dirigé dans la chambre principale et, le matin même, Kay avait bien vu l'aisance avec laquelle il pouvait ouvrir ses tiroirs pour lui piquer des vêtements (un boxer, en l'occurrence) !

Il revint en haut avec le complet, rejoignant Zach qui l'attendait.

— Tiens, voilà ton costume. Je suis certain qu'il t'ira comme un gant. Tristan fait toujours de très belles choses.

Il dézippa la fermeture éclair de la housse pour dévoiler le superbe habit bleu marin à fines rayures noires.

De souvenir, la dernière fois qu'il avait porté quelque chose d'aussi chic, c'était pour son bal de promo, alors Zach était très impatient d'essayer les vêtements. Il s'empressa d'enfiler sa chemise blanche pour enfiler les deux épaisseurs de veston par-dessus, suivi du pantalon assorti.

Pendant que le blondinet s'habillait, Kay avait ouvert son armoire et en avait sorti un de ses propres complets. Il avait opté, ce soir, pour un classique gris anthracite uni. Lorsqu'il se retourna, son choix de costume en main, il resta figé devant l'image que Zach projetait.

Finalement, il préférait quand son cadet se baladait en boxer dans la maison, car habillé ainsi, Kay n'avait qu'une seule envie : le tirer par la cravate et le faire basculer sur le lit ! Zach était trop sexy pour son propre bien. Le bleu marin de son habit faisait ressortir la teinte ciel de ses prunelles, tandis que sa coupe faite sur mesure mettait en valeur son fessier et sa taille fine. Comme si ce n'était pas assez, Zach avait passé une main dans sa chevelure pour la décoiffer artistiquement, ce qui lui donnait un petit air débrayé de mauvais garçon.

— ¡Puta ! jura-t-il en premier lieu.

Puis, il se reprit en rajoutant, pour ne pas avoir l'air bizarre :

— Ça te va vraiment bien.

Une légère rougeur s'empara des joues du plus jeune.

— Merci. Je vais aller dans la salle de bains pour voir de quoi j'ai l'air, décida-t-il en quittant la chambre.

Désormais seul, Kay en profita pour se changer à son tour. Lorsque ce fut fait, il rejoignit Zach qui s'observait devant la glace avec un air béat sur le visage. En l'entendant arriver, le blond se retourna et le siffla aussitôt.

— Wouah ! Tu n'es pas mal non plus !

En fait, Kay était carrément sexy ! Son complet accentuait la carrure de ses épaules et sa couleur grise mettait en valeur ses yeux comme l'orage. Le cowboy n'était décidément pas le seul qui avait cette envie subite de retourner au lit... Alors que Zach y pensait aussi, son aîné ouvrit un tiroir sous le lavabo et prit un élastique à cheveux pour attacher les siens qui lui arrivaient aux épaules en un chignon propre. Le plus jeune en bavait presque tant Kay était superbe.

Tandis qu'ils se contemplaient mutuellement, déglutissant, la sonnerie de la maison retentit.

— Ah, le premier invité est arrivé, mentionna Kay, je vais aller lui ouvrir.

Chapitre 22

Avant que Kay ne puisse sortir de la salle de bains pour aller répondre à la porte, Zach l'attrapa par la cravate pour lui faire courber l'échine et plaqua ses lèvres sur les siennes. Cependant, au lieu de répondre à son baiser, une fois sa surprise passée, le cowboy se dégagea gentiment.

— Je dois vraiment aller répondre, *chico*.

Et il le laissa là. En plan. Zach était frustré. Ils avaient peut-être couché ensemble, mais Kay ne s'était pas occupé de lui de toute la journée. C'était comme si le sexe qu'ils avaient eu n'avait rien changé à leur relation. En plus, l'homme venait tout juste de refuser son baiser ! Zach allait le lui faire payer.

À la porte, comme son ranch n'était qu'à quelques kilomètres de celui de Kay, Chester fut, bien entendu, le premier invité à arriver. Il était un homme accusant la mi-cinquantaine, avec les cheveux poivrés – qui avaient autrefois été aussi blonds que ceux de Zach – et la mâchoire marquée. Malgré son âge, il était plutôt bel homme, à l'image de son fils, et il gardait la forme.

En lui ouvrant, Kay offrit une accolade virile à son aîné et vieil ami.

— Kay ! Je suis content de te voir, j'ai l'impression que ça fait une éternité ! Tu dois venir me voir plus souvent ! J'espère que mon gamin ne te cause pas trop de problèmes, c'est une vraie teigne quand il s'y met !

Ça, Kay le savait bien… Il cacha le malaise qui s'emparait de lui du mieux qu'il le put.

— Et c'est pour ça que tu me l'as envoyé, non ?

— À chaque fois qu'il me faisait ses grands yeux de chien battu, j'étais incapable de résister et, pourtant, il lui faut bien un peu de discipline ! Je ne te remercierai jamais assez de l'avoir pris avec toi pour l'été.

Le petit diable sur l'épaule gauche de Kay ne put s'empêcher de lui souffler que Chester le remercierait bien moins s'il savait ce qu'il avait fait à son gamin… C'était-à-dire le baiser sauvagement seulement quelques heures plus tôt… La culpabilité le rongeait de l'intérieur.

— Mais de rien, se força-t-il à répondre avec un sourire, ça me fait plaisir de t'aider. C'est un peu ma manière à moi de te remercier pour tout ce que tu as fait pour moi.

Entendant la voix grave de son père, Zach descendit quatre à quatre les escaliers jusqu'à arriver derrière Kay.

— Zach ! s'exclama son paternel en le voyant.

— Salut, papa !

Kay voulait mourir. Entendre Zach appeler un de ses plus vieux amis « *papa* » lui ramenait brusquement les pieds sur terre par rapport à leur différence d'âge et à quel point leur relation était malsaine.

— Ton complet te va à ravir, tu es superbe, le complimenta Chester, fier de sa progéniture. C'est Kay qui te l'a offert ?

Zach hocha la tête. Chester sourit et se tourna à nouveau vers son ami.

— Si tu me dis combien ça t'a coûté, je te rembourserai.

— Ce n'est pas nécessaire, lui assura Kay en balayant l'air de sa main, c'était un cadeau. On a toujours besoin, d'au moins, un bel habit dans sa garde-robe. J'insiste pour payer. De toute façon, Tristan m'a fait un prix d'ami.

— Si tu le dis.

Kay se décala de la porte pour laisser Chester entrer et s'installer puis, en ordre, arrivèrent le vétérinaire Westmore, Simon, le conseiller boursier, Tristan, le tailleur, Owen et finalement Wilson. Ils étaient tous habillés très chic et Zach était content que le cowboy lui ait fait tailler un costume, car il se serait senti mal à l'aise avec son jean et son T-shirt parmi tous ces hommes en costard !

Les hommes s'installèrent autour de la table de la cuisine où Kay avait installé son bol avec, en son milieu, la salsa faite maison entourée de chips placées en étoile. Il alla chercher sa mallette de poker et mit en place le jeu, distribuant les cartes.

Debout près de la table, Zach regardait tout ça se mettre en place. Il n'oubliait cependant pas sa vengeance envers Kay qui avait, plus tôt, rejeté son baiser.

— Est-ce que je peux m'asseoir même si je ne joue pas ? demanda-t-il.

— Bien sûr, tu dois bien apprendre à jouer. Un jour, c'est toi qui me remplaceras ! s'exclama son père en tirant une chaise entre lui et Kay.

— Mais tu dois promettre de ne pas révéler les jeux des autres, surenchérit Wilson avec un large sourire.

Le blondinet s'assit en cachant ses plans machiavéliques derrière un air joyeux.

— Je vais essayer, mais je ne promets rien ! plaisanta-t-il.

La partie commença et, au fil du jeu, la main de Zach glissa lentement, mais sûrement vers la cuisse de Kay qu'il empoigna sous la table. Puis « par inadvertance », il effleura l'entrejambe du cowboy qui eut un léger sursaut.

— Ça va, Kay ? s'enquit Owen. Tu nous le dis tout de suite si, pour une fois, tu as de mauvaises cartes !

L'homme se reprit tout en posant sa grande main qui ne tenait pas son jeu de cartes sur celle un peu trop aventureuse de Zach pour la repousser.

— Aucune chance pour toi ! rétorqua-t-il. J'ai un *quint flush*.

— Veinard ! siffla Tristan.

N'abandonnant pas son plan, Zach frotta sa cuisse contre celle de Kay et fit doucement remonter son pied droit sur la jambe du cowboy comme s'il voulait croiser les jambes. En réalité, il voulait surtout titiller l'homme, cherchant à atteindre une fois de plus entrejambe. Le cowboy lui jeta un rapide regard de biais comme pour lui dire « *tu n'es pas sérieux ?* » ou « *qu'est-ce que tu fais ?* ».

— J'ai soif, pas vous ? mentionna Chester au bout d'un moment.

Se sentant lentement durcir, Kay repoussa la jambe de Zach sous la table.

— Et si tu allais nous chercher des bières, *chico* ? proposa-t-il.

À contrecœur, Zach se leva.

— Combien est-ce que j'en ramène ?

— Est-ce que tout le monde en prend une ? demanda Kay en faisant un tour de table.

Tous hochèrent la tête.

— Alors, ça fera sept bières. J'ai laissé la glacière sur le patio.

Zach disparut dans le corridor. Quelques secondes plus tard, Kay se leva à son tour.

— Je vais aller lui donner un coup de main, mentionna-t-il avant d'aller rejoindre le gamin à l'extérieur.

Il y avait quelques petites choses qu'il devait régler avec Zach. S'il pensait s'en sortir comme ça, il se trompait.

Aussitôt qu'il eut refermé la porte de la maison derrière lui, son regard se verrouilla à celui de Zach et, vif comme l'éclair, il l'empoigna par les épaules et le plaqua contre le mur de la maison, lui remontant les bras au-dessus de la tête. Le blond se mit à haleter.

— À quoi est-ce que tu joues, *chico* ? demanda-t-il d'une voix profonde.

Leurs pupilles étaient à tous deux dilatées et brillantes par la soudaine excitation qui parcourait leurs veines. Zach sentit un long frisson lui remonter l'échine. Il déglutit lentement et put voir les yeux de Kay qui suivaient la boule descendre et remonter dans sa gorge avec avidité.

— Je ne joue pas, souffla-t-il.

Le cowboy glissa son genou entre ses jambes, le remontant *lentement…*

— Et quand tu me touchais *là*, je suppose que tu ne faisais pas… *exprès…* ?

La respiration de Zach s'accéléra davantage. Ses parties génitales étaient maintenant compressées gentiment par le genou de Kay et il se sentait durcir. Un gémissement – un couinement – s'échappa d'entre ses lèvres entrouvertes.

Au moment où il allait dire quelque chose, ils entendirent le loquet de la porte s'agiter.

— Kay, tu es là ? Il y a un truc important dont je voulais te parler et… je…

En refermant la porte derrière lui, Chester se tourna, puis posa son regard sur eux. Aussitôt, il se figea et sa mâchoire décrocha.

— Qu'est-ce que… ?

Chapitre 23

Chester essaya de se persuader qu'il n'avait pas vu ce qu'il avait vu. Il voulut se convaincre que ce n'était qu'une frasque de son imagination… mais la vérité était tout juste devant ses yeux : un de ses meilleurs amis *avec* son fils, qui le plaquait contre le mur, un genou appuyé sur son entrejambe, les mains au-dessus de la tête et leur visage bien trop près l'un de l'autre.

La surprise, l'horreur, l'incompréhension et la colère transpercèrent Chester, dans cet ordre.

Aussitôt qu'il vit le père de Zach, Kay s'écarta rapidement du gamin dans un sursaut. Péniblement, il tenta de se justifier :

— Écoute, Chester, je sais que ça peut te paraître bizarre, mais je te jure que ce n'est pas…

— Qu'est-ce que tu fous à mon fils ? hurla l'homme, yeux exorbités et veines saillantes sur la tempe.

Brusquement, Chester fonça sur le cowboy et l'attrapa par le col de sa chemise avant de le plaquer au même endroit où s'était retrouvé Zach quelques minutes auparavant. Kay grimaça sous l'impact, tandis que le blondinet avait l'air horrifié par la tournure que prenaient les événements.

— Arrêtez ! cria-t-il. Par pitié !

Chester était tellement furieux qu'il ne se contrôlait plus. Kay profita de la colère qui obstruait les pensées de son ami pour retourner sa force contre lui. Il le saisit par les épaules et fit basculer Chester, inversant leur position. C'était maintenant le plus âgé qui était plaqué contre le mur, la mâchoire crispée et les poings serrés.

— Écoute-moi, supplia Kay.

— Il n'a que dix-huit ans ! continua de vociférer le vieux rancher.

— J'ai la majorité sexuelle ! Je fais ce que je veux de mon corps ! riposta Zach sans pouvoir s'en empêcher.

Chester vit rouge.

— Tu n'es pas encore majeur au Nebraska, Zach ! Va faire tes valises, car tu repars avec moi dès ce soir ! Il n'est pas question que tu passes une nuit de plus ici !

L'homme jeta une œillade noire au cowboy :

— Et toi, je te faisais confiance, Kay… Tu m'as trahi ! Estime-toi chanceux que je ne porte pas plainte pour détournement de mineur !

— Je ne viendrai pas ! persista Zach avec fureur.

— Tu crois peut-être que je t'en donne le choix ? Tu viens ou j'appelle les flics !

***

La partie de poker tourna court. Tout le monde retourna chez soi sans savoir pourquoi. Ils avaient tous remarqué la tension évidente entre Chester et Kay, mais personne n'osa poser de questions.

Zach avait fait silencieusement ses bagages. Partir lui déchirait le cœur, mais il n'avait pas le choix : il préférait de loin ça plutôt que de voir Kay aller en prison par sa faute. Il n'arrêtait pas de dire qu'il n'était plus un gamin, alors il était peut-être temps d'agir en homme. Rien qu'une fois.

Il se retrouva dans la voiture de son père, le visage collé à la vitre, tandis que le paysage désertique du Nebraska défilait. Silencieux, il regrettait de ne pas avoir dit au revoir au cowboy. Il n'avait même pas revu Kay avait de partir… À croire que ce dernier l'avait évité ou que Chester l'avait gardé à l'écart.

Le seul point positif était que le ranch de son père n'était qu'à quelques kilomètres de celui de Kay. Ils étaient voisins.

La voiture finit par s'arrêter et Zach débarqua à la ramasse. Il récupéra sa valise et la traîna lentement jusqu'à la maison principale.

— Zach…, tenta son père pour entrer en contact avec lui.

Il n'y avait cependant rien à faire. Le blond était déterminé à ne plus adresser la parole à Chester. Il demeura aussi muet qu'une tombe. Son père déverrouilla la porte de la maison et il alla directement s'enfermer dans sa chambre, refusant de défaire sa valise.

***

La maison était vide sans Zach. Même en y ayant vécu toute sa vie – ou du moins en avait-il l'impression –, Kay ne le remarquait que maintenant. Tout était étrangement silencieux depuis son départ. Les plaisanteries et la jovialité naturelle de son cadet lui manquaient. Il n'osa même pas entrer dans la chambre qu'il lui avait attribué. C'était comme si son odeur était encore collée aux murs.

Il se trouvait totalement con. Il savait que Zach était un grand garçon et qu'il l'y avait poussé, qu'il ne l'avait forcé à rien, mais il ne pouvait pas s'empêcher de penser qu'il avait fait une erreur en acceptant le jeune homme dans sa couche. S'il n'avait pas cédé, s'il avait su résister, rien de tout ça ne serait arrivé.

Il décida de laver les draps de son lit pour effacer toute trace du passage du jeune, puis pendant le cycle de lavage, il alla ranger son salon et sa cuisine qui étaient tous les deux en désordre depuis la partie de poker écourtée. Il savait qu'il allait probablement se faire questionner dans les prochains jours, mais il ne se sentait pas prêt à y répondre… Comment pouvait-il expliquer *ça* de toute façon ?

Chester était un de ses proches amis et il l'avait poussé à bout... Même lui... Il n'avait qu'aux alentours de vingt ans lorsqu'il avait hérité du ranch et que son père était mort. Chester en avait environ trente. Il l'avait aidé à démarrer, lui avait expliqué les rouages de base d'un bon ranch et, des décennies plus tard, voilà comment il le remerciait... en baisant son fils ! Quel genre d'ami faisait-il ? Rien ne serait plus jamais comme avant... Chester ne lui pardonnerait pas.

***

Zach s'était endormi et il s'était réveillé le lendemain. Son père avait essayé de le faire venir pour le petit-déjeuner, puis pour le déjeuner et le souper, mais c'était peine perdue. Le blondinet prétendait ne pas avoir faim même si son ventre gargouillait et restait enfermé dans sa chambre. Il ne voulait plus en sortir. En quelques sortes, c'était sa manière de protester.

Depuis sa chambre, en plein milieu de la journée, il avait entendu des voix. Il avait tendu l'oreille pour écouter. Visiblement, Chester avait quelques invités...

— Monsieur Winthrop, il ne vous reste pas une tonne de solutions...

— Il doit bien rester quelque chose ! N'importe quoi ! Je pourrais hypothéquer, je pourrais… Oh et putain, j'en sais rien, c'est votre travail !

— Si vous ne remboursez pas, ils saisiront la maison et le ranch… il vous faut vendre. C'est votre dernière option.

Zach eut beau se concentrer, il ne parvint pas à distinguer le reste de la conversation. Son père et la voix féminine qu'il avait entendu étaient partis dans son bureau pour terminer leur discussion.

Cependant, il n'avait pas besoin d'en entendre plus ; il avait appris que son père avait des problèmes d'argent. Pourtant, Chester avait toujours bien su diriger le ranch, Zach ne comprenait pas ce qui arrivait…

***

Kay ne voulait voir personne. Il noyait sa solitude dans le travail. À lui tout seul, il abattait le travail de quatre hommes.

Exténué, à la fin de la journée, lorsqu'il rentra, qu'elle ne fut pas sa surprise de trouver une voiture autre que la sienne garée dans l'entrée. Approchant, il distingua la silhouette d'Hervé qui l'attendait sur le patio.

— Qu'est-ce que tu fais ici ? lui demanda-t-il en montant les quelques marches.

— Je devais te parler d'un truc.

— D'accord, eh bien, vas-y.

— C'est sérieux, Kay. Je pense que nous devrions aller nous asseoir.

Le cowboy regarda son ami avec suspicion, mais il finit par hocher la tête. Hervé ne plaisantait pas, il le voyait à son visage fermé. Il ouvrit la porte et laissa le travailleur passer devant lui. Il l'invita à venir à la cuisine. Il s'assit sur une chaise, tandis qu'Hervé restait debout.

— Tu ne t'assois pas ?

— Je préfère rester debout.

Il paraissait nerveux.

— Alors, vas-y, crache ce que tu voulais me dire !

— C'est un peu délicat…

Hervé déglutit, mais finit par se lancer, tandis que Kay devenait de plus en plus méfiant :

— Je ne pouvais plus garder le secret plus longtemps… Je comprendrais que tu puisses ne plus vouloir être mon ami après ça et je te remettrai ma lettre de démission également. C'est moi qui ai empoisonné tes vaches. On m'a payé pour le faire. Avec les jumelles, j'avais besoin d'argent, alors j'ai accepté sans prendre le temps de réfléchir… Je suis désolé…

Une fois la surprise passée, Kay sentit un flot de colère le parcourir. Il serra le poing sur la table, mais se contint.

— Quoi ? Mais comment est-ce que tu as pu me faire ça ? Bon sang, Hervé ! Si tu m'avais dit avoir besoin d'argent, je t'en aurais prêté ! ¡ *Puta mierda !*

— Merde ! Je le sais bien, mais je… je n'ai pas réfléchi…

Hervé se dandina sur un pied, puis sur l'autre, mal à l'aise. Il avait honte et ses joues s'étaient colorées de rose.

— Écoute, voici ma lettre de démission, Kay, poursuivit-il en sortant un papier soigneusement plié de sa poche.

Le cowboy s'en saisit, la déplia, puis à la grande surprise d'Hervé… il la déchira.

— Je refuse ta démission.

L'autre homme écarquilla les yeux.

— Quoi ? Mais pourquoi ?

— Quand est-ce que j'ai parlé de te mettre à la porte ? Tu es un des meilleurs travailleurs que je n'ai jamais eus. Je suis très énervé par ce que tu as fait et je risque d'être en colère pendant encore quelque temps, mais je ne vais pas te renvoyer pour ça. Sans parler que tu as *besoin* de ce job pour les jumelles et que jamais je ne mettrai Margaret et elles en danger. Je suis content que tu sois venu te dénoncer. Je n'aurais pas aimé devoir impliquer la police dans l'histoire. Cela restera entre-nous, mais j'ai une condition.

— Laquelle ?

— Tu dois me dire qui t'a engagé.

Chapitre 24

Zach avait déjà planifié son coup. Enfermé dans sa chambre, il avait eu tout le temps d'y penser, de se préparer. Dès qu'il entendit les ronflements nocturnes de son père dans la pièce d'à côté, il s'habilla, ouvrit doucement la porte de sa chambre et en sortit sur la pointe des pieds. Il prit un truc à manger rapidement dans le frigo.

Il alla ensuite dans le bureau de son père et alluma une lampe de poche prise avec lui. Il fouilla, curieux d'en apprendre davantage sur les problèmes d'argent dont il avait, plus tôt, appris l'existence. Ouvrant le plus silencieusement possible les tiroirs et fouillant la paperasse entassée sur le dessus du meuble en bois, il finit par tomber sur des documents qui le rendirent bouche-bée. Il dut mettre une main sur sa bouche pour s'empêcher de pousser un cri de surprise. Il ramassa les feuilles, les plia et les enfonça dans sa poche.

Il enfila les bottes de cowboy que Kay lui avait données et sortit dehors. Maintenant qu'il avait récupéré ses habilités d'équitation, ce fut facile pour lui de faire sortir un cheval de l'écurie, de le seller et de le monter.

Ainsi, ni vu ni connu, il s'enfonça dans la noirceur de la nuit au galop. Son père ne remarquerait probablement que le lendemain qu'il avait fugué.

***

Kay était déjà parti se coucher depuis un petit moment, la tête remplie de doutes et de colère, quand il entendit des claquements de sabots sur le sol battu près de sa maison. Il essaya de se persuader que ce n'était rien et de se rendormir, mais c'est alors que quelqu'un se mit à cogner à la porte. Il était certain de ne pas rêver.

Grognant et se demandant qui pouvait bien venir le réveiller à cette heure-ci de la nuit, il enfila un jean – il avait recommencé à dormir nu – et descendit pour aller ouvrir. Quelle ne fut pas sa surprise en découvrant un Zach aux cheveux ébouriffés et au souffle haletant dans le cadre de porte.

— Zach ? Qu'est-ce que tu fais là ? Est-ce que Chester est au courant que tu es ici ? ¡ *Puta mierda* ! Bien sûr que non, il n'est pas au courant ! Hein ? Tu vas nous mettre dans la merde, *chico* !

Le blond ne se laissa pas démonter.

— J'ai quelque chose que je *dois* te montrer.

Il fouilla nerveusement dans la poche de son pantalon pour trouver les documents qu'il avait emportés. Il les déplia et les brandit sous le nez de Kay.

— C'est mon père ! Regarde ces papiers ! C'est lui qui a fait empoisonner tes vaches ! J'ai surpris une discussion cet après-midi avec une femme qui devait être sa conseillère financière et elle lui disait qu'il devait vendre, que c'était la dernière solution ! Il s'est ruiné pour payer mon université de l'année prochaine... Je pense qu'il a fait ça en dernier recours, engagé quelqu'un pour mettre du poison sur ton ranch, car il voulait faire baisser ta production pour vendre davantage et récupérer l'argent qu'il avait perdu.

Kay baissa la tête.

— Je sais...

— Quoi ? lâcha Zach avec toute la surprise du monde.

— Je l'ai appris tout à l'heure. L'ouvrier qui a été payé par ton père pour tuer mes vaches est venu se confesser cet après-midi et il l'a dénoncé. Je ne sais pas quoi en penser... Je pensais que cette nuit me porterait peut-être conseil...

Chester l'avait toujours aidé, presque considéré comme un deuxième fils et, au fil des années, ils étaient devenus de bons amis. Kay le percevait comme une trahison... Après Hervé, voilà que *lui* s'y mettait aussi. Il peinait à le croire. Ne pouvait-il donc pas faire confiance à personne ? Ses plus vieux amis se mettaient à lui faire des coups bas…

Il soupira et se massa les tempes.

— Je peux entrer ?

Kay se décala pour laisser Zach passer. Le plus jeune ouvrit la lumière et, aussitôt, il put distinguer la fatigue sur le visage du cowboy. L'homme semblait avoir eu un peu de difficulté à dormir. Les cernes qu'il portait sous les yeux ne mentaient pas. Son cerveau était tracassé par toutes sortes de choses, des tas de questionnements, si bien qu'il était incapable de fermer l'œil.

— Qu'est-ce que tu vas faire ? demanda le blondinet avec une certaine nervosité. Tu vas contacter les autorités ?

Il avait certes eu un différent d'opinion avec Chester, mais celui-ci restait son père et il s'en inquiétait. Il ne supporterait pas de le voir derrière les barreaux.

Kay secoua la tête.

— J'en sais rien… Je ne crois pas…

Lui aussi, ça lui ferait mal de faire enfermer Chester. L'homme était l'un de ses bons amis, il l'avait aidé à reprendre le ranch et à se remettre de la mort de son père. Ça n'avait pas été facile, mais à deux, ils y étaient parvenus. Chester, avec ses dix ans de plus que lui, avait un peu été comme son mentor. Même s'il avait fait empoisonner ses vaches, il ne pouvait pas lui faire ça.

— Je dois parler à Chester avant toute chose, décida-t-il. Je ne prendrai pas de décision trop hâtive, je dois d'abord lui poser quelques questions.

Il voulait connaître le « pourquoi » derrière les actions de son vieil ami. Et surtout pourquoi avoir impliqué Hervé là-dedans ?

Kay se pinça l'arête du nez.

— Mais pour le moment, je suis fatigué. J'ai besoin d'une bonne nuit de sommeil.

Le cowboy jeta un coup d'œil dehors, comme pour en jauger le niveau de noirceur.

— Je t'aurais dit de retourner chez-toi, grogna-t-il, mais il est trop tard pour te laisser repartir tout seul… Il faudra appeler ton père tôt demain matin avant qu'il ne fasse une crise cardiaque en remarquant ta disparition et qu'il appelle les flics. Je n'ai pas envie d'être collé pour détournement de mineur.

Zach n'avait pas non plus envie que l'homme se fasse arrêter par sa faute. Il promit donc d'appeler son père dès les premières lueurs de l'aube, le lendemain.

— Ok, allez viens te coucher, finit par dire Kay en soupirant.

Zach était déjà là, venu chez-lui, alors que son père le lui avait expressément interdit. Le cowboy n'avait plus rien à perdre, une nuit de plus ou de moins…

Une fois dans la chambre, Kay ôta son pantalon, dévoilant son absence de sous-vêtement, puis dans l'excitation qui le gagnait, Zach retira ses vêtements un à un, trébuchant et sautillant dans la pièce. Une fois nu, il se jeta sur Kay, le faisant basculer sur le lit. Ses lèvres se nouèrent aux siennes avec une passion dévorante.

Leurs corps se frottèrent l'un contre l'autre. Les doigts du plus jeune retracèrent le contour des muscles ciselés du corps de son aîné jusqu'à suivre la fine ligne de poils bruns qui conduisait à sa virilité imposante. Zach déglutit. Il avait envie de faire un truc. Il croisa le regard gris de Kay, puis sans le lâcher des yeux, se recula un peu, passa sa langue sur ses lèvres, puis referma sa bouche sur son sexe.

Kay parut d'abord surpris.

— ¡ *Dios ! Chico*, qu'est-ce que tu... – !

Ses grandes mains s'enfoncèrent dans la chevelure blonde de son cadet, tirant dessus comme pour approfondir le contact.

— Laisse-toi faire, prit le temps de dire Zach avant de glisser sa langue le long de la hampe de Kay, puis de suçoter son gland.

Le cowboy se mordit la langue, puis laissa échapper un grognement de plaisir. Le « O » parfait que formait les lèvres du blond, tandis qu'il descendait et remontait sur son sexe, rien que ça, ça aurait pu suffire à le faire jouir. Quand il sentit ses résistances prêtes à céder, il tira les cheveux de Zach pour le forcer à s'arrêter. Son cadet le regarda avec les yeux ronds, sans comprendre.

— Chevauche-moi, *chico*, lui ordonna-t-il d'une voix rauque, les pupilles dilatées par le plaisir, tout en attrapant un préservatif dans sa table de chevet pour l'enfiler d'une main rapide sur son membre après avoir déchiré l'emballage d'un geste vif.

Zach sentit un frisson d'excitement le parcourir. Rapidement, il écarta les jambes et enfonça deux doigts en lui, cherchant à se préparer pour Kay. Les yeux du cowboy ne le lâchèrent pas, le regardant se doigter avec envie.

— Oh, oui, c'est ça, viens ici, maintenant, grogna à nouveau le rancher en posant ses paumes sur les hanches du blondinet.

Pressé d'arriver à ses fins, Zach laissa le cowboy le guider, l'aidant à s'aligner avec son sexe robuste. Il descendit lentement sur la virilité dressée, posant ses paumes à plat sur le torse de son partenaire. Il lâcha un gémissement en sentant ses chairs s'écarter pour laisser le passage au membre de Kay.

— Bordel ! lâcha-t-il.

Il se mordit la lèvre et se concentra. Prenant appui sur ses mains et ses jambes, il se redressa, puis se laissa retomber d'un seul coup brusque. Il cria lorsque le sexe de Kay heurta sa prostate. Il recommença la même manœuvre plusieurs fois, se sentant de plus en plus excité et euphorique.

Comment le sexe avec Kay pouvait-il être aussi bon ? Était-ce à cause de l'expérience de l'homme ?

Ils finirent par atteindre le septième ciel. Zach se laissa tomber sur le torse de son cowboy qui montait et descendait rapidement, nichant son nez dans son cou, haletant. Ils prirent tout le temps de souffler avant que Kay se décide à ôter son préservatif et à le nouer. Il le posa sur sa table de chevet : il le jetterait le lendemain. Il posa son bras sur le dos de son amant.

— Tu regrettes ? lui demanda Zach, habitué à essuyer les constants remords du cowboy.

Kay secoua la tête.

— Non, pas cette fois, *chico*. Je suis assez vieux pour savoir ce que je fais, tu ne crois pas ? Chester a ordonné à ce qu'on empoisonne mes vaches et, moi, j'ai pris son fils ; nous sommes à égalité. S'il veut me traîner en taule, il y viendra avec moi.

Chapitre 25

Kay n'avait pas couché avec Zach par pure vengeance. Ça n'avait pas été son intention. La veille, il avait simplement décidé de se laisser aller en se disant que rien ne pouvait être pire et que le mal était déjà fait. Cette phrase qu'il avait dite à Zach avant de s'endormir, il la pensait depuis qu'Hervé lui avait avoué la trahison de Chester.

Au moins, Zach ne l'avait pas mal pris. Le gamin était trop fatigué après leur séance de sexe, il s'était presque endormi aussitôt que sa tête s'était posée sur son torse et qu'il avait daigné fermer les yeux.

En sentant le corps chaud pressé contre lui, Kay comprit ce qui lui avait le plus manqué après le départ du blondinet. Il devenait vieux et douillet, et ce genre de chose, trouver quelqu'un à ces côtés en se levant le matin, lui avait manqué. Il avait besoin de ça.

Il repoussa doucement le corps de Zach, remonta les couvertures sur son corps, puis descendit du lit. Il devait dire deux ou trois mots à Chester, et Zach ne devait pas être présent à ce moment-là. Le gamin était fatigué, il dormirait sans doute encore quelques heures. Tout le temps qu'il faudrait à Kay pour prendre sa voiture et parcourir les quelques kilomètres qui le séparaient du ranch de son (ex ?) vieil ami.

Il laissa un mot pour Zach sur la table de la cuisine et embarqua dans sa *Jeep Wrangler*. Une quinzaine de minutes plus tard, il était devant la maison de Chester et sonnait à la porte.

Le cinquantenaire lui ouvrit, puis fronça aussitôt les sourcils en le voyant. Sa mâchoire se crispa et ses yeux lancèrent des éclairs.

— Toi. Qu'est-ce que tu fais là ? Est-ce que Zach est avec toi ? Qu'est-ce que tu as fait à mon fils, espèce de…– !

— Je pourrais te retourner la question, répliqua le plus calmement possible Kay. Je sais ce que tu as fait à mon bétail.

Chester écarquilla les yeux et sa mâchoire se décrocha.

— Que…? Quoi ? Non ! Je…

— Ce n'est pas la peine d'essayer de le cacher : Hervé m'a tout raconté. Comment est-ce que tu as pu me faire ça ?

Kay peinait à contenir sa colère. Il se sentait trahi. Chester soupira, puis baissa la tête, comme honteux.

— Je… je suis franchement, vraiment, sincèrement désolé, Kay. Crois-moi. Je vais tout te raconter, tu devrais entrer.

Pour tout dire, le cowboy n'avait pas très envie d'entrer chez l'homme, mais il le fit, refusant cependant de s'asseoir lorsque son hôte le lui proposa.

— Alors, vas-y, dis-moi, je t'écoute, l'incita-t-il à parler, le visage fermé, tapant du pied contre le sol de planches de bois.

Chester se laissa tomber sur une chaise de la cuisine et se prit la tête entre les mains.

— Ça faisait déjà quelques mois... mes revenus avaient baissé. Ta viande était devenue plus populaire que la mienne, plus accessible niveau prix, car tu pouvais te le permettre. Puis, il y a eu l'université de Zach : plus chère que ce que j'avais pensé... Je me suis ruiné... Ma conseillère financière n'arrêtait pas de me dire que je devais vendre le ranch, que c'était la dernière solution.

Il prit une pause, déglutissant. Sa gorge était sèche. Il dut faire un gros effort pour poursuivre :

— Je n'ai jamais voulu causer ta perte, Kay, crois-moi ! Ce n'était pas mon intention. Je ne sais pas ce qui m'a pris, je me suis dit que si ta production baissait un peu pendant quelques mois, ça me donnerait le temps de reprendre du poil de la bête, de rembourser mes dettes. Je ne voulais que te ralentir un peu. Je sais que c'était sans doute l'idée la plus conne de toutes. Si tu savais comme je regrette... Je n'aurais jamais dû faire ça, *te* faire ça ! Mais parfois, on fait des choses stupides pour l'argent...

Kay observa Chester. L'homme semblait réellement rempli de remords. Il le croyait lorsqu'il disait qu'il n'avait jamais voulu que les choses tournent de cette manière. Il ne lui pardonnait pas la mort de ses bêtes, mais il était en mesure de le comprendre.

— C'est pour ça que je t'ai envoyé Zach, rajouta le cinquantenaire, je ne voulais pas qu'il prenne conscience de mes problèmes d'argent. Il est vrai qu'il a un peu de difficulté avec l'autorité, mais ce n'était pas la principale raison qui me poussait à l'envoyer chez-toi pour l'été. Je pensais qu'entre-temps, je pourrais me refaire et qu'il serait en mesure de revenir habiter à la maison après. Mais… je ne pensais pas qu'entre vous deux, ça finirait… comme *ça* ! Je sais que j'ai empoisonné tes vaches et que j'ai mes torts, mais bon sang, qu'est-ce que tu as fait à mon fils ? Était-ce une vengeance ? As-tu utilisé Zach pour te venger de moi ?

Kay ravala la vague de colère qui venait de le submerger. Il prit une grande inspiration et parla calmement :

— Je sais que je suis bien plus vieux que lui et que ce que je vais te dire risque de te choquer, mais *j'aime* Zach. Je ne pensais pas que j'éprouverais quelque chose comme ça pour quelqu'un un jour. Tu n'es pas obligé d'être d'accord – je comprendrais ta colère, j'aurais réagi pareil –, mais je te demande de ne pas t'interposer entre nous. Et si tu le désires, de me donner ta bénédiction de père. Zach est encore jeune, mais il sait ce qu'il veut. Et il aura bientôt dix-neuf ans. Si tu l'empêches d'aimer la personne qu'il souhaite, il te reniera. Je ne souhaite pas te séparer de lui, c'est la dernière chose que je veux, même. Mais je sais de quoi je parle : regarde, hier soir, il a chevauché jusqu'à chez-moi au beau milieu de la nuit pour me retrouver. Tu ne peux pas l'empêcher d'aimer. Tu pourras toujours dire que je l'ai manipulé ou influencé, mais la vérité, c'est que c'est lui qui m'a voulu et qui a tout fait pour m'avoir.

Chester se mordit la lèvre. Un dur dilemme semblait avoir lieu dans sa tête.

— Je sais que tu es un bon gars, Kay, finit-il par dire, après un long silence, mais tu as quarante-deux ans et mon Zach n'en a que dix-huit… Après cette histoire, pour tes vaches, je te dois bien ça… Mais je suis choqué… et j'ai un peu de difficulté à l'accepter. Ça me reste en-travers de la gorge. Tu n'es pas le seul à te sentir trahi. Mais si tu l'aimes et qu'il t'aime… je n'y peux rien, n'est-ce pas ? S'il t'a choisi, c'est son choix. Je pense que ça me prendra un moment pour le digérer, mais je vais faire de mon mieux pour vivre avec.

Il prit une grande inspiration, puis donna une tape virile sur l'épaule de son ami :

— Tu as ma bénédiction, Kay.

Le cowboy eut l'impression qu'un immense poids venait d'être retiré de ses épaules. Il savait que ce ne serait pas facile pour Chester, mais maintenant qu'il avait sa bénédiction et sa promesse d'essayer de l'accepter, il savait que sa relation avec Zach ne pourrait qu'aller dans la bonne direction. Il se sentait comme libéré d'un lourd secret.

— Merci, Chester, merci. Je pense que nous sommes quittes. Je vais retourner au ranch annoncer la bonne nouvelle à Zach.

— Est-ce que tu vas lui dire que je suis le coupable pour les vaches ?

— Il le sait déjà. Je crois que tu vas lui devoir des explications à lui aussi.

Le père de Zach baissa la tête.

— Je lui ai déjà dit de t'appeler ce matin, il le fera sûrement bientôt. Mais entre nous, je ne pense pas que ce soit une bonne idée de faire ça au téléphone. À plus.

Satisfait d'avoir tiré les choses au clair et d'avoir retrouvé son ami, Kay retourna dans sa *Jeep* et reprit le chemin de son ranch, une idée lui trottant dans la tête. Le genre d'idée un peu trop impulsive, mais qui pourrait bien sauver Chester de la faillite…

Chapitre 26

Ses sentiments pouvaient paraître précoces, mais Kay avait quarante-deux ans et il savait que la vie filait rapidement. Il savait que, un matin, il se réveillerait et il aurait déjà cinquante, soixante ans. Il était assez vieux pour savoir ce qu'il voulait et ce dont il avait besoin. Il n'avait pas besoin d'attendre six mois pour savoir si une personne lui plaisait au point de vouloir passer le reste de sa vie avec elle ou pas.

Et il fallait dire que Chester l'avait forcé à mettre un mot sur ses sentiments peut-être plus vite qu'il l'avait prévu.

Maintenant, la seule chose qui demeurait incertaine, c'était si Zach partageait les mêmes sentiments à son égard...

***

Zach fut déçu de se réveiller seul avec les draps froids à côté de lui.

— Kay ? appela-t-il.

Comme aucune voix ne lui répondit, il sortit de la chambre et chercha le cowboy partout dans la maison jusqu'à trouver le petit mot laissé sur la table.

Chico,

Je suis parti voir ton père, ce matin. C'est quelque chose que j'avais besoin de faire seul. Je serai de retour bientôt, tu as un déjeuner dans le frigo.

PS : N'oublie pas d'appeler ton père, il doit beaucoup s'inquiéter pour toi.

Kay.

Zach chiffonna le mot en serrant les poings. Kay avait été voir son père sans même lui en parler ! Il était un peu énervé, car il pensait qu'il avait le droit d'être mis au courant de choses comme ça. Il s'agissait de son paternel, après tout ! Il savait que Chester et Kay étaient amis depuis de nombreuses années et qu'ils avaient probablement besoin de régler leurs différends en tête-à-tête, mais Zach parvenait mal à digérer que le cowboy ne lui en ait pas même parlé avant.

Il mangea le déjeuner que lui avait laissé le rancher, puis un peu plus tard, il finit par entendre le ronronnement du moteur à essence de la *Jeep*, puis les martèlements des bottes de Kay dans l'entrée. La poignée tourna et la porte s'ouvrit sur le cowboy. Zach songea d'abord à l'ignorer, mais l'envie de lui jeter un regard noir fut plus forte que lui. Il était énervé, après tout, et Kay devait le savoir.

— As-tu appelé ton père ? lui demanda l'homme en s'avançant dans la cuisine.

Le plus jeune se sentit bouillonner. Il bouda.

— Tu es allé le voir sans même m'en parler d'abord ! lui reprocha-t-il.

Kay se pinça l'arête du nez.

— Je sais… J'aurais peut-être dû t'en glisser un mot, mais je devais le faire. *Seul*. Chester et moi sommes amis de longue date, il fallait que nous réglions cela entre hommes.

— Vous vous êtes battus ?! s'inquiéta vivement Zach.

— *Dios*, non ! Ce fut un entretien musclé, mais nous n'en sommes pas arrivés aux poings. Nous sommes des adultes, *chico*, nous sommes capables de nous contrôler et de nous parler dans le blanc des yeux sans en arriver là. Maintenant, je te repose la question : as-tu appelé ton père ? Je lui ai dit que tu le ferais.

Zach secoua la tête.

— Tu dois d'abord me dire ce que mon père t'a dit lorsque tu t'es rendu chez-lui.

— Je crois qu'il serait mieux que tu l'entendes de tes propres oreilles.

Kay était décidé à rester inflexible sur le sujet. Il y avait certaines choses que Chester devait expliquer lui-même à son fils. Il alla chercher le téléphone et le posa devant Zach, le poussant dans sa direction.

— Appelle-le, lui répéta-t-il.

Zach le fusilla du regard, puis s'empara brusquement du téléphone.

— Très bien ! répliqua-t-il, sec, tout en grimaçant.

Il composa presque avec violence le numéro de la maison, puis se leva pour aller parler ailleurs, loin des oreilles de Kay. Il monta dans sa chambre et referma la porte derrière lui, tandis qu'il entendait la troisième sonnerie. Finalement, peu avant la quatrième, le téléphone décrocha :

— Oui, allô ?

— Salut, pa'.

— Zach ? C'est toi, Zach ?

— C'est moi. Kay m'a forcé à t'appeler, alors j'espère que tu as de bonnes explications à me fournir à propos de ses vaches et de tes problèmes financiers.

Chester soupira de soulagement à l'autre bout du fil.

— Zach… À quoi est-ce que tu pensais, t'enfuir comme ça, au beau milieu de la nuit ?

— Et toi, tu pensais à quoi quand tu as décidé d'empoisonner les vaches d'un de tes meilleurs amis ? Putain ! Kay te faisait confiance et il n'arrêtait pas de parler de toi en bien ! Et moi aussi ! Tu es mon père, je pensais que tu étais quelqu'un de bien. Je ne veux plus être ton fils !

Les mots de Zach étaient plus durs que ce à quoi s'était attendu Chester. C'était comme un coup de poignard en plein cœur.

— Zach… Non, attend, Zach ! Ne raccroche surtout pas ! Laisse-moi m'expliquer, au moins.

Le blondinet soupira et se laissa tomber sur son lit. Kay n'avait pas eu trop l'air énervé à son retour et il avait insisté pour qu'il appelle son père. Zach savait que le cowboy était généreux et possédait un grand cœur, mais il savait aussi qu'il faisait la juste part des choses et qu'il pouvait être violent et rancunier si on dépassait les bornes. Si Chester avait été un salaud de première sans aucun remord, il n'aurait pas insisté pour qu'il l'appelle.

— J'écoute.

— Sache que je n'ai jamais voulu pousser Kay vers la faillite, rien de toute cela. Seulement, j'étais au bout du rouleau. Ton université a coûté cher, Zach, et le ranch de Kay est devenu, en quelques années, trois fois plus gros et prolifique que le mien, alors il peut offrir des prix très concurrentiels, contrairement à moi… J'ai commencé à faire moins d'argent, les coffres se vidaient… J'étais vraiment désespéré, Zach. Je suis allé dans un bar, j'ai bu, beaucoup, et je me suis lamenté au barman qui m'a donné la carte d'un gars. Je suis allé le voir, parce que je n'avais rien à perdre et c'est là qu'il m'a donné l'idée de la cyanure… En y repensant aujourd'hui, je sais que c'était complètement con, je m'en veux énormément ! Mais je voulais pouvoir te payer les études que tu méritais, Zach, je ne voulais pas que tu souffres de la pauvreté tant que tu étais avec moi… Je sais que le Nebraska ne sera jamais comparable à ce que tu as pu avoir à Los Angeles avec ta mère !

Certes, il n'y avait pas les grands buildings de Los Angeles au Nebraska, ni ses hôtels luxueux, toutes ces lumières qui brillaient et clignotaient une fois la nuit tombée, toute cette effervescence et ce tourisme de masse, cette agitation. Certes, il n'y avait rien de tout ça, mais peu importe ce que pouvait en penser Chester, Zach avait fini par trouver bien plus que ce qu'il n'aurait jamais eu à Los Angeles : il avait rencontré Kay.

— Je pensais que je détesterais le Nebraska, avoua-t-il, mais j'ai fait la connaissance de Kay. Je pensais que je le détesterais lui aussi, mais finalement, il n'est pas du tout comme je l'imaginais. Il est gentil et généreux avec tout le monde. *Trop*, même. Il n'aurait pas dû te pardonner … Je ne l'aurais pas fait, à sa place…

— Même moi, je ne me le pardonne pas, Zach. J'étais au bout du rouleau, je n'avais plus rien à perdre… et les gens qui n'ont plus rien à perdre sont les plus dangereux et les plus stupides. Je pensais que je pourrais faire baisser un peu – juste un tout petit peu – la production de Kay, ce qui me permettrait d'offrir un meilleur prix, d'être concurrentiel, seulement le temps de me refaire. Mais Kay a tout découvert. Et, maintenant, je n'ai plus le choix, je vais devoir vendre le ranch… J'aurais tellement voulu pouvoir te le léguer en héritage. Il fait partie de la famille depuis trois générations et je vais devoir m'en débarrasser ! Je m'en veux tellement… Je ne veux pas ton pardon, Zach, je veux juste que tu comprennes ; je ne veux pas te perdre, tu es mon fils unique ! J'ai même donné ma bénédiction à Kay parce que tout ce que tu as dit sur lui était vrai – c'est vraiment un bon gars – et que je ne veux *vraiment* pas te perdre.

Zach eut un moment où son cerveau *beugua*.

— Tu lui as donné ta… bénédiction ? répéta-t-il avec surprise. Il te l'a demandée ?

Cette révélation éclipsait toutes les excuses qu'aurait pu lui faire Chester à propos des vaches et de tout le reste.

— Kay m'a fait réaliser que tu partirais si je t'empêchais de l'aimer comme lui t'aime. Ça va me prendre du temps pour digérer votre relation, mais je vais essayer de m'y faire. Je finirai bien par m'y habituer… Je sais qu'il prendra soin de toi. Je ne pense pas que j'aurais géré de la même façon si je ne le connaissais pas comme je le connais…

Zach n'écoutait même plus son père. Il avait éloigné le téléphone de son oreille, abasourdi et muet de stupéfaction. Il avait arrêté de l'écouter quand il lui avait dit que Kay l'aimait. Le cowboy lui avait-il réellement dit ça ? Il n'en croyait pas ses oreilles et ne savait pas quoi en penser…

— Zach ? Es-tu toujours là ? Zach ?

Figé, le plus jeune rapprocha le téléphone de sa tête.

— Je suis là. Kay vient de m'appeler, mentit-il, il a besoin d'aide pour un truc, je dois y aller. Au revoir, papa.

Il raccrocha sans plus de cérémonie. Il était perturbé. Kay l'aimait ? Et lui, l'aimait-il ? Zach n'avait que dix-huit ans, il ne s'était encore jamais imaginé dans une relation qui durerait plus de deux-trois mois. Pourtant, il savait que ce n'était pas ce que Kay attendait de lui. Le cowboy voudrait de la longue durée, des années. Mais était-il prêt à ça ? À sacrifier les expériences que la jeunesse avait à lui offrir au profit d'une relation stable avec un homme de vingt-quatre années son aîné ? Une décision difficile dans la vie d'un adolescent… Une décision qu'il ne pouvait pas prendre à la légère.

Chapitre 27

Zach savait que Kay était un bon gars. Ce n'était pas là le problème. Seulement... il avait l'impression qu'il n'avait pas encore assez expérimenté sa jeunesse, qu'il n'avait pas connu encore assez de choses pour pouvoir se dire qu'il avait toutes les cartes en main pour se poser. Certes, il avait fait exprès de chauffer Kay pour le faire craquer et le mettre dans son lit – enfin, le sien, pour le coup –, alors il ne pouvait s'en prendre qu'à lui-même si le cowboy était tombé amoureux. Il n'aurait pas dû jouer à la légère avec ce genre de chose. Le rancher n'était pas un adolescent prépubère, il savait ce qu'il voulait, contrairement à lui. Zach aurait dû mettre les choses au clair dès le départ – « *entre nous, ce ne sera que du sexe* » – si c'était ce qu'il avait voulu. En réalité, il n'y avait juste jamais réfléchi pour de vrai...

— Zach, est-ce que tu as fini ? l'appela Kay depuis le bas des escaliers, le faisant sursauter.

— Je... oui, je descends !

Son cœur battait à une allure frénétique. Il dut se faire violence pour se rappeler que Kay ignorait ce que Chester lui avait dit, il n'était pas au courant qu'il savait pour sa demande de bénédiction amoureuse. Zach n'aurait qu'à agir normalement et tout irait bien. Oui, c'était ça ! Il prit une grande inspiration, puis descendit les marches. Il déposa le téléphone dans la main du cowboy qui arqua un sourcil.

— Et puis ?

— Et puis quoi ?

— La discussion s'est bien passée ?

— Hum, oui. Je vais pouvoir passer le restant de l'été ici comme convenu.

— Chester ne t'a rien dit d'autre ?

Zach se mordit la lèvre. Il avait l'impression que Kay soupçonnait quelque chose. Il fit de son mieux pour ne rien laisser paraître.

— Non, rien.

— Dans ce cas, c'est à moi de t'annoncer un truc.

— Quoi donc ?

Il avait vraiment peur que le cowboy lui fasse une déclaration d'amour, car il n'aurait aucune idée de comment y réagir.

— Je veux acheter le ranch de ton père. Ça le sortira de la faillite et ça me permettra d'agrandir mon élevage et d'accueillir une autre race de bétail – j'ai commencé à penser à élever des bisons –, voire de m'installer de la machinerie pour développer une production laitière en plus de la viande. J'en ai parlé avec mon conseiller financier pendant que tu étais au téléphone avec Chester et il pense comme moi, c'est une occasion que je ne peux pas manquer.

Zach était quelque peu soulagé. Ce n'était pas une confession amoureuse et Kay promettait de sortir Chester de ses problèmes financiers.

— Tu en as parlé à mon père ?

Le cowboy secoua la tête.

— Pas encore. Je compte lui faire mon offre d'achat cet après-midi.

Il hocha la tête.

— D'accord. Je pense qu'il acceptera.

— Ce sera bien pour toi, tu n'auras pas à te sentir coupable d'aller à l'université. Les études c'est important. D'ailleurs, tu as choisi ton programme ?

Zach se pinça les lèvres.

— Non…, soupira-t-il, il y a beaucoup trop de choix qui ne demandent même pas de prérequis !

— Tu ne sais pas ce que tu veux faire ?

— Eh bien, le ranch n'a jamais été ma passion, mais si mon père n'avait pas décidé de le vendre, je l'aurais sûrement repris. Parce que ce serait con de ne pas le faire. Je sais qu'il y a des tas de jeunes qui tueraient pour avoir une entreprise pareille ! Mais maintenant que mon chemin n'est plus tout tracé, je ne sais plus trop…

Kay plissa les yeux.

— Il n'y a donc rien qui t'intéresse ? T'interpelle ?

— Et toi ? Qu'aurais-tu fait si tu n'avais pas eu le ranch ? Ne me fais pas croire que tu as toujours voulu t'occuper d'un élevage de vaches !

— J'ai grandi ici, Zach. J'ai toujours aimé la campagne et les animaux. Puis, je suis parti en Oklahoma pour étudier.

C'était d'ailleurs à ce moment-là qu'il avait découvert qu'il était gay, en visitant un club de la région. Même quand il était revenu au Nebraska, il avait continué à prendre l'avion pour y aller une fois par mois histoire de renouer – sexuellement parlant – avec les gens qu'il connaissait là-bas, mais aussi car c'était plus difficile d'être gay au Nebraska. La mentalité y était plus fermée, à ce sujet...

— Puis, mon père est mort. Personne ne voulait reprendre le ranch. Mes frères étaient partis en ville depuis longtemps avec ma mère et ils ne voulaient plus revenir au Nebraska, la vie y était trop dure sur un ranch. Mais moi, je me souvenais que j'aimais ça, petit, et je ne voulais pas laisser tomber l'héritage qui était déjà dans la famille depuis de nombreuses générations. C'était important pour moi de faire perdurer la tradition. Je suis donc revenu et je me suis installé. Ton père, Chester, m'a beaucoup aidé à cette époque-là, c'était dur pour un gars dans la fin vingtaine de revenir après tant d'années d'absence reprendre un ranch dont je ne connaissais pas vraiment les rouages.

— Dans quoi tu as fait tes études ?

— En *marketing*, c'est sûrement ça qui m'a aidé à faire prospérer le ranch *Santonelli*.

— Ouais, alors quelque part, t'as toujours voulu faire ça..., soupira Zach. C'est facile à dire pour toi, du coup...

— C'est vrai que je ne m'imaginais pas travailler dans un petit bureau hermétiquement fermé au soixantième étage d'un building ! finit par avouer Kay avec un petit rire.

— Je pensais peut-être aller en agronomie... Je n'en suis pas encore certain.

— Il ne te reste pas beaucoup de temps pour décider, tu sais ? Mais l'agronomie, c'est un bon choix, je pense. Je t'engagerai si jamais j'ai besoin d'aide pour mes cultures de foin ou si je décide de me lancer dans le blé à un moment !

— Ouais, je vais y penser, promit-il. Je vais faire de petites recherches sur mon téléphone tout à l'heure, pendant que tu parleras à mon père.

— Bien, mais pour l'instant, tu dois t'habiller et venir me donner un coup de main : il faut aller nourrir les troupeaux et sortir les vaches, ça ne va pas se faire tout seul !

Et c'est ce qu'ils firent. Ils allèrent nourrir le bétail de Kay et le faire sortir dans la prairie avant de revenir à la maison. Sitôt de retour, le cowboy décida de s'occuper du rachat du ranch de Chester, tandis que Zach, fidèle à sa promesse, monta dans sa chambre et décida d'utiliser les dernières données de son téléphone du mois pour rechercher des informations sur un futur programme universitaire.

C'est vers 1h qu'ils se revirent pour le déjeuner. Zach était aux fourneaux – enfin, il ne faisait rien d'exceptionnel : il cuisinait des *grilled cheese* – et il avait presque terminé. Il appela Kay et ils s'installèrent à table avec de grandes nouvelles l'un pour l'autre.

— Ton père a accepté, finit par dire le cowboy. J'irai demain signer les papiers pour la vente avec mon conseiller financier et un avocat. Chester m'a dit qu'il avait trouvé un petit appartement pas cher en ville et qu'il y déménagerait. Ce sera plus pratique pour lui, plus près de ton université aussi.

— En parlant de ça… Enfin, de mon université… J'ai passé tout l'après-midi à regarder ça et je me suis décidé, pour un programme en agronomie. Ça a vraiment l'air intéressant !

Kay lui offrit un sourire.

— Ah, je suis content pour toi !

— Ils organisent des semaines d'intégration sur le campus pour les nouveaux étudiants. À ce qui paraîtrait, tous les groupe d'amis se forment durant ces quelques semaines. Alors, je pense que je vais y aller.

Mais ce n'était pas sa plus grosse nouvelle.

— Aussi, rajouta-t-il, j'ai décidé d'aller vivre en résidence universitaire sur le campus. Je ne veux pas vivre avec mon père et je ne veux pas rester ici non plus. Je veux vivre la *vraie* vie étudiante, faire de nouvelles expériences, tout ça. Je déménagerai ce week-end. Avec l'argent de la vente, mon père pourra payer.

Voilà, c'était dit. Il devait s'éloigner quelque temps du rancher pour prendre le temps de réfléchir et d'expérimenter un peu la vie et sa jeunesse avant de se poser.

Chapitre 28

Certes, Kay avait été déçu. Il se serait attendu à plus de la part de Zach qu'une fuite soudaine en mode « panique totale », mais il faisait aussi un effort pour comprendre le jeune homme. C'était normal qu'il puisse vouloir sa liberté. À son âge, il avait voulu la même chose. Ce n'était pas pour rien qu'il avait fait ses bagages et était parti étudier à plusieurs miles de la maison, partageant son temps entre la découverte de sa sexualité et ses études.

Les jours suivant l'annonce de Zach passèrent à une vitesse folle. Kay s'investit dans le travail pour tenter de se changer les idées et d'oublier un peu le blond qui le quitterait bientôt. Pourquoi fallait-il donc qu'il parte, alors qu'il venait tout juste de faire le point sur ses sentiments ? Le cowboy avait l'impression que Zach l'avait aguiché juste pour pouvoir tirer son coup et que, maintenant, il le jetait et prenait la fuite de peur de s'aventurer dans une relation trop sérieuse. Mais il ne pouvait pas le juger, alors il attendait.

Il y avait quelques jours, des déménageurs étaient venus prendre les électroménagers et les affaires de Chester. Il allait emménager dans un appartement du centre-ville, près de là où résiderait Zach. Kay lui avait bien proposé de rester habiter sur son ranch et de lui donner un coup de main avec l'élevage, mais l'homme avait gentiment refusé l'offre. En réalité, il lui avait avoué que cela faisait un moment qu'il y songeait : il voulait prendre sa retraite. Maintenant que l'université de son fils unique était payée, il n'avait plus à s'inquiéter, alors il irait couler des jours heureux dans un appartement où il n'aurait à s'occuper de rien, tout en sachant que son ranch était entre bonnes mains. Kay avait promis de lui rendre visite un de ces jours, quand il pourrait prendre un moment de congé.

Aujourd'hui était finalement le jour où Zach partait. C'était Chester qui était venu le chercher en voiture et qui l'attendait devant la maison. Le blond avait fait ses bagages et se tenait dans l'entrée. Kay le rejoignit.

— Alors, c'est fait, tu pars, dit-il. Tu vas me manquer, *chico*.

— Dis plutôt que ma main d'œuvre gratuite va te manquer ! lui rétorqua Zach en lui tirant la langue.

— Ça aussi, entre autres, admit-il avec un sourire. Tu vas m'écrire, hein ? Ou, au moins, me passer un coup de fil de temps en temps ?

Zach parut surpris.

— T'écrire ? Pourquoi est-ce que je ne pourrais pas te texter à la place ?

— Me quoi ?

Le blond écarquilla les yeux. Au même moment, Kay éclata de rire.

— Je rigole. Je sais ce que sont les textos ! Mais je n'ai pas de cellulaire, sans parler qu'on capte mal par ici.

Zach se mordit la lèvre en rougissant avec l'impression d'être tombé directement dans le panneau.

— Je n'aime pas vraiment écrire, mais je ferai un effort.

— Bien.

Kay ouvrit la porte et aida Zach à sortir avec sa valise sur le patio. Chester le klaxonna depuis sa voiture. Il abaissa la vitre pour parler :

— Tu viens, Zach ? Il n'y a plus d'admission sur le campus à partir de dix-neuf heures !

— J'arrive ! cria-t-il.

— Zach.

— Ouais ?

Il n'eut le temps de rien dire d'autre que les lèvres de Kay se posèrent sur les siennes. Il gémit, puis passa ses bras autour de la nuque de l'homme pour approfondir le baiser. À l'instant, il se fichait que Chester les voit, c'était juste vraiment trop bon pour arrêter !

Dans sa voiture, Chester détourna instantanément le regard du côté opposé, se mordant l'intérieur de la joue. Il n'était pas encore tout à fait prêt à accepter cette relation qui sortait de l'ordinaire…

De force, Zach finit par se détacher de Kay. Il le salua une dernière fois.

— Au revoir.

— Bonne chance, *chico*.

Il poussa ses bagages dans la valise de la voiture, puis prit place sur le siège conducteur. Chester fit signe de la main à Kay et le moteur gronda. Le cowboy regarda l'automobile s'enfoncer dans le nuage de poussière qu'elle souleva jusqu'à ce qu'elle soit totalement hors de vue.

Soupirant, il rabaissa son *Stetson* sur ses yeux. Le ranch serait, à nouveau, bien vide sans Zach. Il se rappelait cette journée où Chester avait ramené son fils à la maison après les avoir surpris, il s'était senti si seul… La même sensation revenait le frapper de plein fouet. Mais il avait confiance en sa capacité de s'y habituer à nouveau. Il avait passé de nombreuses années à habiter seul ici, il pourrait bien recommencer. Même si les premières journées promettaient d'être longues.

Il rentra à l'intérieur où, lui semblait-il, l'odeur de Zach planait encore dans l'air. Il décida de faire un peu de ménage, ainsi que la lessive. Comme s'il voulait effacer toute trace du passage du jeune homme chez-lui.

***

Dans l'auto, Zach regarda le paysage défiler par la fenêtre, la tête appuyée dans sa main, avec une certaine nostalgie. Il ne partait qu'à six heures de route du ranch de Kay, ce n'était pas à l'autre bout du monde et, pourtant, il le voyait comme une éternité. Il essayait de se persuader : il ne quittait pas le ranch et il n'abandonnait pas son rancher, il prenait simplement une pause.

Chapitre 29

Salut Kay !

Tu vois, je tiens ma promesse, je t'écris. Je sais, j'aurais dû le faire avant, mais j'ai eu un emploi du temps assez chargé et c'est laborieux, pour moi, que d'écrire. Je suis désolé, je n'ai pas franchement eu le temps de t'appeler non plus.

Ça fait déjà trois semaines que je suis parti. Comment va le ranch ? As-tu commencé à accueillir une nouvelle race de vache, voire même des bisons ?

Quant à moi, j'ai rencontré des tas de gens vraiment sympas. Le gars qui partage ma chambre est super gentil ! Les activités d'intégration organisées par l'école sont parfois un peu barbantes, mais les soirées d'initiation, elles... oulah ! Ça me rappellerait presque Los Angeles ! Je ne savais pas que les Nébraskiens étaient aussi fêtards ! Étais-tu, toi aussi, comme ça quand tu étais étudiant ?

En tous cas, je ne me souviens pas d'avoir déjà autant fait la fête ! Il y a des soirs où je ne me souviens même pas comment j'ai réussi à retourner à ma chambre ! Mon colocataire m'a fait goûter une Tequila Añejo en me disant que c'était la spécialité du coin. Je n'avais jamais bu quelque chose d'aussi fort !

Les cours commencent dans quelques semaines. Je pense que je vais devoir ralentir un peu mon niveau de fêtes ! Hahah ! J'ai vraiment hâte de commencer à étudier en agronomie et de pouvoir revenir te donner un coup de main au ranch !

À bientôt,
Zach.

PS : Parce que je sais que tu en aurais demandé, des nouvelles de Chester, sache que mon père va très bien. Je lui passe des coups de fil de temps en temps et il s'adapte tranquillement à sa nouvelle vie de citadin. C'est certain que l'air campagnard du ranch lui manque, mais il apprécie d'avoir enfin un peu de temps pour lui. Ne sois pas surpris s'il vient te rendre visite bientôt !

***

Bonjour Zach,

Je suis content de voir que tu t'amuses bien et ton colocataire a l'air bien sympathique. Ne lui mène pas la vie trop dure.

Pour répondre à tes questions, le ranch va bien. Les gars viennent travailler selon leurs horaires habituels, ils me donnent un sacré coup de main. Nous avons terminé la construction de mon nouveau cabanon pour mes outils. Et après réflexion, j'ai décidé de m'implanter dans le marché du bison. J'ai reçu mes trois premiers spécimens d'élevage la semaine passée : un gros mâle et deux femelles. Je vais pouvoir me familiariser un peu avec les bêtes avant de passer à l'étape supérieure et d'acheter un troupeau.

Pour en revenir à toi, puisque c'était ce que tu voulais, profites bien du temps que tu as pour faire la fête, prendre du plaisir et faire quelques expériences, mais n'abuses pas trop non plus. Tu dis que, parfois, tu as de gros black-out de tes soirées. Ce n'est pas bien. Tu ne sais pas ce qu'il pourrait t'arriver dans ces cas-là ! Tu devrais mieux surveiller et réduire ta consommation d'alcool. Ne prends pas tout ce que l'on te propose et surveilles ton verre, tu ne sais pas ce qu'une personne mal intentionnée pourrait mettre dedans !

Quand j'étais jeune, je faisais souvent la fête en Oklahoma, mais maintenant que j'y repense, il y a bien des fois où j'ai été beaucoup trop imprudent. Je ne t'encourage vraiment pas à agir comme moi. Tu veux être traité en adulte, alors agis comme tel et sois un peu plus mature.

Arrange-toi pour être sobre quand tu seras en classe. Les professeurs n'hésitent pas à mettre dehors les élèves inattentifs, tu n'es plus à l'école primaire, maintenant, tu ne peux que compter sur toi-même pour atteindre les meilleurs résultats possibles !

Tu me manques,

Kay.

***

Salut cowboy !

Tu sais quoi ? Il m'est arrivé des tas de choses complètement folles durant la semaine dernière ! Mais je vais t'en parler à la fin de cette lettre, histoire de garder le suspense !

Tu as vraiment adopté des bisons ? C'est vraiment cool ! J'aurais adoré les voir ! Je les imagine déjà avec leurs longs poils ! Je suis certain qu'ils sont super doux ! Tu m'enverrais une photo dans ta prochaine lettre ?

Ensuite, je te trouve un peu trop conservateur... Oui, oui, je vais faire attention... Contrôler ma consommation et tout ça... Ne pas prendre de drogue et ne pas parler aux inconnus... Autre chose ? J'ai l'impression que les vieux oublient souvent qu'ils ont aussi été jeunes !

Enfin... laisse-moi t'annoncer un truc : mon colocataire m'a fait son coming-out la semaine passée ! Je ne m'y attendais vraiment pas ! Il n'a tellement pas l'air de ça... Je veux dire... Non pas qu'il y ait un air... Je lui ai dit pour mes préférences et, peu de

248

temps après, il a fini par se confier à moi. Ça le rend encore plus sympathique à mes yeux ! Je vais faire de mon mieux pour l'aider à s'accepter.

N'oublie pas ma photo de bison !
Zach.

***

Zach,

Voici la photo de bison que tu m'as demandée.

Depuis ta dernière lettre, j'ai acheté un peu plus de bêtes. Maintenant, je compte essayer d'ensemencer les femelles. Je croise les doigts pour que tout aille bien. Mais j'ai confiance, mon mâle a l'air d'être un vrai étalon sauvage !

En parlant d'étalon, je suis content que ton colocataire ait trouvé le courage de sortir du placard, mais sois prudent avec lui. Faites bien attention, car le Nebraska est encore plutôt fermé sur la question de l'homosexualité. Les esprits sont conservateurs là où tu es. Ce n'est pas pour rien que j'ai choisi d'aller étudier à Oklahoma…

Sois prudent, c'est tout ce que je te demande,

Kay.

Hey,

Les bisons sont vraiment trop chouettes ! Merci pour la photo !

Je sais depuis toujours que je suis bi avec une nette préférence pour les hommes, je n'ai pas envie de me cacher ! Si les Nébraskiens sont homophobes, c'est leur problème, pas le mien ! Ce soir, mon colocataire et moi, sortons en boîte de nuit pour essayer de rencontrer d'autres gays. Maintenant qu'il s'est affirmé, j'ai envie qu'il rencontre quelqu'un de bien, même juste pour une nuit !

Je t'en donnerai des nouvelles bientôt !

À bientôt,
Zach.

***

Zach,

Ce n'est pas quelque chose à prendre à la légère. S'il te plaît, sois un peu plus mature. Je ne voudrais pas qu'il t'arrive quelque chose…

J'espère que ta sortie n'a pas mal tourné…

Hâte d'avoir de tes nouvelles,

Kay.

***

Kay,

Les choses ont un peu évolué depuis la dernière lettre… D'ailleurs, désolé d'avoir pris autant de temps pour y répondre…

En fait, il s'est passé des tas de choses lors de cette fameuse soirée… J'ai encore bu une de ces satanées Tequila Añejo et je dois dire que mes souvenirs en sont un peu flous… Mais mon colocataire m'a embrassé ! Et le lendemain matin, je me suis réveillé dans notre chambre. Dans son lit ! Nu !

Je vais devoir avoir une sacrée discussion avec lui ! Je crois bien qu'on a couché ensemble, ce soir-là.

Zach.

***

Kay,

Est-ce que ça va ? Es-tu toujours en vie ? Ça fait presque une semaine depuis ma dernière lettre et tu ne m'as toujours pas répondu, alors que d'habitude, tu le fais en quelques jours seulement… Est-ce qu'il s'est passé un truc sur le ranch ?

Réponds-moi vite !
Zach.

***

Kay,

Déjà trois semaines… Sans aucune de tes nouvelles… Les cours commencent bientôt… Je ne comprends vraiment pas et j'aimerais comprendre. Je commence à m'inquiéter et mon colocataire le remarque, même lui. Il essaie de me réconforter, mais j'ai vraiment besoin d'entendre ta voix et que tu me dises que tu vas bien.

Donne-moi des nouvelles, je t'en supplie,

Ton Zach.

***

Zach composa le numéro du ranch de Kay sur le téléphone public du campus. Si le numéro était inconnu sur son afficheur, il se disait que le cowboy serait bien forcé de lui répondre ! Il avait déjà essayé de le contacter avec son cellulaire, mais jamais le rancher ne lui répondait. Il avait laissé des messages sur sa boîte vocale aussi, dans le même genre que ses lettres désespérées… mais il n'y avait rien à y faire…

Il attendit. Une sonnerie, deux sonneries, trois sonneries…

— Ouais ?

C'était la voix de Kay !

— Hey, c'est moi Zach ! Je… – Quoi ? Putain !

Il aurait jeté le téléphone parterre et l'aurait piétiné s'il avait pu ! Dès qu'il avait su que c'était lui, Kay lui avait raccroché au nez !

***

Zach,

J'espère que tu t'amuses bien avec ton colocataire et que tu vis de nouvelles expériences comme tu l'as souhaité. Je dois t'avouer que je ne pensais pas que ce serait comme ça entre nous et que tu prendrais vraiment à la lettre le vivre ta vie d'étudiant.

Je suis désolé de ne pas avoir répondu à tes nombreuses lettres et à tes nombreux coups de fil, c'est que, vois-tu, tu n'es pas le seul à avoir besoin de décrocher un peu de temps en temps et de t'amuser. Récemment, comme au bon vieux temps, j'ai pris l'avion pour Oklahoma...

Continue d'être prudent,
Kay.

Chapitre 30

Ce fut un coup de téléphone aux alentours de minuit qui réveilla Kay. Il hésita à répondre en voyant le nouveau numéro de Chester s'afficher, mais finit par décrocher en maugréant. Si son ami l'appelait à cette heure, c'était que ça devait être important. Si c'était Zach, il n'aurait qu'à raccrocher.

— Oui, allô ?

— Kay ! C'est toi ? Ah, je suis vraiment content que tu sois levé ! Il s'est passé quelque chose d'horrible !

C'était la voix de Chester et il semblait tout particulièrement inquiet.

— Qu'est-ce qu'il y a ?

Le rancher n'était pas du genre à appeler au beau milieu de la nuit pour le plaisir. Il devait sans doute être arrivé quelque chose de grave. Kay devenait progressivement lui aussi inquiet.

— C'est Zach… il…

La voix de Chester se brisa et il peina à terminer sa phrase. Dans sa poitrine, le cœur de Kay manqua un battement. Il avait beau être en colère contre le gamin, jamais il n'aurait souhaité que le moindre mal lui arrive ! *Putain*, des sentiments, ça ne s'effaçait pas sur commande ! Il tenait encore à lui ! Sans parler qu'il savait qu'il finirait par lui pardonner : après tout, il ignorait que son cadet avait été mis au courant des sentiments qu'il lui portait…

— Qu'est-ce qui est arrivé à Zach ? Parle !

— Il… à l'hôpital… agressé, réussit à prononcer l'homme. Je suis en visite chez un ami à huit heures de là, je suis déjà en route, mais… enfin… tu y serais en moins de temps que moi, alors je suis désolé de te demander ça, mais est-ce que tu pourrais…

— N'en dis pas plus, je m'habille, dit-il, déjà en train d'enfiler son jean de la veille, et je démarre. Donne-moi seulement le nom de l'hôpital où il est.

***

Sur les longues routes désertiques du Nebraska, Kay avait roulé à une vitesse qui n'était pas tout à fait légale, croyant qu'il ne réussirait jamais à atteindre sa destination… Les longues étendues de plaines ne lui avaient jamais parues aussi interminables ! Il arriva à la ville qui s'était bâtie autour de l'université en environ cinq heures.

Quand il poussa les portes de l'hôpital, son cœur battait à mille à l'heure. Il agressa presque la réceptionniste jusqu'à obtenir le numéro de la chambre de Zach. Lorsqu'il l'obtint, il courut comme un fou jusqu'à l'ascenseur, avant de bifurquer à la dernière minute vers les escaliers : grimper les six étages lui ferait du bien, à lui et son trop plein d'adrénaline, et calmerait ses nerfs trop à vif.

Il finit par arriver à la chambre du blondinet. Zach était allongé sur un lit d'hôpital. Il avait un coquard violacé à l'œil, un bras dans le plâtre et un bandage autour de son torse contusionné. Malgré tout, il était conscient et tourna péniblement la tête tout en grimaçant lorsqu'il l'entendit arriver.

— Kay ? croassa-t-il entre ses lèvres bleuies et gonflées sans cacher sa surprise.

Le cowboy sentit son cœur se serrer : Zach était vraiment dans un sale état…

— Ton père devrait arriver dans une heure ou deux, il m'a demandé de venir parce que j'étais plus près. Qu'est-ce qui t'es arrivé ? demanda-t-il en serrant légèrement les poings. Tu t'es fait agresser ?

Zach ferma les yeux et prit une inspiration, comme si parler lui était difficile.

— Ils étaient trois gars… je n'ai rien pu faire… Ils ont dit qu'ils m'avaient vu avec mon colocataire dans un bar. Ils m'ont traité de tapette, puis de pédale et ils me sont juste tombés dessus, comme ça… Je n'avais rien fait, pas même une petite provocation, je te le jure !

Kay crispa la mâchoire.

— Et ton colocataire, il va bien ?

— Ouais, il n'était pas là. Il est parti avec un autre gars ce soir, alors je lui ai dit que je rentrerais seul…

Le rancher fit de son mieux pour ravaler sa colère et ne pas être trop violent dans ses paroles. Il savait que Zach n'avait pas besoin de se faire hurler dessus dans l'état où il se trouvait, sauf qu'il peinait à se contenir…

— Bon sang, je t'avais dit d'être prudent, Zach ! Je t'ai dit que le Nebraska n'était pas aussi sexuellement ouvert que Los Angeles ! Les gars qui t'ont agressé, tu les connaissais ?

Il secoua piteusement la tête en guise de réponse.

— Ils venaient de sur ton campus ? Tu les avais déjà vu avant ?

Kay avait envie de leur défoncer la gueule, à ces abrutis ! Il était fou de rage !

— Non…, souffla le plus jeune en dodelinant à nouveau la tête, enfin, ils devaient probablement venir du campus, mais je ne les avais jamais vus… ce sont peut-être des élèves de deuxième année… je n'en ai aucune idée, je suis encore nouveau par ici…

Zach se cacha le visage avec sa main libre.

— Et arrête de me regarder comme ça, je suis affreux !

Kay allait dire quelque chose, mais au même moment, une infirmière entra dans la chambre.

— Vous êtes le père ? demanda-t-elle.

Cette question fut comme un coup de poignard, rappelant bien à Kay à quel point il était plus vieux que Zach...

— Non, mais je suis un ami proche de celui-ci. Il devrait arriver bientôt. Les nouvelles sont bonnes ?

— Eh bien, son bras a une entorse. Les radiographies nous l'ont confirmé. Ensuite, il a une côte de fracturée et quelques contusions ici et là, mais rien de plus grave. Il a eu de la chance, ça aurait pu être bien pire.

Kay soupira de soulagement.

— Merci, madame.

L'infirmière lui prit le bras et l'amena ensuite un peu à l'écart pour que Zach n'entende pas le reste de leur conversation.

— Vous devriez dire à son père de le ramener à la maison le plus tôt possible. Il a besoin de repos et de calme. Un bon bol d'air frais campagnard lui ferait le plus grand bien, car il est possible qu'après un événement aussi traumatisant, il en conserve quelques séquelles...

— J'en parlerai à son père, promit-il.

L'infirmière revint au chevet de Zach, lui donna des cachets contre la douleur, puis elle les laissa seul. Kay se laissa tomber sur la chaise en plastique à côté du lit. L'adrénaline était en train de redescendre et le manque de sommeil se faisait ressentir dans son corps. Il n'avait plus vingt ans, les nuits blanches, ce n'était vraiment plus pour lui !

— Je reste avec toi jusqu'à l'arrivée de Chester, dit-il en croisant les chevilles.

Zach hocha la tête, mais il ne dit rien. Un silence s'installa entre eux jusqu'à l'arrivée de Chester aux alentours de 7h du matin. Lorsqu'il entra dans la chambre, il réveilla Kay qui avait fini par somnoler un peu, son chapeau posé sur son visage pour contrer les rayons du soleil qui commençaient à pointer leur bout du nez.

— Je vais vous laisser entre vous, décida-t-il en se levant.

Il sortit de la chambre et n'y revint qu'une quinzaine de minutes plus tard lorsque Chester vint le chercher dans le couloir.

— Hey, Kay, je dois te dire merci. Merci de t'être déplacé si tard pour Zach, je ne sais pas ce que j'aurais fait sans toi.

— C'est la moindre des choses à faire pour un ami, répliqua-t-il simplement avec un haussement d'épaules. Je n'ai aucun mérite pour ça. Tu aurais fait pareil.

Sans laisser le temps à Chester de dire quoique ce soit d'autre, il rentra à nouveau dans la chambre.

— L'infirmière a dit que ce serait bien si Zach s'éloignait un peu de la ville pour se reposer, rajouta-t-il. Si tu veux, je le reprends au ranch.

Chester pesa le pour et le contre. Son fils lui avait vraiment fait une sacrée peur. Il ne le sentait plus en sécurité sur le campus.

— Tout sera toujours mieux qu'ici pour lui, finit-il par décider.

Chapitre 31

À nouveau, Zach se retrouvait à regarder le paysage défiler dans la vitre de la voiture. Dès qu'il avait obtenu son congé, Chester et Kay lui avaient fait comprendre qu'il serait préférable qu'il retourne au ranch pour se reposer et prendre un peu d'air frais. Il n'aurait qu'à retarder son entrée à l'université d'une session, ce ne serait pas la fin du monde. Il serait plus en sécurité au ranch que là-bas, selon les dires de son père.

Le trajet en voiture fut silencieux. Zach ne savait pas quoi dire ou comment agir en présence de Kay. Autant l'homme semblait énervé contre lui, autant il était venu en quatrième vitesse le chercher à l'hôpital.

— Je me sens encore malade, je vais fermer un peu les yeux, finit-il par mentir avant de caler sa tête contre la portière.

— Tu vas bien ?

— Ouais, ça ira mieux après…

Il n'était même pas fatigué, mais il ferma les yeux et le vrombissement du moteur ainsi que le doux basculement de la voiture finirent par le faire dormir pour de vrai.

***

Lorsque Zach se réveilla, la voiture était arrêtée. C'était l'arrêt du moteur qui avait dû le sortir de son sommeil. Il souleva ses paupières et regarda par la fenêtre : ils n'étaient pas encore au ranch. Kay avait dû prendre une petite pause sur une aire.

Il sortit de la voiture et, à quelques dizaines de mètres de là, il vit la silhouette du cowboy. Il le rejoignit. À l'entente de ses pas Kay se retourna.

— Tu vas mieux ?

Il hocha la tête.

— Ouais, ça va.

L'homme soupira et se retourna pour admirer le paysage. Ils étaient arrêtés au bord d'un canyon. La vue y était superbe sur plusieurs kilomètres tout autour. La descente était abrupte, presque parallèle et très creuse. Le sable était presque rouge-orangé, grillé par le soleil, semblait-il.

— C'est magnifique, tu ne trouves pas ?

— Ouais.

Zach regarda à son tour l'horizon.

— Si on repart bientôt, on sera au ranch dans trois heures.

Il hocha la tête.

— Je vais remonter dans la voiture.

Kay pinça les lèvres et soupira.

— Avant… Zach…

— Quoi ?

Il hésita.

— Dis-moi une chose : tu t'es amusé et tu as vécu ta vie comme tu l'as voulu pendant ces quelques semaines ?

Zach releva les yeux.

— Je suppose que j'ai fait tout ce que j'avais souhaité faire… Mais je m'ennuyais un peu du ranch, avoua-t-il, légèrement intimidé.

Kay le toisa du regard.

— Hum.

Il fit une pause de quelques secondes, puis rajouta :

— Et… ton colocataire… tu comptes le revoir ?

Les joues de Zach s'empourprèrent. Il commençait tout juste à comprendre l'impact qu'avait pu avoir le contenu de ses lettres sur Kay.

— Heu… tu sais, on ne sortait pas ensemble, c'était juste pour une nuit… et je ne m'en souviens même plus trop, de toute façon… Et il était inexpérimenté, alors… comment dire… ce n'était pas aussi bien qu'avec toi.

¡ *Puta* ! Comment pouvait-on résister quand la personne que vous aimiez se tenait en face de vous et vous disait ce genre de chose ? Ce n'était pas Kay qui allait apporter une réponse à cette question, car d'abord surpris, il écarquilla les yeux avant de reprendre son sang-froid et d'empoigner la nuque de Zach pour lui voler un baiser fougueux. Le blondinet gémit, puis passa ses bras autour du cou de l'homme pour approfondir leur échange.

— Tu ne devrais pas m'embrasser, j'ai l'air affreux…

Il avait encore un coquard violacé à l'œil et des contusions sur tout le corps.

— Tu crois que j'en ai quelque chose à faire ? Tu m'as manqué, *chico*, finit par souffler le cowboy. Le ranch paraissait vide sans toi.

Zach frissonna. Il avait oublié l'incroyable sensation que procurait le fait d'être enlacé par les grandes mains du rancher.

— C'est pour ça que tu es allé à Oklahoma ?

Le visage de Kay se referma instantanément.

— Entre autres.

Il fronça les sourcils.

— Et au fait, *chico*…

— Quoi ?

— Hum, non rien, oublie ça.

Il n'avait pas encore l'impression qu'il pouvait dévoiler à Zach ses véritables sentiments et lui dire à quel point sa lettre dans laquelle il décrivait la nuit passée avec son colocataire lui avait fait du mal. Il s'éloigna du plus jeune.

— Si on veut arriver au ranch avant la nuit, il faut rembarquer tout de suite. Je n'ai pas envie de conduire dans le noir.

Il avait déjà bien assez lutté contre le sommeil comme ça ces derniers jours. Il se dirigea vers la voiture et, légèrement ébranlé, Zach le suivit quelques pas derrière.

Ils repartirent.

***

Ils arrivèrent au ranch juste après l'heure du souper. Ils s'étaient arrêtés au drive d'une grande chaîne de *fast-food* en cours de route pour manger. En arrivant, Zach avait très hâte de voir les fameux bisons. Mais tout d'abord, il monta dans la chambre qu'il avait quittée quelques mois auparavant pour y ranger ses affaires que son père avait été récupérer pour lui à sa résidence étudiante. Il lui semblait que cette pièce était remplie de nostalgie.

Un peu plus tard, Kay le rejoignit.

— Ça va faire du bien de voir cette chambre à nouveau occupée, commenta-t-il.

Zach venait de terminer de serrer ses choses.

— Hum, ça va sûrement être plus silencieux que sur le campus.

— Au fait, Zach.

— Oui ? Qu'est-ce qu'il y a ?

— Il y a un truc que je voulais te demander toute à l'heure.

— Quoi ?

— Demain, c'est bien ton anniversaire, non ?

Zach écarquilla les yeux. Il avait lui-même oublié que sa fête était demain !

— Ah, oui. J'aurai dix-neuf ans. Quelqu'un te l'a dit ?

— Hum, non. Je m'en suis souvenu, c'est tout.

Comment pouvait-il avouer à Zach qu'il avait compté les jours jusqu'à son anniversaire, jusqu'à ce que leur relation soit moralement et légalement plus correcte ?

— Pour te dire la vérité, je ne m'en souvenais pas moi-même…

Visiblement, ça n'avait pas la même importance pour lui que pour Zach, même s'il avait l'impression que le jeune homme avait mûri pendant les mois durant lesquels ils avaient été séparés.

— Je t'offrirai un cadeau demain, alors réfléchis à ce que tu veux, s'il te plaît.

Chapitre 32

Kay s'était, le lendemain matin, réveillé avec autant d'excitation que si ça avait été son propre anniversaire. Avec *beaucoup plus* d'excitation même, car à son âge, il n'aimait plus vraiment fêter son anniversaire, en fait... Ça lui rappelait qu'il vieillissait et il détestait ça, ça le rendait morose et grognon.

Enfin, aujourd'hui, c'était Zach qui avait dix-neuf ans ! Il ne pouvait pas encore boire de l'alcool (pour ça, il devrait attendre 21 ans), mais il était considéré comme un adulte et pouvait exercer son droit de vote.

Il passa à pas de loup devant la chambre de Zach, ne souhaitant pas le réveiller. Aujourd'hui était le jour de son anniversaire, il pouvait bien faire la grasse matinée ! Il s'occuperait du petit-déjeuner et en profiterait même pour cuisiner le gâteau qu'il avait eu en tête toute la nuit.

Il descendit l'escalier de la vieille maison centenaire et arriva dans la cuisine. Il prépara de la nourriture, puis laissa le tout au four pour en conserver la chaleur, tandis qu'il allait prendre une douche.

Lorsqu'il ressortit de la salle-de-bain, une serviette autour de la taille et des gouttelettes d'eau glissant encore de ses cheveux bruns coupés aux épaules et sur la peau basanée de son torse sculpté par le travail physique, Zach ouvrit au même moment la porte de sa chambre. Le plus jeune, les cheveux en bataille comme s'il sortait tout juste d'une séance de sexe intense, se figea d'un seul coup en croisant le regard orageux de son aîné. Kay remarqua sa pomme d'Adam lentement monter et redescendre dans sa gorge.

C'était la deuxième fois que Zach surprenait pareille scène et il ne s'en lassait toujours pas. Peu importe le temps qui avait passé, le cowboy était toujours aussi sexy. Il déglutit nerveusement et secoua la tête pour regagner son sang-froid.

— Heu… bonjour, finit-il par dire, un peu nerveux.

Kay passa une main dans sa chevelure humide, puis songea qu'il devrait peut-être songer à se raser la barbe en touchant son menton.

— Tu peux aller prendre ta douche et descendre à la cuisine après, le déjeuner est prêt.

La bouche grande ouverte, Zach se contenta de hocher machinalement la tête.

Kay se décala du cadre de porte de la salle-de-bain pour y laisser entrer son cadet, puis se rendit dans sa chambre pour enfiler un sous-vêtement et un jean. Il redescendit ensuite au rez-de-chaussée pour sortir le déjeuner du four.

Quelques dizaines de minutes plus tard, Zach vint le rejoindre, habillé d'un T-shirt blanc simple et d'un pantalon en denim bleu. Le coquard sur son œil était beaucoup moins apparent que deux jours auparavant et prenait lentement une teinte prune plus discrète.

— Viens t'asseoir, il y a des œufs et du bacon.

Zach obéit, puis son assiette fumante apparut comme par magie devant lui. Kay prit place en face du blondinet et ils se mirent à manger.

— Qu'est-ce qui sent bon comme ça ? finit par demander le plus jeune avec curiosité.

— Tu parles du déjeuner ?

— Non, ça sent… sucré. Comme un dessert.

Une légère rougeur s'empara des joues de Kay. Il avait quarante-deux ans, il n'était plus supposé être embarrassé pour si peu, mais Zach avait cet effet sur lui. Il avait parfois l'impression de redevenir un lycéen quand il s'agissait de lui !

— Ça doit être le gâteau, finit-il par dire avec un haussement d'épaule qui se voulait nonchalant.

— Un gâteau ? répéta Zach avec une surprise légère.

— Eh bien, c'est ta fête aujourd'hui, non ?

Le blond parut confus.

— Euh… Oui, mais je… heu… tu as vraiment fait un gâteau… pour moi ?

Ce fut au tour de Zach de rougir. Jamais quelqu'un d'autre que ses parent ou quelques potes saouls ne lui avaient déjà cuisiné un gâteau.

— Je me suis dit que ça te ferait plaisir après les derniers événements et vu que c'est ton anniversaire, ça tombait plutôt bien.

Le cœur du blondinet bondit dans sa poitrine.

— Ouais… c'est plutôt gentil de ta part. J'ai hâte d'y goûter. Merci.

Kay se leva en reprenant son assiette qu'il avait terminée.

— Nous le mangerons cet après-midi. C'est ton anniversaire et tu as encore besoin de te reposer, alors tu peux rester à la maison pour aujourd'hui, mais moi, j'ai du travail à faire dans les écuries, alors je vais y aller. N'oublie pas de démarrer le lave-vaisselle quand tu auras fini de manger.

Zach hocha la tête, encore plongé dans ses pensées. Il était un peu troublé, à vrai dire. Ces quelques semaines passées loin du ranch lui avaient ouvert les yeux sur plusieurs choses…

Kay enfila ses bottes western ainsi que son Stetson, puis disparut sous le soleil de plomb du matin. Il se dirigea directement vers les écuries, car cela faisait plus d'une semaine qu'il prévoyait de nettoyer les boxes des chevaux ce jour-ci, car il n'avait pas eu le temps avant.

Après avoir fait ce que Kay lui avait dit et réalisant qu'il tournait en rond, se sentant parfaitement inutile et s'ennuyant comme un rat mort, confiné à l'intérieur de la maison, Zach décida d'enfiler bottes et chapeau pour aller rejoindre son aîné.

Il retrouva celui-ci en train de soulever de lourdes bottes de foin pour les apporter dans les boxes fraîchement nettoyés. Il travaillait déjà depuis un moment, car son torse était luisant de sueur. Pour la deuxième fois de la journée, Zach bava presque sur le corps de dieu grecque de Kay, le lorgnant avidement.

Toutes sortes de pensées lui traversèrent alors l'esprit, mais elles avaient toutes un point en commun : elles avaient toutes un lien avec le corps nu d'un certain cowboy contre le sien. Même si leur relation avait connu un tournant un peu brusque il y avait quelques semaines de cela, Zach se surprenait encore à fantasmer sur Kay, la preuve que... peut-être... il recherchait plus qu'un simple coup d'un soir avec l'hispanique.

Sans réaliser la présence de Zach, Kay s'arrêta un moment de transporter les bottes de foin pour se saisir d'une vieille guenille et s'en servir pour essuyer son torse. Depuis là où il était, le plus jeune sentit sa libido bien fougueuse réagir. Stupide connerie d'adolescent incontrôlable ! Voilà qu'il se mettait à durcir pour si peu ! Gêné dans son jean devenu soudainement trop serré, il laissa échapper un hoquet.

Surpris par le son, Kay se retourna pour remarquer Zach qui l'observait.

— Qu'est-ce que tu fais là, *chico* ? As-tu réfléchi à ce que tu voulais pour ton anniversaire ?

Zach ouvrit la bouche. *Oh, que oui !* Maintenant, il savait parfaitement ce qu'il voulait pour célébrer ses dix-neuf ans… !

Chapitre 33

Zach aurait adoré dire qu'il y avait réfléchi deux fois et qu'il avait fini par se rendre compte qu'il ne pouvait décidément pas demander une telle chose pour son anniversaire, que ça ne se faisait tout simplement pas ! Oui, il aurait adoré pouvoir dire ça… Parce que, dans les faits, il n'avait pas du tout réfléchi. Pas même une seule petite seconde.

Il s'était jeté sur Kay et ses lèvres avaient trouvé les siennes tout naturellement. L'homme avait écarté les yeux sous la surprise, puis avait perdu l'équilibre et ils étaient tous les deux tombés en poussant un cri dans les bottes de foin à l'arrière. La situation aurait pu être marrante, mais Zach n'avait pas du tout l'envie de rire. La bosse dans son pantalon était douloureuse, son cœur battant et sa respiration haletante.

Allongé sur Kay, il releva la tête et ses yeux bleus croisèrent les siens, gris comme la tempête qui s'apprêtait à s'abattre sur eux.

— Qu'est-ce que tu fais ? lui demanda le cowboy dans un grognement remontant le long de sa gorge qui se voulait désapprobateur et moralisateur, mais dans lequel Zach distingua une note d'excitation sourde.

C'était comme si Kay cherchait à le prévenir qu'il s'avançait sur un terrain glissant et que c'était à ses risques et périls.

Or, Zach était persuadé que le jeu en valait la chandelle. Il n'allait pas reculer maintenant. Il n'aurait pas l'air sérieux pour deux sous s'il s'arrêtait là. Et il voulait que son aîné le prenne au sérieux, il voulait être d'égal à égal avec lui. Il avait dix-neuf ans maintenant, il avait vieilli. Il savait davantage ce qu'il voulait. Et à l'instant, ce qu'il désirait se trouvait tout juste sous lui.

— Est-ce que tu me refuserais mon cadeau d'anniversaire ? se contenta-t-il de répondre avec un sourire un brin arrogant qu'il perdit rapidement lorsque Kay l'attrapa rudement par le bras pour le faire basculer sous lui d'un seul coup.

Ils roulèrent dans la paille, s'en mettant plein les cheveux, puis le cowboy épingla les poignets du blondinet au-dessus de sa tête.

— Penses-tu que mon corps est un jouet dont tu peux te servir quand tu en as envie, puis jeter ensuite ?

Le visage de Zach se déconfit, mais son excitation ne perdit pas en croissance, considérant que Kay appuyait un genou contre son entrejambe et que son corps était pressé au sien.

— Quoi ? Mais… je n'ai jamais… je ne pense pas ça ! se défendit-il tant bien que mal.

— Je ne comptais pas te reprocher quoique ce soit, je me suis dit que tu avais sûrement fait une erreur et que tu le regrettais, que c'était pour ça que tu partais à l'université en avance, le plus loin possible, mais voilà que je te permets de revenir et que, le deuxième jour seulement, tu me sautes dessus. À quoi est-ce que tu penses, Zach ? J'ai quarante-deux ans et je suis propriétaire d'un ranch, tu sais ce que ça signifie ? Ça veut dire que je n'ai pas le temps pour ces petits jeux. Je t'ai toujours trouvé mignon, mais je n'ai jamais voulu qu'il se passe quelque chose entre nous de cette nature-*là*. Mais tu l'as voulu et j'ai fini par craquer. Je n'ai pas de regret. J'ai même mis en péril ma relation avec Chester quand j'ai compris que je t'aimais. Car oui, *je t'aime*, Zach. *Te quiero*. À mon âge, on n'a plus envie d'avoir des coups d'un soir par-ci, puis par-là. Quand je décide de me donner, c'est parce que j'ai un lien affectif avec la personne et parce que je pense que je pourrais construire quelque chose avec elle. Je savais que tu étais jeune, que le fossé des âges était immense, mais ça ne m'a pas empêché d'avoir ce même genre de pensées pour toi, mais tu es parti et tu n'as rien trouvé de mieux à faire que de me raconter tes exploits sexuels avec ton colocataire ! Comment croyais-tu que je me sentais ?

Zach écarquilla les yeux. Jamais il n'aurait pensé que Kay puisse être autant affecté. Maintenant qu'il entendait les sentiments du cowboy de vive voix, tout cela lui paraissait bien plus réel, le frappant comme la foudre. Tout d'un coup, il se trouvait vraiment stupide d'avoir agi comme il avait agi. Il baissa honteusement la tête.

— Je suis désolé…, murmura-t-il. Je ne pensais pas que ça puisse t'affecter à un tel point… J'ai été con…

— Les adolescents sont tous cons.

— Mais tu sais, j'ai mûri. Je sais que je vais toujours avoir l'air d'un gamin à côté de toi, je ne pourrai jamais rattraper ton âge, mais j'espère, au moins, pouvoir me tenir à tes côtés sans avoir à rougir. Je sais ce que je veux maintenant.

Kay le fixa quelques secondes, sans bouger. Il soupira en secouant la tête, décidant de lui laisser sa chance.

— Et qu'est-ce que tu veux, *chico* ?

Zach déglutit, mais il n'hésita pas.

— C'est toi que je veux.

Il baissa les yeux et un petit sourire taquin effleura ses lèvres :

— Et je ne dis pas ça juste parce que j'ai une érection. Promis.

Kay s'était, jusque-là, retenu de faire quoique ce soit. Il s'était promis de résister à la tentation et de ne pas céder trop facilement aux avances de Zach, mais avec la confession qui paraissait si sincère du – maintenant – jeune adulte, il sentait ses barrières tomber une à une. Il ne pouvait pas lutter contre ses sentiments. Comment aurait-il pu réagir autrement, alors que la personne qu'il aimait lui disait ce genre de chose ? De plus, le blondinet sous lui avait un sourire craquant sur le visage et les cheveux décoiffés et emmêlés avec de la paille d'une manière absolument sexy.

Il finit donc par abandonner et, sans relâcher les poignets de Zach qu'il maintenait au-dessus de sa tête, il noua sa bouche à la sienne, faisant gémir le plus jeune contre ses lèvres. Zach gigota à la recherche de plus de contact qui pourrait relâcher la pression dans son jean.

De sa main libre, Kay fut assez gentil pour venir abaisser la fermeture éclair du jean de son cadet, puis de tirer pantalon et boxer jusqu'à mi-cuisse, libérant sa masculinité déjà bien dressée. Il passa ensuite ses doigts sous son chandail, le remontant jusqu'au-dessus de ses pectoraux, puis lui coinçant les bras avec. Il put alors libérer sa main et se charger de son propre pantalon et sous-vêtement.

Excité lui aussi, sa virilité était toute aussi dure que Zach qui s'agitait sous lui, impatient.

— Tu n'es pas drôle, gémit le plus jeune, laisse-moi te toucher !

En voyant le membre de son aîné dressé, Zach salivait et n'aspirait qu'à y poser les mains… ou les lèvres… ou mieux encore : le sentir bien au fond de lui !

— Patience, lui rétorqua Kay en passant sa langue sur ses lèvres.

Il prenait un malin plaisir à faire patienter et languir le blondinet. Ses mains parcoururent le corps offert de Zach. Un des tétons du jeune homme fut fait prisonnier de deux de ses doigts qui martyrisèrent délicatement le petit bout de chair rosé. Il s'arqua sous la sensation, un nouveau gémissement lui échappant. Kay en profita pour pousser un de ses doigts en Zach, alors que ce dernier ne s'y attendait pas forcément. Le plus jeune sursauta, mais supplia instantanément le cowboy de se dépêcher. Si Kay avait d'abord voulu prendre son temps, ses bonnes résolutions tombèrent d'un seul coup devant les supplications de son compagnon.

Il termina de le préparer rapidement, puis appuya le gland de sa queue contre l'orifice de Zach, la poussant lentement à l'intérieur. Le blond hoqueta et ses poings se refermèrent, alors qu'il se mordait la lèvre. Kay le pénétra jusqu'à la garde, puis il s'arrêta.

— Regarde-moi, *mi corazón*.

Zach haleta, mais obtempéra, plongea ses prunelles océan dans celles tempétueuses de son partenaire. Alors, seulement là, Kay bougea. La bouche du cadet s'ouvrit dans un O muet, alors qu'il retenait son souffle. Le rancher se pencha sur son partenaire et traça un chemin de baisers partant de son oreille, descendant le long de sa gorge jusqu'à ses épaules, tandis que sa main venait agripper la virilité de Zach, lui imprimant de vifs va-et-vient.

Zach avait l'impression que de n'être qu'une boule de sensations. C'était comme si ses nerfs étaient à fleur de peau et qu'ils lui envoyaient des chocs électriques à chaque fois que Kay le touchait. Sa traînée de baisers était comme une traînée de feu. C'était comme s'il se consumait de l'intérieur. Dieu que c'était bon ! Il en voulait plus, beaucoup plus. Ses hormones étaient en feu et dansaient la samba !

— Kay ! cria-t-il en boucle. Plus !

Kay se considérait comme vieux, une vision négative de lui-même, en quelques sortes, mais alors qu'il faisait l'amour à Zach, c'était comme s'il avait rajeuni de dix ans ! Il se sentait plus fringuant que jamais ! Le gamin était si étroit et c'était si bon qu'il se sentait revivre. Il fit de son mieux pour satisfaire son compagnon, accompagnant ses mouvements toujours plus rapides de morsures d'amour le long de la jugulaire de son partenaire.

À un moment, Zach fut secoué par un tremblement plus violent que ses prédécesseurs.

— Kay, je vais… !

Il n'en fallut pas plus pour qu'il jouisse sur son ventre. Kay ne fut pas long à suivre, achevé par la contraction des sphincters de Zach.

Essoufflé, il s'affala contre le jeune homme qui sentait la semence du cowboy couler le long de ses cuisses. Nullement dérangé, il ne bougea pas. Kay était lourd, mais il était bien, blotti contre le rancher. Et il se fichait d'être tout collant de partout !

— Vas-tu finalement me dire ce que signifie « *corazón* » ? demanda Zach lorsqu'il eut retrouvé son souffle. C'est la deuxième fois que tu dis une telle chose pendant l'acte !

Kay soupira et un mince sourire quelque peu amusé s'étira sur ses lèvres, creusant les petites pattes d'oie au coin de ses yeux. Il répondit après un certain temps.

— Mon cœur.

— Quoi ?

— « *Mi corazón* », ça veut dire « mon cœur », *mi amor*.

Kay se pencha et il déposa un baiser sur le front de Zach.

— Bon anniversaire, *chico*.

Chapitre 34

— *Cumpleaños feliz, Cumpleaños feliz, Te deseamos todos, Cumpleaños feliz!*

C'était l'heure du gâteau (finalement, ils avaient attendu le soir pour le manger) et Kay était en train de chanter « *joyeux anniversaire* » à Zach dans sa langue natale tout en déposant le dessert chocolaté orné de quelques bougies devant lui.

— Allez, souffle-les. Et n'oublie pas de faire un vœu.

Le blond ne se fit pas prier. Et il savait exactement ce qu'il voulait souhaiter. Il gonfla ses joues et relâcha tout l'air de ses poumons sur les petites chandelles qui s'éteignirent d'un seul coup.

— Quel était ton vœu ?

Les joues de Zach s'empourprèrent soudainement :

— Tu ne crois quand même pas que je vais te le dire ? Il ne se réalisera pas si je te le dis !

Un sourire quelque peu moqueur effleura les lèvres de Kay.

— Très bien, acquiesça-t-il en choisissant de battre en retraite, mais dans ce cas, goûte au gâteau et donne-moi ton avis.

Zach s'empara du grand couteau et trancha une part pour lui et une autre pour le cowboy qui vint s'asseoir au bout de la table. Il fourra un gros morceau dans sa bouche et ferma les yeux.

— Mmmh... C'est trop bon ! s'exclama-t-il. Comment fais-tu pour cuisiner aussi bien ?

— J'ai appris jeune en regardant ma mère faire. Puis, je ne sais que faire des trucs de base et suivre des recettes, je ne suis pas un chef ! Mes capacités sont assez limitées : Caterina ou Margareth font la nourriture mille fois mieux que moi ! Tu ne diras plus que je suis bon cuisinier après avoir goûté à leur bouffe !

Zach avait déjà goûté à la cuisine de Caterina, mais jamais à un de ses desserts, alors il ne pouvait pas franchement comparer encore. Puis, il n'avait toujours pas vu Margareth, l'épouse d'Hervé et mère de leur deux petites jumelles.

— Eh bien, comme je ne risque pas de finir mes jours avec Caterina, Margareth ou même ta mère, je crois que je n'aurai pas d'autre choix que me contenter de toi ! plaisanta le plus jeune avec un large sourire.

Cependant, même si Kay avait légèrement souri à sa blague, son visage avait pris une expression instantanément plus sérieuse et une ride était venue barrer son front, tandis qu'il fronçait les sourcils :

— Mais dis-moi, *chico*... est-ce qu'il y a une... *personne* avec qui tu aimerais finir tes jours ?

Zach releva les yeux sur le cowboy, les joues rouges.

— Hein ?

Il feignit l'incompréhension pour avoir le temps de réfléchir à une réponse. Son cœur battait fort dans sa poitrine. Pourquoi est-ce que Kay devait toujours être aussi franc et sérieux ?

Au lieu de répéter sa question, le rancher se contenta de secouer la tête et de baisser le regard.

— Excuse-moi, chico, je ne veux pas gâcher la journée de ton anniversaire avec ce genre de questionnement. Je t'en reparlerai une autre fois. Finissons de dévorer ce gâteau !

Kay afficha une joie qui paraissait forcée et ils terminèrent le repas comme si de rien était.

— Bon, les journées ont été difficiles et j'ai pas mal de sommeil à rattraper, alors je crois que je vais aller au lit, annonça Kay en desservant la table. Demain, j'ai pas mal de travail à rattraper comme j'ai pris un peu de retard aujourd'hui avec ton anniversaire et… le *reste*…

Il faisait, entre autres, allusion à leur petite sauterie dans l'écurie.

— Ok, je vais rester encore un petit peu éveillé, si ça ne te dérange pas.

— Ce n'est pas encore l'heure du couvre-feu et aujourd'hui est ta fête, alors tu as droit à quelques privilèges. Profites-en bien.

— Merci. Bonne nuit.

— *Buenas noches, chico.*

Kay monta les escaliers et disparut à l'étage. Zach soupira une fois qu'il l'eut perdu de vue. Il avait remarqué que l'humeur du cowboy avait changé d'une manière infime depuis qu'il n'avait pas répondu à sa question : devenant plus maussade et neutre... Le blond s'en voulait. Tout ça juste parce qu'il n'avait pas eu les couilles de répondre franchement !

La vérité, c'était qu'il avait pris peur. Comme à chaque fois. Il était effrayé à l'idée de s'engager pour de bon dans une relation durable. Il n'avait que dix-neuf ans ! Il savait que Kay était un bon gars et qu'il ressentait *bien plus* que de l'amitié pour lui, mais il avait peur de finir par se lasser ou de perdre ses sentiments...

Mais c'était con, il le savait. Le vœu qu'il avait fait lorsqu'il avait soufflé ses bougies le prouvait. Il avait souhaité la première chose qui lui était venue à l'esprit, soit : « *Je souhaite rester le plus longtemps possible avec Kay.* »

Chapitre 35

Zach attendit un peu et, comme il s'emmerdait tout seul, il décida de remonter à l'étage, de prendre une douche et d'aller dormir. Il s'arrêta dans le cadre de porte de la salle de bains et jeta successivement des regards à sa chambre, puis celle de Kay.

Son anniversaire n'était pas terminé, il pouvait bien faire ce qu'il voulait, après tout ! D'un pas décidé, il se dirigea vers la chambre du cowboy, poussa la porte le plus doucement possible pour en minimiser le grincement, puis marcha sur la pointe des pieds vers le lit en s'orientant à tâtons selon ses souvenirs de la pièce.

Aujourd'hui, il avait couché avec Kay, alors dormir avec lui ne devrait pas être un problème, non ? Il s'en était pas rendu compte jusqu'alors, mais dormir avec les bras musclés du rancher autour de son corps lui avait manqué…

Il poussa un soupire et poussa la porte avant de se rendre sur la pointe des pieds au lit du cowboy où il souleva doucement les couvertures. Il se glissa sous celles-ci avec précaution et roula près du corps brûlant de Kay.

Le cowboy émit un grognement et Zach se figea avec la peur d'avoir réveillé l'homme. Néanmoins, ce dernier était profondément endormi et ne s'éveilla pas. À la place, il passa un bras autour du blondinet et l'attira contre son torse. Zach n'était pas du tout contre ! Il se blottit contre son rancher et ferma les yeux.

***

Comme à son habitude, Kay se réveilla tôt. En soulevant les paupières, il fut alors surpris de constater qu'un corps chaud dormait près de lui. Délicatement, il souleva le drap et observa le corps de Zach qui dormait paisiblement. Ses mèches blondes étaient en bazar sur l'oreiller et sa bouche légèrement entrouverte.

Ses yeux suivirent les courbes du corps du plus jeune, s'arrêtant sur son cul parfaitement rebondi et ses cuisses bien fermes. Il se pinça les lèvres. Il avait l'impression d'agir en voyeur ! Mais en même temps, c'était à Zach de ne pas le rejoindre dans son lit s'il ne voulait pas se faire regarder ! Puis, de toute manière, Kay savait que le blondinet avait un petit penchant pour l'exhibitionnisme et que se faire reluquer ne le dérangeait absolument pas.

— Tu es en train d'admirer le paysage ?

Kay sursauta et remonta instantanément les yeux sur le visage de Zach qui s'était réveillé sans qu'il ne s'en rende compte, trop pris par son… *observation* qu'il était. Son visage se colora légèrement.

— Est-ce que tu apprécies, au moins ? rajouta Zach avec un petit sourire séducteur et confiant.

Kay se craqua la nuque.

— Qu'est-ce que tu fais dans mon lit ? demanda-t-il sans répondre à la question.

De toute manière, pourquoi est-ce que le gamin posait pareilles questions ? Il passait sûrement des heures à se regarder dans le miroir ou à se prendre en photo comme tous les adolescents de son âge, alors il savait bien qu'il était sexy et désirable !

— Je me suis dit qu'il ferait plus chaud ici, répondit Zach en se mordant la lèvre d'une manière adorable, un brin sensuelle.

Kay déglutit, incapable de détourner le regard. Il voyait bien que Zach cherchait à l'allumer pour obtenir ce qu'il voulait, mais il était incapable de résister. Même avec quarante-deux ans d'expérience et de bagages derrière lui.

— Qu'est-ce que tu veux vraiment ? finit-il par soupirer, s'avouant déjà vaincu. On n'a pas beaucoup de temps devant nous, les gars vont arriver dans moins d'une quarantaine de minutes pour me donner un coup de main.

— C'est *amplement* suffisant !

Bien malgré lui, Kay sentit sa respiration s'accélérer. Il passa – presque inconsciemment – sa langue sur ses lèvres, tandis que ses yeux s'obscurcissaient d'envie.

— Qu'est-ce que tu as en tête exactement ? demanda-t-il, déjà prêt à céder aux caprices de Zach.

C'était fou, le gamin gagnait toujours contre lui ! Le blondinet sourit et passa une main dans ses cheveux.

— Hum… embrasse-moi ?

Kay ne se le fit pas demander deux fois ! Il poussa un grognement rauque et avança la tête pour nouer ses lèvres à celles entrouvertes du plus jeune. Zach gémit et ploya sous le baiser. Il passa ses bras autour de la nuque du cowboy, s'y agrippant.

— Il y a autre chose que tu veux, *chico* ?

Sa voix était grave et vibrante de désir.

— Tout ce que l'on peut faire en quarante minutes, répliqua le petit, joueur.

Kay jeta un œil à son réveil.

— Trente-cinq, maintenant.

Zach se mordit la lèvre, puis embrassa délicatement le creux de l'épaule de Kay. Sa bouche descendit le long de son torse, alors que ses mains s'agrippaient à son dos musculeux. Il adorait toucher les muscles fermes du cowboy ! Il finit par atteindre le nombril de l'homme, puis suivit la ligne de fins poils conduisant à sa virilité déjà semi-dressée.

Il observa le membre long et épais de Kay en salivant presque, releva ses yeux bleus sur le rancher, puis sans attendre, il glissa ses lèvres sur la hampe qui durcit tout de suite un peu plus à son contact.

Kay grogna et ses mains vinrent s'enfouir dans la chevelure blonde et emmêlée de son cadet.

Zach s'efforça de prendre le membre de son partenaire le plus profondément qu'il put, jusqu'à ce que son gland heurte le fond de sa gorge. Sa langue s'enroula et parcourut chaque centimètre de peau auquel elle avait accès, tandis que ses doigts s'occupèrent des boules de son aîné et de tout ce qu'il n'avait pas pu prendre dans sa bouche.

Le cowboy était désormais entièrement dur et il sentait qu'il n'allait pas résister longtemps – malgré son expérience – sous les caresses chaudes, humides et expertes du plus jeune. Zach n'était peut-être qu'un adolescent, mais ce n'était pas pour autant qu'il était novice… Il aurait été naïf d'y croire !

— *Puta* ! jura Kay. *Chico* !

Il arrivait aux retranchements de ses limites physiques. Il raffermit sa prise sur la chevelure de Zach et tira brusquement sa tête vers lui, tandis qu'il se contractait et jouissait.

Pour ne pas s'étouffer, Zach avala et le cowboy suivit sa gorge des yeux. Le blondinet se recula et essuya sa bouche du revers de sa main. Il avait l'air… sexy ! Kay déglutit.

Il allait dire quelque chose, mais soudainement, il entendit le moteur d'une voiture. Il regarda le cadran et sursauta.

— *Mierda* ! Le temps est écoulé ! Nous n'avons même pas déjeuné encore et les gars sont en train d'arriver !

D'un bond, il descendit du lit et attrapa un jean et un boxer dans ses tiroirs qu'il enfila sous le regard appréciateur de Zach sur son corps nu. C'est alors qu'il entendit la sonnette de la maison. Il jura une nouvelle fois et sortit de la chambre en trombe, dévala les escaliers, puis alla ouvrir la porte, légèrement essoufflé. Il tomba nez à nez avec Owen.

En le voyant, le grand noir le détailla du regard, puis afficha un large sourire.

— Wouah, patron…

C'est alors que Zach descendit les escaliers en boxer.

— Qui est là ? demanda-t-il à Kay.

Owen tourna le regard sur le plus jeune, puis revint sur Kay. À voir la tenue du blondinet et l'air débraillé qu'ils affichaient tous les deux, il en tira rapidement quelques conclusions.

— Je suppose que vous vous *amusiez*… ?

Le visage de Kay s'empourpra. Avant qu'il ne puisse répliquer quoique ce soit, une autre voiture s'arrêta dans l'entrée et Wilson arriva avec un chapeau sur la tête. Il gravit les marches du perron et arriva derrière Owen.

— Qu'est-ce qui se passe ici ?

Il vit alors Kay, Zach, puis le sourire éclatant sur le visage du grand noir. Son cerveau additionna bien vite 2 + 2.

— Oh… C'est bien la première fois que je vois ta vie personnelle avoir un impact sur ta vie professionnelle, Kay !

mentionna-t-il en riant. Mais je suis certain que ce genre d'*exercice* t'a fait du bien !

Il s'adressa à Owen :

— S'il est plus détendu aujourd'hui, on aura peut-être une promotion, qui sait ?

L'interloqué mêla son rire grave à celui du rouquin, tandis que Kay rougissait davantage.

— Arrêtez d'agir comme des gamins ! finit néanmoins par les interrompre le cowboy en reprenant de sa constance. Si vous voulez une promotion, commencez par vous mettre au travail, car nous en avons beaucoup à faire aujourd'hui ! Est-ce que vous savez si Hervé compte arriver bientôt ?

On lui répondit que ce n'était qu'une question de temps. Il se tourna ensuite vers Zach :

— Tu devrais aller t'habiller, *chico*. Si tu te sens mieux, tu peux venir nous aider, sinon retourne te reposer.

Kay aurait voulu se montrer plus doux, mais il ne voulait pas perdre davantage la face devant ses gars. Ils ne devaient pas oublier qu'il était le patron !

Zach baissa les yeux, mais obéit et remonta l'escalier pour aller prendre une douche et s'habiller. Nu, il s'arrêta devant le miroir de la salle de bains et observa son visage. Son coquard ne paraissait presque plus en être un, ce n'était plus qu'une tache brunâtre et son œil avait dégonflé, tout comme ses lèvres. Quelques jours auparavant, il avait été autorisé à retirer ses bandages et le plâtre pour son entorse au bras. Il avait *presque* l'air normal.

Il se doucha, s'habilla puis descendit à la cuisine où une assiette contenant deux *toasts* beurrés et des tranches de bacon que Kay avait dû faire cuire la veille l'attendait. Le plat était recouvert d'une pellicule de plastique sur laquelle un post-it avait été collé. Zach le ramassa pour le lire :

« *Bon appétit. Si tu te sens en forme, tu peux venir nous rejoindre à la prairie aux bisons, sur les anciennes terres de ton père.*

Kay. »

Un sourire niais s'étira sur ses lèvres. Savoir que Kay avait pensé à lui préparer un petit quelque chose à manger avec un message le rendait heureux. C'était sans doute ça, *l'amour*.

Chapitre 36

Peu après le déjeuner, Zach était allé rejoindre Kay et les autres gars sur le terrain. Il avait été heureux de voir que les terres de son père n'avaient pas changé si ce n'était qu'en positif. Lui et son cowboy avait essuyé quelques boutades de la part de Wilson, Owen et Hervé, mais l'après-midi s'était bien passé.

Quand la noirceur s'était mise à tomber, les gars étaient retournés chez eux et lui et Kay étaient restés pour terminer de ranger le matériel. Ils venaient de terminer, mais Kay avait insisté pour qu'ils s'arrêtent au nouveau cabanon qui avait été construit quelques mois plus tôt, en début d'été.

— Pourquoi tu veux qu'on s'arrête ici ? se plaignit Zach. J'ai faim, je veux aller souper !

Le cowboy soupira et sortit de la cabane avec un énorme bac sur les bras et une pochette en tissue sur l'épaule.

— Qu'est-ce que c'est que tout ça ? demanda le plus jeune en fronçant les sourcils.

— Aide-moi plutôt que de rester là ! se contenta de lui répondre Kay.

Zach lui prit le bac des bras pendant que le cowboy retournait chercher la charrette en bois dans le cabanon. Il l'attela au cheval, puis indiqua au blondinet d'y déposer le bac après qu'il y eut posé son sac.

— Je me suis dit que pour fêter ton bon rétablissement, nous pourrions aller faire un peu de camping sur mes terres, comme il fait beau aujourd'hui et qu'on n'annonce pas de froid cette nuit. Nous pourrons faire griller un peu de viande ou de poisson sur le feu pour le souper.

Zach n'avait pas fait de camping souvent dans sa vie, mais même s'il préférait le confort de la maison à celui d'une tente, il trouva que ce n'était pas une mauvaise idée du tout. En réalité, il pensait surtout au fait de se retrouver seul dans une toute petite tente avec Kay où ils devraient se coller pour avoir chaud et faire de la place.

— D'accord ! accepta-t-il avec un peu trop d'enthousiasme.

Kay, surpris par tant de joie, haussa un sourcil suspicieux, mais ne dit rien.

— Je termine d'attacher le matériel et je te rejoins, grimpe sur le cheval.

Il attacha les courroies sur la charrette, puis vint rejoindre Zach en grimpant sur la monture juste derrière lui. Maintenant, il préférait partager le même cheval que le jeune homme dès qu'il le pouvait.

Ils chevauchèrent pendant un bon moment pour s'éloigner de la maison et des infrastructures du ranch. Ils se rendirent presque aux extrémités des terres de Kay où ils s'arrêtèrent près d'un large ruisseau.

— Donne-moi un coup de main pour décharger, nous allons monter le campement !

Zach hocha la tête et descendit le bac aussitôt que Kay eut détaché les courroies. Le cowboy prit le sac et se dirigea non-loin du ruisseau pour descendre la fermeture éclair et sortir tout le matériel. Il étendit la toile au sol et plaça les longs bâtons en X par-dessus.

— *Chico*, viens ici, aide-moi à dresser la tente.

Le blond rejoignit le cowboy et l'aida à dresser la tente en attachant les crochets tout le long des bâtons. Une fois la tente montée, ils installèrent le toit, puis plantèrent les piquets dans le sol.

— Il y a un matelas double et un grand *sleeping bag* dans le bac, va les chercher et emmène la pompe aussi ! Pendant ce temps, je vais allumer le feu.

Zach obéit sagement, impatient de préparer leur nid d'amour pour la nuit.

Kay alla chercher du petit bois sec et tira un arbre mort durant les sécheresses jusqu'à leur campement.

Le blondinet revint au même moment et le cowboy lui indiqua d'apporter le tout dans la tente, ce qu'il fit.

— Gonfle le matelas avec la pompe et retourne la mettre dans le bac après, *chico*.

Kay prit un briquet dans le bac et s'en servit pour allumer son feu. Il souffla un peu dessus pour lui donner de l'oxygène, rajouta des brindilles sèches et s'assura que les flammes étaient bien prises avant de se relever.

La pompe étant manuelle, Zach dut pomper pendant de nombreuses minutes avant que le matelas soit assez confortables pour deux hommes adultes. À la fin, il avait mal au bras et avait peur de s'être développé une tendinite !

Il installa le grand *sleeping bag* sur le matelas qui rentrait de justesse à l'intérieur de la petite tente tout juste assez grande pour deux personnes.

Au final, après son installation, le tout avait l'air assez douillet. Il se laissa tomber sur le matelas pour l'évaluer et il sut instantanément qu'il allait s'endormir s'il demeurait allongé là plus longuement ! Il se releva donc, sortit de la tente et alla rapporter la pompe dans le bac.

— Détache la charrette, desselle le cheval et laisse-le aller se promener et brouter plus loin, ça lui fera du bien, lui indiqua Kay qui était debout près du ruisseau en train de pêcher avec une canne à pêche qu'il avait dû se trouver dans le bac.

Zach s'approcha de la monture et fit ce qui lui avait été ordonné. Il flatta l'encolure du cheval qui poussa un hennissement heureux. Il lui donna une gentille tape sur le flanc et l'étalon sauvage se mit à trotter en direction de la prairie.

Quand Zach revint auprès de Kay, ce dernier avait réussi à pêcher deux poissons de forme allongée au nez pointu d'environ une trentaine de centimètres qu'il était en train de dépecer avec un petit couteau.

— Ce sont des *Gardon rouge*, expliqua le cowboy, leur chair n'est pas exceptionnelle, mais ils vivent en grand nombre dans les eaux peu profondes des ruisseaux qui coulent sur mon ranch et ils ne sont la cible d'aucune réglementation faunique, alors je peux les pêcher en grosse quantité.

Il planta les poissons sur le bout d'une branche tout en terminant ses explications et commença à les faire griller au-dessus des flammes.

Il parlait toujours de manière passionnée quand il s'agissait de son ranch et de tout ce qui l'entourait, Zach commençait à y être habitué. Cela le faisait même sourire.

Lorsque Kay eut terminé son mini cours d'histoire, une douce odeur commençait à s'échapper de la chair grillée des poissons, dépouillée de leurs écailles.

— Ce sera bientôt prêt.

Zach s'assit sur l'arbre mort ramené par Kay près du cowboy qui lui tendit un morceau de poisson piqué sur un autre bout de bois.

— Goûte-moi ça, *chico*, le véritable goût du camping !

Le blond avait si faim qu'il aurait trouvé délicieux n'importe quoi ! Après sa première bouchée, il constata que Kay avait raison et que la chair de ce poisson n'avait rien de spécial, or le goût fumé et si particulier de la cuisson extérieure qui venait rattraper cela.

— Je n'avais jamais mangé quelque chose comme ça – ou alors ça fait longtemps – c'est vraiment différent ! C'est bon !

— Je suis content que ça te plaise. J'ai comme tradition de faire du camping au moins une fois par an. Enfin, habituellement, je suis tout seul, mais un peu de compagnie ne me fera pas de mal pour cette année.

Bien au contraire. Il était heureux de pouvoir partager cette facette de sa personnalité et ce petit bout de sa vie avec Zach. Habituellement, quand il décidait de s'éloigner un peu de la civilisation et de monter sa tente, c'était pour être seul et se recueillir dans le silence, prendre une pause de toute l'agitation et de tout le travail que demandait son ranch. Il venait déjà ici enfant. Quand il était là, près du ruisseau, il se sentait en parfaite communion avec la nature. Le paysage était si beau avec la plaine, la prairie et les montagnes au loin que cela lui rappelait à chaque fois pourquoi il avait décidé de reprendre le ranch à la mort de son père. Pas une seule fois, il n'avait regretté son choix. Il n'aurait pas amené n'importe qui dans son petit paradis à lui, mais Zach était loin d'être n'importe qui…

Kay se leva après avoir fini son poisson et se dirigea vers le bac pour le ranger dans la charrette pour la nuit. Il commençait à faire réellement sombre, alors il valait mieux ranger les choses avant de ne plus rien voir. Il retourna auprès de Zach avec une petite couverture qu'il étendit sur le sol, près du feu. Il s'y coucha et croisa les bras derrière sa tête. D'un signe, il invita le gamin à le rejoindre.

Zach ne se fit pas prier et, jetant sa branche, vint s'allonger près du cowboy, se blottissant contre lui, sa tête sur son torse musclé. Il regarda le ciel, alors que les premières étoiles apparaissaient. Le ventre de Kay se soulevait doucement au rythme de sa respiration, ce qui avait pour effet de calmer le jeune homme. Il pouvait même entendre les battements de cœur du cowboy sous sa peau. Il n'y avait aucun autre son que celui-là, et celui du vent et du ruisseau venant troubler le silence et la voûte céleste, loin de toute pollution lumineuse, était magnifique.

— Regarde, *chico*, une étoile filante, murmura Kay – comme s'il ne voulait pas troubler le silence paisible – de sa voix rauque et basse. Fais un vœu.

— C'est toi qui l'as vue, c'est à toi de faire le vœu ! protesta-t-il. Puis, j'ai déjà fait un vœu, hier.

— C'est vrai, acquiesça-t-il, mais je n'ai rien à souhaiter, car j'ai tout ce que je pourrais vouloir juste ici, maintenant. Je voulais vraiment que tu puisses voir ça avec moi, je voulais t'amener ici et partager ça avec toi.

Zach se sentit rougir, alors que son cœur martelait plus fort sa poitrine. Il ressentait cette même chaleur familière dans son abdomen. Comment de si simples paroles prononcées par Kay pouvaient-elles le rendre si heureux ?

— Je voulais aussi être avec toi… Je veux dire, mon vœu de la veille, j'ai souhaité de rester le plus longtemps possible avec toi.

Il ne savait pas pourquoi il avait dit ça. Il savait juste qu'il avait eu envie de le dire à voix haute. Il était content que la pénombre cache la rougeur de ses joues.

Les yeux de Kay s'écarquillèrent d'étonnement, puis sa main se raffermit sur le corps de Zach avant de le faire basculer sous lui et de nouer férocement ses lèvres aux siennes. Il avait l'impression que le bonheur était venu frapper à sa porte. Comment pouvait-il être si chanceux pour que celui qu'il aimait se confesse dans un moment aussi magique que celui-ci ?

— *Chico*, je crois que nous devrions aller tout de suite dans la tente, suggéra-t-il, haletant, en séparant brièvement leurs lèvres.

Chapitre 37

Les souvenirs de la soirée de la veille demeuraient flous dans la mémoire de Zach. Ils étaient remplis de mots doux et graves murmurés à son oreille, de bras puissants l'enlaçant, de chair nue l'une contre l'autre, de corps emmêlés, de grognements, de gémissements, de cris et de jouissance. Hier, Kay lui avait fait l'amour avec une tendresse que Zach ne lui connaissait pas. Dans ses bras, il s'était senti comme une chose précieuse.

Plongé dans un cocon de chaleur et de bien-être, il n'aurait jamais voulu que ce moment finisse, pourtant lorsque le matin arriva, il dut bien s'extirper de force de la tente pour aider Kay à défaire le campement.

Il trouva les vêtements du cowboy sur les branches de l'arbre mort et Kay qui se baignait dans le petit ruisseau dont l'eau lui arrivait environ un peu plus haut que la mi-cuisse à son plus haut niveau.

Le rancher récupérait de l'eau dans le creux de ses paumes et s'en aspergeait tout le corps. Zach resta immobile à saliver sur le corps ruisselant de l'homme toujours affublé de son *Stetson* pour se protéger du soleil durant plusieurs minutes, se demandant une fois de plus comment il était possible d'avoir un corps aussi superbe la quarantaine passée, avant que Kay ne remarqua sa présence et tourna la tête en lui offrant un sourire.

— Tu me rejoins ?

Zach n'hésita même pas. Plus vite qu'un étalon au galop, il ôta ses vêtements et courut pour entrer dans l'eau fraîche du ruisseau. Plus petit que Kay, l'eau lui montait juste un peu plus bas que le nombril. C'était un peu frisquet, mais son corps s'habitua rapidement à la température de l'eau.

Hardi, Zach se mit à rire, puis il éclaboussa Kay qui sursauta. Le cowboy se retourna en le fusillant du regard.

— Je vais t'apprendre, moi, à respecter tes aînés, *chico* !

Zach se contenta de rire de plus belle. Néanmoins, il ne rit pas longtemps, car Kay l'attrapa par la taille, le souleva sur son épaule, puis le balança sous l'eau (faisant tout de même attention à ce qu'il ne heurte pas le fond) d'un seul coup. Le blondinet cria, puis retint son souffle. Il pataugea et sortit la tête à la surface, reprenant sa respiration, la bouche ouverte.

Kay avait un grand sourire sur le visage et il se mit à rire en voyant la tête de son cadet, complètement ahuri.

— Ce n'est pas drôle ! bouda Zach en faisant la moue. Tu triches ! Tu es bien plus fort que moi !

— C'est amusant, tu ne disais pas ça, hier, dans la tente, quand j'utilisais ma… *force*…, se moqua le rancher.

Zach se mit à rougir et écarquilla les yeux. Il ouvrit la bouche comme pour protester, mais la referma aussitôt, ne trouvant rien à y redire.

À la place, il se contenta d'admirer de tout son soûl le corps musclé et ruisselant d'eau de Kay dont la peau tannée par les longues journées de travail extérieur brillait sous le soleil.

— Il faut sortir de l'eau maintenant, *chico*, il faut démonter le campement. On va aller se préparer un bon petit déjeuner à la maison, car je n'ai rien amené hier, c'était juste un coup de tête, cette histoire de camping.

— Oh..., murmura Zach à regret.

Lui qui ne pensait pas aimer le camping en pleine nature, voilà qu'il était déçu de quitter cet endroit si tôt. Il était si bien, tout seul avec Kay... !

— Ne t'inquiète pas, on va revenir, lui dit le cowboy en lui ébouriffant les cheveux.

Le rancher regarda au loin, balayant la plaine semi-désertique du regard.

— Va chercher le cheval, je vais m'occuper de la tente.

Zach acquiesça. Ils sortirent du ruisseau, s'essuyèrent avec des serviettes du bac, puis se dirigèrent chacun vers leur tâche respective.

Le rancher dégonfla le matelas, pendant qu'il roulait le *sleeping bag*. Kay ôta les piquets de la tente, puis les bâtons, il la balaya avec une petite brosse et la rangea dans sa boîte.

Son cadet le rejoignit quelques minutes plus tard avec le cheval. Kay lui donna une pomme en lui caressant l'encolure avant de le réharnacher. Ils déposèrent leur matériel dans la charrette et furent prêts à partir.

Kay monta derrière Zach, passant les bras autour de sa taille pour attraper les rênes, pressant ses cuisses musclées contre les siennes. Le blond s'appuya contre le torse de son cowboy, profitant de l'instant présent. Comme ça, il pouvait entendre chacun des battements de cœur de l'homme.

— Qu'est-ce que tu aimerais manger, *chico* ? demanda Kay, une fois qu'ils furent à mi-chemin de la maison.

— N'importe quoi. Tout ce que tu fais est délicieux, de toute façon.

Il se pinça les lèvres et réfléchit quelques secondes avant de rajouter :

— Mais peut-être que j'aimerais bien avoir une omelette, finalement !

Kay rit de bon cœur. Zach agissait comme un véritable gamin !

— Très bien, alors quand nous arriverons à *la casa*, tu iras prendre des œufs dans le poulailler de la cour.

Zach acquiesça et ils poursuivirent leur chevauchée jusqu'aux écuries – sans oublier de passer avant au cabanon pour y ranger tout le matériel de camping – où ils remirent l'étalon dans son box.

Ils déjeunèrent sur le perron, puis Kay donna le plan de la journée : soit l'entretien mécanique de sa nouvelle ainsi que de sa vieille machinerie. Avec l'agrandissement de ses terres avec le rattachement à celles de Chester, il avait dû investir dans des plus gros moteurs, ce qui faisait que la plupart des machineries étaient neuves. Avant, il n'en avait jamais eu besoin d'autant.

Zach n'avait jamais fait de mécanique, alors il se sentait un peu inutile à regarder Kay se salir les mains sur le côté sans rien faire. Au moins, il passait les bons outils à l'homme et sa gourde d'eau quand il le lui demandait.

Après coup, le rancher décida qu'il fallait laver la voiture par cette belle journée. Ils allèrent dîner, puis revinrent pour le faire. Kay déroula une grande ose de jardin, remplit une chaudière d'eau savonneuse et sortit un balai qu'il tendit à Zach.

— Savonne la *Jeep*, je vais rincer derrière toi.

Le plus jeune commença à laver la voiture quand, du coin de l'œil, il vit Kay ôter sa chemise pour éviter de la mouiller. Il soupira. Comment pouvait-il travailler, alors qu'il avait un corps aussi parfait sous les yeux ?

— Allez *chico*, arrête de divaguer et met-toi au travail !

Rougissant parce que Kay l'avait surpris en pleine admiration de son corps, Zach secoua la tête et se mit à frotter la *Jeep*.

Au bout d'un moment, il se remit à divaguer sans en prendre conscience et, fatigué de le rappeler à l'ordre, Kay orienta le jet de son tuyau d'arrosage sur lui, le trempant jusqu'aux os. Zach cria sous la surprise, mais cela eut le don de le ramener rapidement au travail.

Il était surpris. Il y avait quelques mois, jamais Kay ne se serait autorisé pareils gestes, alors qu'il était habituellement si sérieux et professionnel. Depuis quelque temps, le cowboy se décoinçait un peu plus et paraissait moins rigide et glacial.

C'était pareil pour Zach qui, depuis sa rencontre avec Kay, était un peu plus mature et responsable qu'auparavant, même s'il demeurait un gamin. Chacun avait à apprendre de l'autre, au final.

Zach avait beaucoup réfléchi aujourd'hui. Hier, il avait passé une soirée magique, mais il avait un regret. Un seul. C'était celui de ne pas avoir été au bout dans sa confession auprès de Kay. Il ne se souvenait plus si c'était parce qu'il avait eu la trouille au dernier moment ou si c'était le cowboy qui l'avait embrassé avant qu'il ne termine, mais il savait qu'il n'avait pas tout dit. Il regrettait de ne pas avoir dit plus, de ne pas avoir dit les trois petits mots. Kay le méritait, il avait été si bon et patient avec lui, après tout.

Puis, même si cela avait pris du temps, Zach était enfin certain de ses sentiments.

Il prit donc la décision de se confesser d'ici la fin de la journée.

Pourtant, il ne semblait y avoir aucun moment propice à sa confession. Il était vrai qu'entre le nettoyage des boxes et l'entretien de la machinerie, il n'y avait pas vraiment de romantisme… Sans occasion, Zach avait l'impression que la journée lui coulait entre les doigts sans qu'il ne puisse rien y faire.

Après le souper, Zach était plutôt énervé de ne pas avoir trouvé le bon moment. Si bien que Kay le gronda parce qu'il faisait la tête à table et ne paraissait pas apprécier sa cuisine qu'il trouvait pourtant délicieuse. De quoi le rendre encore plus de mauvaise humeur.

Finalement, moment ou pas, c'est en sortant de la douche, une serviette autour de la taille que Zach décida que les choses allaient se passer. Sourcils froncés, un air fonceur sur le visage, il descendit l'escalier pour retrouver Kay qui terminait de ranger la cuisine. Il tapa du pied sur le sol pour attirer son attention, puis lança tout bonnement :

— Il y a un truc que je n'ai pas dit hier. C'est devenu plus clair dans ma tête ces derniers jours, je suis désolé de t'avoir fait patienter aussi longtemps, mais maintenant j'en suis certain : je t'aime, Kay Leigh.

Chapitre 38

Kay fit tomber le pot de plastique qu'il était en train d'essuyer et regarda Zach, la bouche grande ouverte, immobile. Il cligna rapidement des paupières, incertain d'avoir bien entendu.

— Tu... ? Est-ce que tu peux répéter ça ?

Il en avait perdu son latin et n'en croyait pas ses oreilles. Il n'arrivait pas à croire que Zach ait pu se confesser à lui, comme ça, maintenant... Quoiqu'il en soit, il avait besoin de l'entendre une deuxième fois pour y croire, comme s'il devait se pincer pour arriver à se convaincre qu'il n'était pas dans un rêve ! Parce que tout lui paraissait beaucoup trop... irréel.

— Je t'aime, Kay Leigh, répéta Zach avec aplomb, un pli marquant son front, alors que ses sourcils étaient froncés. Et ne viens pas me dire que c'est impossible à cause de notre différence d'âge ou n'importe quelle autre merde de ce genre parce que je n'y croirai pas.

— Je... je n'avais pas l'intention de répliquer quelque chose du genre, répliqua calmement Kay, digérant toujours la confession de Zach.

Ils s'affrontèrent du regard quelques secondes jusqu'à ce que le rancher soupire.

— Allez viens ici, approche un peu.

Zach s'avança, puis les bras puissants du cowboy se refermèrent sur lui.

— *Te quiero tambián, mi corazón*, gronda-t-il à son oreille de sa voix rauque avant de déposer un baiser sur son front.

Le jeune blond ne parlait pas un mot d'espagnol, mais pour une fois, il était certain d'avoir compris le sens des propos de son homme. Que ce soit à cause de l'intonation toute particulière qu'avait pris Kay ou parce qu'il était certain que l'homme partageait ses sentiments. Il agrippa la nuque de son partenaire et l'obligea à baisser la tête pour pouvoir nouer ses lèvres aux siennes.

Kay le poussa contre le comptoir et il n'en fallut pas davantage pour que la serviette nouée lâchement sur ses hanches se détache et tombe au sol.

— J'ai envie de te faire l'amour là et maintenant, rajouta le cowboy.

Zach frissonna de tout son soûl.

— Mais on l'a déjà fait hier.

— Et alors ? À ton âge, tu n'es pas supposé être insatiable ? se moqua Kay. C'est moi qui suis supposé protester !

De toute manière, le plus jeune pouvait bien dire ce qu'il voulait, le rancher l'excitait comme une pucelle !

— Oh, la ferme et prend-moi !

De la surprise et de l'amusement vinrent rejoindre la moquerie qui faisait briller les yeux de Kay.

— Tu me donnes des ordres, maintenant ?

Il rigola doucement.

— Que cela ne devienne pas une habitude ! rajouta-t-il. Mais pour cette fois, je veux bien obéir…

Zach allait dire quelque chose, mais sa bouche fut très vite occupée à autre chose… Tout en embrassant son cowboy, ses mains vinrent défaire du mieux qu'elles le purent la boucle de ceinture Western de Kay avant de le débarrasser entièrement de son jean bleuté, faisant suivre son boxer quasiment aussitôt.

Le rancher ne perdit pas de temps non plus : il repoussa encore Zach contre le comptoir, le poussant à s'y allonger, son corps couvrant le sien. Le cadet gémit lorsque Kay pressa leur virilité l'une contre l'autre. Le cowboy les masturba vigoureusement dans sa grande paume jusqu'à ce qu'ils soient aussi durs l'un que l'autre (même si pour en arriver à ce point, les caresses n'auraient même pas été nécessaires tant ils étaient excités !).

— Kay ! gémit Zach. Je ne veux plus attendre !

Le cowboy fit alors passer les jambes de son cadet sur ses épaules en empoignant rudement ses chevilles. Sa main vint ensuite caresser les fesses du plus jeunes, puis les écarter doucement.

— Ne prend pas la peine de me préparer, je te veux en moi tout de suite ! protesta Zach en s'impatientant.

— Je ne vais pas prendre le risque de te faire mal, le contredit immédiatement Kay sur un ton qui faisait bien comprendre au blond qu'il ne changerait pas d'avis sur le sujet.

Il n'allait pas laisser ses émotions guider sa raison. Même si Zach le suppliait avec ses grands yeux de chiot. Puis, il voulait bien obéir une fois pour faire plaisir, mais pas deux !

Lentement, il poussa un doigt, puis deux contre l'anneau de muscles serré, tentant tout de même de se dépêcher malgré sa délicatesse et son désir de bien faire les choses. Car malgré tout, peu importe ce qu'il pouvait dire, même s'il se contrôlait, il était tout aussi impatient que Zach.

Il commençait à connaître le corps du jeune homme comme le fond de sa poche, alors il dénicha rapidement sa prostate faisant trembler Zach contre le comptoir. Après un moment, décidant qu'il avait bien assez préparé le blondinet, il retira ses doigts et pressa quelque chose de bien plus gros à l'entrée de son corps.

D'un coup de rein sec, il s'enfonça en Zach jusqu'à la garde. Le plus jeune poussa un cri et ses mains vinrent naturellement s'agripper aux épaules musculeuses du cowboy.

— Encore ! Refais encore ça !

Kay se recula, puis s'enfonça à nouveau brusquement, faisant crier Zach de plaisir. Et il devait avouer que c'était loin d'être désagréable pour lui aussi. Son cadet était un fourreau étroit et chaud, tout juste parfait.

Le marbre du comptoir faisait un peu mal au dos de Zach, mais le plaisir qu'il ressentait à cet instant surpassait de loin la douleur qu'il pouvait endurer !

Le cowboy le baisa encore pendant un moment, puis il sentit que son corps atteignait sa limite. Il essaya de prévenir Kay, mais le souffle coupé, il n'y parvint pas et jouit d'un seul coup sur son ventre. Le rancher ne fut pas long à le suivre après ça.

— C'était foutrement incroyable ! s'exclama Zach malgré son dos légèrement rougi par le frottement.

— Je suis d'accord, *chico*.

— On le refait ?

Kay soupira, mi-amusé.

— Je savais que tu étais insatiable. Mais je suis désolé, ça ne va pas être possible pour moi maintenant, tu oublies un peu trop souvent quel âge j'ai.

— Je me fiche de ton âge ! Est-ce que tu voudrais qu'on aille s'allonger pour regarder *Star Wars*, alors ?

En réalité, Zach voulait juste se blottir contre Kay.

— Ça me paraît être un bon programme, acquiesça l'homme avec un hochement de tête et un petit sourire. En plus, il y a certaines choses dont nous devons parler, maintenant…

Chapitre 39

Il y avait certains sujets que Kay n'avait pas envie d'aborder avec Zach concernant tout un tas de choses, concernant l'avenir, mais il savait pourtant qu'il n'avait pas d'autres choix.

Allongé sur le sofa, Zach blotti contre son torse, le moment lui semblait propice. Il ouvrit donc la bouche, croisant le regard du blondinet qui savait déjà que la discussion allait être sérieuse rien qu'en voyant l'expression de son visage. Néanmoins, ça n'arrêta pas le rancher. Ils devraient, un jour ou l'autre, aborder la question de toute façon.

— Zach, je dois savoir, tu comptes retourner à l'université à la prochaine session ?

Le blond se mordit la lèvre.

— Eh bien…, commença-t-il.

Et dès qu'il entendit ces premiers mots, Kay sut que Zach allait forcément partir loin de lui encore une fois.

— Mon père… et même ma mère, poursuivit le cadet, ils ont investi beaucoup d'argent là-dedans et j'ai l'intention de faire quelque chose de ma vie. Je ne vais pas toujours vivre aux frais de mon père ou à tes frais jusqu'à mes trente ans !

— La dernière fois que tu es parti, ça s'est mal terminé, fit remarquer Kay. Je ne t'empêcherai jamais d'aller faire des études et de t'instruire, Zach, mais on doit s'assurer que les choses se passent bien.

Zach baissa la tête. La culpabilité qui l'avait rongé à son retour au ranch revenait le hanter.

— Tu me tiens pour responsable de ce qui est arrivé.

— Je ne t'accuse pas, mais si tu retournes à l'université, tu ne dormiras pas sur le campus : tu vas louer une chambre non-loin.

Zach écarquilla les yeux.

— Quoi ! Mais… ?

Kay lui adressa un regard sévère.

— Ce n'est pas discutable, c'est moi qui réglerai les frais.

Le cowboy était en train de le priver de toutes les fêtes et les joies du campus… Zach fronça les sourcils, boudant.

— Ce n'est pas juste…, murmura-t-il.

— Qu'est-ce que tu as dit ?

Devant le ton dur qu'employa le rancher, Zach n'osa pas répéter.

— Non… ce n'est rien…

Cependant, Kay n'était pas dupe. Il ébouriffa vigoureusement les cheveux du plus jeune et rajouta :

— Tu sais, on sera mieux dans une chambre privée quand je viendrai te rendre visite…

Kay avait vraiment les mots justes ! Zach esquissa un sourire joyeux.

— C'est vrai ? Tu vas venir me rendre visite ?

Le plus jeune sautait presque de joie.

— Dès que j'en aurai l'occasion. Je ne peux pas laisser le ranch seul trop longtemps, mais je trouverai un moyen. Puis, tu pourras venir me voir le week-end ou pendant les vacances. S'il le faut, je viendrai te chercher.

Le blond rayonna.

— Je n'aime pas la perspective de ne pas pouvoir te toucher pendant plusieurs jours, avoua-t-il en se pinçant les lèvres, mais je serai que tu viennes me voir. Avec un peu de chance, je n'en aurai que pour deux ou trois ans, je vais prendre des cours accélérés pour terminer le plus rapidement possible et revenir te donner un coup de main au ranch.

Kay regarda longuement Zach, puis un sourire apparut lentement sur ses lèvres.

— Tu as bien grandi, *chico*, c'est vrai.

Il bascula la tête en arrière en pensant que le garçon blond un peu rebelle qu'il avait connu au début de l'été était bien loin derrière.

— Je vais devoir commencer à t'appeler *hombre*, maintenant ! déclara-t-il en riant.

Zach grimaça pour toute réponse. Le visage de Kay reprit alors une expression sérieuse.

— Il y a autre chose dont nous devons parler.

— Ah, oui ? s'étonna le cadet.

— Il faut que l'on se fasse tester.

Kay était un homme mature qui avait les idées claires et une tête sur les épaules. Il ne se voilait pas la face, il savait que Zach n'avait pas eu une vie de Saint avant de le rencontrer tout comme lui en Oklahoma, tout comme il savait que les homosexuels étaient plus à risque de contracter le sida.

— Quoi ?

— C'est important que l'on passe des examens pour s'assurer que tout est correct, parce qu'on a tous les deux couché avec d'autres personnes pendant que tu étais parti. Si notre relation devient sérieuse, alors je ne veux plus que nous ayons à nous protéger. Mais c'est important…

— Tu ne me fais pas confiance ? se vexa Zach.

— Ça n'a aucun rapport, *chico* ! Je vais aussi me faire tester. Il faut juste que l'on prenne nos précautions. Surtout que tu as couché avec ton ancien colocataire d'université…

Le visage de Zach s'assombrit.

— Pourquoi est-ce que tu ramènes cette histoire sur le tapis… ? Je sais déjà que j'ai été con sur le coup, ce n'est pas une raison de…

— Dis-moi la vérité, est-ce que tu as utilisé des préservatifs quand tu l'as fait avec lui ?

— Tu me prends pour qui ? Bien sûr que je me suis protégé ! s'exclama fermement Zach. Avec lui, ce n'était pas comme avec toi… Je veux dire ! Je sais que je peux te faire confiance, pas à lui !

— Je suis désolé, je ne voulais pas te remettre en doute, Zach. Je veux simplement te faire comprendre que je suis un adulte responsable et que c'est important pour moi que l'on se fasse tester. Est-ce que tu vas le faire ? Pour moi.

Le plus jeune soupira. S'il suffisait d'une prise de sang pour rendre son compagnon surprotecteur heureux…

— Si c'est pour te faire plaisir…

Kay savait que ce n'était pas de bon cœur, mais il appréciait toujours mieux ça.

— Merci, *chico*, j'apprécie. Vraiment.

Comme il y avait un petit froid entre eux, l'aîné passa un bras autour de la taille de Zach et le rapprocha de lui.

— Allez viens ici, *mi corazón*.

Il l'embrassa délicatement.

— Bon… est-ce qu'on le commence, ce film ? demanda finalement le blondinet lorsque leurs lèvres se décollèrent.

Chapitre 40

La nuit avant le départ de Zach pour l'université avait été torride.

Cela faisait un mois maintenant. Comme l'avait souhaité Kay, il louait un petit studio tout près du campus, ce qui ne l'empêchait pas d'y faire venir ses amis de temps à autre. Il avait exagéré les choses en pensant que dormir-là le couperait de la vie universitaire classique, il le réalisait bien.

Au final, il était bien heureux de ne pas habiter dans une de ces fraternités pour ne pas avoir à endurer vingt idiots vingt-quatre heures sur vingt-quatre. Surtout quand il aurait voulu étudier pour un contrôle : car il était bien déterminé à valider ses cours en accéléré.

Quand la sonnette de son appartement retentit, il était persuadé d'être encore dérangé par un des gars vivant à l'étage du dessous voulant l'inviter à une fête. À peine eut-il ouvert la porte qu'il débita :

— Pas intéressé, déso…

Quelle ne fut pas sa surprise lorsque qu'une main puissante agrippa le rebord de la porte, le forçant à l'ouvrir davantage.

— Si tu n'es pas intéressé, je vais être très vexé, *chico*, le coupa l'homme.

En reconnaissant la voix grave de Kay, Zach lâcha tout de suite la porte pour lui sauter au cou, tandis que le cowboy refermait derrière lui.

— Kay ! s'exclama-t-il. Tu es venu !

— Hervé s'occupe du ranch pour le *week-end*, comme il s'est gentiment proposé, j'en ai profité pour conduire jusqu'ici.

Baissant les yeux, c'est alors que Zach vit les deux enveloppes et le sac que le rancher tenait dans ses mains.

— C'est quoi ça ?

— Ce sont les résultats de nos tests.

Comme l'avait voulu Kay, ils s'étaient fait tester quelques jours avant le départ de Zach.

— Tu as déjà ouvert les enveloppes ! fit remarquer le blond en les arrachant des mains de Kay.

— Crois-tu que je serais venu avec un grand sourire si je n'avais pas de bonnes nouvelles à annoncer ?

Zach parcourut rapidement des yeux leur feuille de résultat, puis il releva la tête, les yeux brillants.

— Ça veut dire qu'on peut le faire autant qu'on veut maintenant ?

Kay fut partagé entre l'étouffement simple et rapide et l'éclat de rire.

— Oui, c'est... l'idée, finit-il par répondre prudemment avec un sourire amusé.

Zach était réellement insatiable ! Le cadet oubliait souvent que son amant n'avait pas le même âge !

— Oh, allez Kay, ça fait un mois !

Ce n'était pas qu'il ne voulait pas le faire avec Zach. Bien au contraire, même ! Il avait beau avoir quarante-deux ans – bientôt quarante-trois –, il n'en demeurait pas moins un homme et, pour lui aussi, ça faisait un mois ! Même si, de fait, ce devait lui être bien plus supportable que pour Zach et ses hormones en chaleur de jeune adulte. Le seul problème, dans tout ça, c'était que Kay venait de se taper six heures de trajet pour venir jusqu'ici et il était épuisé.

— Tu n'es pas curieux de savoir ce qu'il y a dans le sac ? proposa Kay en brandissant ledit sac sous les yeux de Zach afin de détourner son attention.

— Qu'est-ce que c'est ? demanda le plus jeune en mordant à l'hameçon, un soudain éclat de curiosité dans les yeux, même s'il était un peu déçu que le cowboy ne cède pas à ses avances.

Kay sourit.

— Un cadeau. C'est pour toi.

Il poussa le sac entre les mains de Zach dont le regard s'éclaira.

— Vraiment ?

— Pour qui d'autre est-ce que j'aurais acheté ça...

Intrigué, le blond ouvrit rapidement le sac pour trouver sur un morceau de vêtement gris plié soigneusement. Il le déplia devant lui, le tenant dans les airs par les manches, puis écarquilla les yeux.

— Oh, mon Dieu ! s'exclama-t-il, sautillant presque sur place de joie. Comment as-tu eu ça ? C'est une édition limitée, bon sang !

— Je sais, se contenta de répondre Kay, satisfait et un peu fier.

Il s'était dit qu'il devait rendre la pareille à Zach depuis que ce dernier lui avait acheté cette fameuse figurine de R2-D2 qui faisait un high-five à C3-PO et qui trônait toujours sur sa table de chevet. Il avait donc acheté un chandail dans la même boutique en pensant que ça ferait plaisir à son petit-ami. Visiblement, il ne s'était pas trompé : Zach avait des étoiles dans les yeux !

— Un T-shirt de *stormtrooper* zombie ! C'est génial ! Waouh ! Mille merci !

Zach se hissa sur la pointe des pieds et embrassa le rancher chastement sur les lèvres.

— Je me doutais que tu aimerais ça.

— Je ne l'aime pas, je *l'adore* !

— Je suis content, alors.

Zach déposa son cadeau sur le dossier du sofa de son salon minuscule, puis attrapa le bas de son T-shirt pour le retirer. Kay cligna des yeux :

— Qu'est-ce que tu fais ?

— Je veux le mettre tout de suite !

Ainsi, le blond se retrouva torse nu rapidement, envoyant balader son haut à travers la pièce au hasard. Kay secoua la tête.

— Je commence à te connaître, Zach Winthrop, je sais que tu enlèves uniquement ton T-shirt pour essayer de faire en sorte que je me jette sur toi, les prétextes sont inutiles.

Le cadet s'arrêta soudainement dans son geste pour attraper son cadeau et rougit en relevant la tête pour fixer Kay, embarrassé d'avoir été pris la main dans le sac. Néanmoins, il sourit, contrit :

— Désolé ?

— Tu es irrécupérable, grogna Kay en retirant soudainement lui aussi son haut, puis en s'avançant, tel un fauve en chasse, directement sur Zach qui, à la fois excité et un brin perplexe, se recula jusqu'à se buter contre son sofa. Et tu l'auras cherché, *chico*, je vais déverser sur toi un mois entier de frustration !

Et Dieu seul savait à quel point ils en avaient tous les deux besoin !

Chapitre 41

Kay avait oublié sa fatigue en un claquement de doigt au profit de ses désirs et de son envie brûlante de posséder Zach pour la première fois depuis un mois. Ses sens étaient en alertes et sa peau brûlante comme une traînée de flammes lorsqu'il fit basculer son compagnon sur le canapé, recouvrant son corps du sien.

Zach avait un large sourire aux lèvres. Il passa ses bras autour du cou du cowboy pour l'attirer plus près de lui, laissant son amant déposer des morsures d'amour le long de sa gorge jusqu'à sa clavicule. Il était du genre à aimer être marqué. Le lendemain matin – ou peut-être le soir même – il se pavanerait fièrement en exhibant les suçons à qui voudrait bien les voir.

Kay trouverait sans doute ce comportement complètement puéril et enfantin. Mais même s'il ne l'avouerait pas, en vérité, quelque part, il aimait bien que Zach porte sa marque sur lui. Son subconscient se portait mieux en sachant que son jeune partenaire aux hormones dans le tapis se baladait avec « *propriété privée* » étampé partout sur le corps.

Le cowboy s'acharna sur le *skinny* jean de son cadet, se demandant comment Zach pouvait porter un pantalon aussi serré ! Il devait avouer que, la plupart du temps, il aimait pouvoir mater le cul du blond moulé parfaitement, mais dès qu'ils voulaient passer à l'étape supérieure, ça devenait un vrai obstacle !

— *Puta* ! jura-t-il avant de réussir à dénuder les jambes de son partenaire en tirant un dernier coup sec sur le tissu.

Zach rit, mais perdit rapidement son sourire quand le rancher descendit son boxer sur ses cuisses et empoigna son sexe d'une paume vigoureuse. Ses pupilles se dilatèrent aussitôt et il gémit, alors que Kay l'embrassait.

— Je… veux aussi, tenta-t-il d'articuler entre deux baisers tout en se débattant avec la ceinture du cowboy.

Kay le repoussa et s'éloigna légèrement pour défaire lui-même sa ceinture en quelques gestes, puis revint pour arracher un autre baiser à Zach avant de retirer une bonne fois pour toutes son pantalon et son sous-vêtement.

Le plus jeune savoura la vue du corps de Kay nu quelques instants en se mordillant la lèvre inférieure.

— Ça fait un mois que j'attends et que je suis sage, ne me fais pas attendre une seconde de plus, finit-il par dire.

Le rancher réagit au quart de tour. Même s'il ne disait rien, il avait l'air bien d'accord avec lui. Après tout, même les hommes matures avaient besoin de leur dose de sexe mensuelle. Surtout quand il s'agissait de leur mignon petit-ami…

— Je me fiche d'avoir mal, rajouta Zach, alors ne perd surtout pas de temps à me préparer ou je te jure que mes couilles – et *tes* couilles – vont exploser d'avoir trop attendu !

Le prenant au mot, Kay attrapa les jambes de son compagnon, le tira brusquement vers lui et posa ses chevilles sur ses épaules musculeuses. Zach frissonna d'excitation. Le cowboy empoigna la base de son sexe et en guida la pointe contre l'entrée de son partenaire. Il le pénétra vigoureusement d'un coup de bassin qui le fit crier de plaisir, de douleur et de satisfaction mêlés.

Kay ne savait lui-même pas ce qui lui avait pris. Habituellement, il demeurait la tête froide et savait rester insensible aux protestations de son jeune amant tête-brûlée, insistant pour bien faire les choses, Mais là, son désir accumulé des derniers mois avait eu raison de lui et de sa patience. Il avait été tout à fait impulsif.

Pour tenter de se faire pardonner, il embrassa délicatement son compagnon et sa main vint saisir son sexe auquel il imprima des mouvements synchronisés à ses coups de reins.

— *Lo siento, chico*, désolé…, murmura-t-il en lui massant les hanches de sa main libre.

— Ne t'excuse surtout pas !

Zach n'en avait que faire de la douleur. Gémissant sous le toucher expert du rancher, il chercha à pousser son bassin contre celui de Kay pour aller chercher plus de contact. Il voulait que le cowboy le baise rudement, profondément, comme s'il n'avait jamais baisé ! Il en avait besoin après ce mois interminable.

Se branler en ninja dans la salle de bains ou sur le lit était loin d'être suffisant pour un jeune homme de dix-neuf ans. Et avec Kay qui refusait d'avoir du sexe au téléphone parce que ça ne le rendait pas à l'aise, ce n'était pas gagné pour lui. Il comptait bien profiter du corps de son petit-ami au maximum aujourd'hui pour compenser.

Kay continua de le masturber tout en le pilonnant pendant encore quelques minutes, tout en embrassant son torse, sa clavicule, son cou, sa gorge et ses lèvres sans une seule seconde de répit.

Le blondinet n'était plus qu'une boule frétillante de sensations. Ses ongles étaient enfoncés dans la peau des épaules musculeuses de Kay et dans le tissu du fauteuil pour encaisser les chocs sans glisser.

Il aurait voulu que ce moment intense dure beaucoup plus longtemps, mais il fut incapable de se retenir plus longtemps et jouit dans la main de Kay tout en poussant un gémissement perçant, contractant les muscles de ses sphincters.

Le rancher ne fut pas long à suivre et il vint dans un grognement bestial. Exténué, il se laissa tomber sur Zach qui passa ses doigts dans ses cheveux mi-longs.

— Tu es lourd, se plaignit-il.

Le cowboy ne bougea pas pendant encore quelques secondes, puis en grognant, il roula sur le côté et fit basculer Zach au-dessus de lui.

— C'est mieux ?

— Beaucoup mieux…, confirma le plus jeune en se blottissant contre le torse de son aîné.

Observant la surface de la peau de Kay, il remarqua alors une cicatrice qu'il n'avait jamais remarquée – trop obsédé qu'il était par les abdominaux parfaitement dessinés de l'homme – qui barrait son torse. Intrigué, il la suivit du doigt.

— Qu'est-ce que c'est ?

Le brun baissa les yeux sur lui.

— Hum… Une vieille blessure… Ça n'a pas d'importance…

Zach haussa les épaules. Il était curieux de savoir, mais il se doutait bien que les accidents arrivaient rapidement sur un ranch, ce ne devait pas être une histoire sensationnelle.

Chapitre 42

Kay était reparti le lendemain matin pour son ranch. Zach avait échoué à camoufler sa déception, mais son cowboy lui avait promis de revenir lui rendre visite bientôt, ce qui avait suffi à lui redonner le sourire.

Depuis, quelques semaines s'étaient écoulées durant lesquelles ils s'envoyaient des lettres et se téléphonaient. C'était fou, ça allait bientôt être déjà le *Spring break* et Zach allait pouvoir rendre visite au ranch *Santonelli*. Des copains du campus l'avaient invité à aller à la plage, mais il avait refusé chacune de leurs invitations. Il était trop pressé de revoir Kay en chair et en os ! Ça faisait déjà beaucoup trop longtemps qu'il n'avait pas baisé, en plus.

Encore aujourd'hui, un gars vint le voir. Sûrement pour l'inviter à une autre de ces *beach party* des vacances.

— Dis, Zach, est-ce que tu vas venir au festival country qui aura lieu la semaine prochaine ? C'est à environ cinq heures de route à peine d'ici et il y aura des gens de partout qui vont venir y assister ! Le festival ne revient que tous les quatre ans, comme les jeux Olympiques, alors tu dois *absolument* y aller pendant que tu es au Nebraska ! Je veux trop voir la chevauchée de taureau !

La curiosité du blondinet fut piquée au vif. Il se demandait si Kay allait y assister.

— Je ne te promets rien. Mais on s'y croisera peut-être si mon petit-ami veut y aller.

— Zach ! Putain, ça fait combien de temps que tu es avec lui, déjà ? On dirait que tout ton monde tourne autour de lui ! Ton petit-ami par-ci, ton petit-ami par-là ! J'ai l'impression de toujours en entendre parler.

Il haussa les épaules et prit une voix de vieillard pour se moquer de son camarade :

— Tu verras, tu penseras pareil quand tu trouveras la bonne.

Il éclata ensuite de rire comme un bouffon en réalisant que c'était le genre de phrase que Kay aurait pu dire.

— Mais plus sérieusement, je suis avec lui depuis presque six mois et ça fait hyper longtemps que l'on ne s'est pas vus.

Et que je n'ai pas baisé..., compléta-t-il dans sa tête. Il était fatigué de se branler tout seul dans sa chambre, il voulait retrouver son cowboy ! C'était normal, non ?

— Bon, dans ce cas... Je vais te laisser passer ce *Spring break* avec Cupidon, soupira son camarade d'université. Si on se croise au festival, n'oublie pas de me présenter ton petit-ami ! J'en ai tellement entendu parler que je meurs d'envie de le rencontrer !

— Oh… je ne sais pas… je pourrais être trop jaloux pour te le présenter, se moqua Zach.

— Tu as intérêt à outrepasser ça !

Le blond fit une grimace et finit par répondre à son camarade qu'il avait hâte de lui présenter Kay. Il referma ensuite la porte de son appartement, histoire de finir quelques devoirs qu'il devait rendre avant les congés.

***

Le *Spring break* était arrivé rapidement. Et dès qu'il avait pu, Zach avait pris le bus pour descendre à la petite ville près du ranch de Kay – le plus loin où l'autobus se rendait – histoire de lui faire une surprise parce que, normalement, il ne devait pas arriver avant deux jours.

Le festival country avait attiré beaucoup de monde dans la petite municipalité et Zach n'avait jamais vu autant de cowboys réunis au même endroit ! C'est Caterina qui eut la gentillesse de venir le chercher et de le conduire au ranch *Santonelli*.

En arrivant à la maison principale pour y déposer ses valises, il entendit la voix grave de Kay qui se disputait visiblement avec quelqu'un.

— C'est Wilson, lui confia Caterina, lui et Kay s'engueulent à propos du festival country.

Zach cligna des yeux.

— Hein ? Mais pour quelles raisons ?

Il eut rapidement sa réponse quand il entendit Wilson crier :

— Tu as failli y rester il y a quatre ans, Kay ! Tu veux vraiment risquer ta peau pour huit petites secondes de gloire ?

Kay paraissait demeurer inflexible. Wilson, énervé, sortit de la cuisine à grands pas, mais se stoppa net en voyant sa femme et le petit-ami de son patron.

— Vous êtes déjà arrivés ? s'étonna-t-il.

— À qui parles-tu ? demanda Kay en marchant lui aussi vers l'extérieur de la cuisine.

— Eh bien, je suis content que tu sois là, Zach, tu pourras peut-être faire entendre raison à cet idiot ! s'exclama Wilson avant que le cowboy arrive derrière eux.

La colère de Kay parut redescendre d'un seul coup lorsque ses yeux se posèrent sur Zach.

— Qu'est-ce que tu fais là ?

Le plus jeune fit la moue.

— Quoi ? Tu n'es pas content ? Je pensais que ça te ferait plaisir de me voir !

Le rancher se pinça l'arête du nez.

— Ce n'est pas du tout ça, chico, viens ici plutôt, dit-il en attirant le blondinet dans ses bras pour l'embrasser.

Wilson les fixa un instant.

— Je vais partir maintenant, mais j'espère que tu réfléchiras à ce que je t'ai dit.

Il attrapa la main de Caterina et referma la porte derrière eux.

— C'est quoi cette histoire de festival country ? s'enquit Zach.

— Ce n'est rien, je t'expliquerai plus tard, rétorqua Kay en écartant la question. Dis-moi plutôt comment tu t'es débrouillé pour arriver jusqu'ici.

— Caterina est venue me chercher. Elle est super gentille !

Kay eut un petit ricanement amer.

— Ouais… elle est gentille, mais je suis certain que c'est Wilson qui l'a poussée à aller te chercher, il pense que tu pourras me faire changer d'avis…

— Pourquoi est-ce que tu ne m'expliques jamais rien ?! commença à s'énerver le blondinet, fronçant les sourcils.

— Parce que…, commença Kay avant de se stopper net.

« *Parce que tu es trop jeune* », « *parce que tu ne comprendrais pas* », « *parce que ça ne te regarde pas* », « *parce que ça fait trop longtemps que c'est arrivé* » ou encore « *parce que je n'ai pas envie d'en parler maintenant* », il y avait des tas de réponses qui lui avaient traversé l'esprit, mais Kay s'était rendu compte qu'aucune ne convenait. Zach avait raison, pour une fois. Cela faisait plusieurs mois qu'ils sortaient ensembles, alors il serait peut-être temps qu'ils commencent à se faire un peu confiance. Le cowboy réalisa que le blond avait peut-être le droit de savoir, au fond.

— *Mierda* ! Je vais te raconter…

Chapitre 43

Kay prit une grande respiration et c'est sous le regard curieux de Zach qu'il raconta simplement :

— C'était il y a quatre ans, au dernier festival country de la région. J'avais trente-huit ans et j'étais assez téméraire. Je m'étais entraîné toute l'année pour ça : l'épreuve du rodéo à dos de taureau. Les gars m'avaient encouragé à participer parce que ça faisait de la bonne publicité pour le ranch et que la cagnotte mise en jeu n'était pas négligeable non plus, alors je l'ai fait. Je me suis inscrit.

Il arqua un sourcil quelques secondes et jeta un regard au plus jeune.

— Tu t'y connais un peu en rodéo ? demanda-t-il avant de poursuivre son récit.

Comme Zach secoua la tête, il entreprit d'expliquer un peu avant de continuer :

— Pour gagner l'épreuve du taureau, tu dois rester huit secondes, accroché sur son dos en te tenant uniquement d'une seule main. Ça demande de la force, de l'endurance et de l'agilité. J'y suis resté dix secondes. J'ai gagné la compétition et je suis devenu le champion local, mais quand le taureau s'est finalement débarrassé de moi et qu'il m'a jeté en me propulsant violemment au sol, il était plus qu'énervé qu'à l'habitude… Il a foncé droit sur moi et a manqué de m'encorner… Ils ont dû lui lancer une flèche tranquillisante pour me sortir de l'arène.

Le blondinet écarquilla les yeux.

— Alors, c'est ça la cicatrice que tu as sur le torse ?

— Ouais, soupira Kay, il m'a manqué de justesse. C'est pour ça que Wilson ne veut pas que je participe cette année, il a peur que je me fasse tuer, il croit que je suis devenu trop vieux pour ça. Mais je sais que ça fera une sacrée publicité pour ma viande si j'y retourne pour défendre mon titre, et j'ai reçu des offres d'argent d'aussi de la part des organisateurs du festival et mêmes de certaines compagnies qui voudraient me sponsoriser.

Zach ne savait pas trop quoi en penser.

— Mais toi… tu as envie de le faire ?

Kay parut hésiter.

— Ça a failli mal se terminer la dernière fois, mais on m'a juré que c'était mieux organisé cette année. C'est vrai que j'aimerais bien revivre toute cette adrénaline que ça m'avait procuré la dernière fois, mais j'ai peur que Wilson ait raison et que je sois devenu trop vieux pour ça.

— Tu n'es pas vieux ! protesta Zach. Et si les gens n'avaient pas confiance en toi, jamais on ne t'aurait fait toutes ces offres !

Le blond se tut quelques secondes pour réfléchir et reprit :

— Je n'ai pas envie que tu te fasses tuer, Kay, mais si tu m'affirmes que c'est sans danger et que tu veux le faire, je te soutiendrai ! Peu importe ta décision !

— Rien n'est jamais complètement exempt de risque, Zach...

Il ne voulait vraiment pas que son petit-ami finisse embroché sur les cornes d'un taureau, mais quelque part, Zach ne pouvait pas s'empêcher de trouver ça un tout petit peu cool de savoir que Kay faisait du rodéo ! Il trouvait ça vraiment sexy.

— Je sais bien..., soupira-t-il. Mais tu dois leur prouver que tu es encore parfaitement en forme et que tu peux avoir le dessus sur les plus jeunes avec ton expérience !

Zach était énervé envers Wilson pour avoir osé dire à Kay qu'il était trop vieux. Il savait que c'était un complexe pour l'homme puisqu'il sortait avec lui, un « gamin »... Alors il était inutile de retourner le couteau dans la plaie !

— Merci, *chico*, répondit simplement Kay en lui souriant. Merci de me soutenir.

Il était sincère.

***

Et malgré le désaccord de Wilson, le jour de la compétition de rodéo arriva bien rapidement. Pour l'occasion, Kay avait revêtu une veste à franges sur son torse nu comme à l'habitude, assorti à son jean en pattes d'éléphant maintenu à sa taille par une épaisse boucle de ceinture argentée. Son *Stetson* venait compléter l'ensemble. Il avait l'air d'un vrai cowboy du far-ouest !

— Tu as l'air sexy ! le siffla Zach avant qu'ils n'embarquent dans la voiture.

— Tu n'es pas mal non plus, lui retourna Kay en le détaillant du regard, j'aime te voir porter des vêtements comme ceux-ci.

Zach avait enfilé le chapeau et les bottes que lui avaient offerts son petit-ami au tout début de l'été, ainsi qu'un jean *skinny* – qui moulait évidemment son cul à la perfection – et un simple haut sans manche blanc.

Le début de la compétition de rodéo n'était qu'en après-midi, alors ils purent visiter les kiosques du festival durant tout le matin. Kay y avait même le sien – animé par Owen et Hervé – où il présentait différentes vaches venues de sa ferme ainsi qu'un bison, afin d'en faire la publicité. Au détour d'une exposition de machines agricoles, une voix interpella le blond :

— Zach !

En se retournant, il tomba sur son ami d'école, celui qui lui avait tout d'abord parlé du festival.

— Hey ! s'exclama-t-il.

— Tu es venu, finalement ! C'est super cool ! Qui est-ce qui t'accompagne ? demanda le garçon en glissant un regard intrigué à Kay. C'est ton… ?

Avant que son camarade dise quelque chose de déplacé dans le genre « ton père » ou « ton oncle » qui gâcherait le restant de leur journée si parfaite, Zach préféra le couper net :

— Mon petit-ami.

Il entremêla ses doigts à ceux du cowboy, observant l'étudiant cligner des yeux, un peu surpris. Zach s'en fichait.

— Oh… Eh bien, je suis enchanté de vous rencontrer, finit par dire l'universitaire en tendant sa main au rancher, parvenant mal à cacher son choc.

Il fallait dire qu'il ne s'était pas attendu à ce que le fameux Kay dont Zach parlait constamment soit un homme d'une quarantaine d'années !

Kay détailla l'inconnu des pieds à la tête, puis finit par lui serrer la main d'une poigne vigoureuse qui rendit presque blême le jeune homme.

— Enchanté, prenez bien soin de Zach à l'école.

— J'ai beaucoup entendu parler de vous, vous savez ? mentionna l'élève sans écouter le blondinet qui lui faisait signe de se taire.

Kay arqua un sourcil.

— Ah, bon ? C'est vrai, ça ? Voilà qui est intéressant…

Le visage de Zach vira au cramoisi.

— Ce n'est pas ce que tu penses ! s'empressa-t-il de se défendre.

— Ah, non ?

Le camarade d'école de Zach se mit à rire franchement.

— Haha ! Vous avez l'air de bien vous entendre, vous deux, je suis content pour vous ! Je pense que je vais vous laisser, j'ai entendu dire que le rodéo va commencer bientôt et j'ai trop envie de voir ça !

— C'est vrai ! Kay doit aller se préparer pour la compétition ! réalisa brusquement le blond. Comment ça se fait que tu n'es pas déjà avec les autres concurrents, d'ailleurs ? demanda-t-il en jetant une œillade suspicieuse à son amant.

— Il participe ? s'étonna l'universitaire.

Zach hocha fièrement la tête.

— Pas seulement : il va gagner, c'est certain !

Kay secoua la tête.

— Je préfère ne pas vendre la peau de l'ours avant de l'avoir tué. Je voulais passer un peu plus de temps avec toi et rencontrer ton ami, *chico*, mais je vais aller me préparer et rejoindre les autres.

— On se revoit sur le podium ! sourit Zach.

Pour toute réponse, le cowboy soupira. Contrairement à son petit-ami, il n'était pas aussi confiant… Il s'était entraîné en vue de cette compétition et il savait qu'il avait une solide expérience dans le domaine, mais il ne pouvait pas s'empêcher de se comparer à ses rivaux qui, pour la plupart, avait entre vingt et dix ans de moins que lui. Pouvait-il toujours les concurrencer à quarante-deux ans ?

Il entra dans la loge sous les estrades réservée aux participants. Il s'assit sur un banc et se concentra. Il ne voulait pas entendre les scores de ses rivaux ni parler à quiconque. Zach comptait sur lui, il ne voulait pas le décevoir. Le gamin lui portait tellement d'admiration…

Finalement arriva son tour. Il enjamba l'enclos dans lequel était coincé le taureau et prit place sur son dos, une main sur le pommeau de la selle, l'autre sur son *Stetson* et les cuisses bien serrées contre l'animal pour s'assurer un meilleur tonus. Il était prêt.

Un coup de feu fendit l'air, le taureau reçu une claque et les portes de l'enclos s'ouvrirent d'un coup sec. L'animal, fou de rage, courut au milieu de l'arène. Le taureau leva ses pattes arrières, tentant de *kicker* pour se débarrasser de l'intrus accroché sur son dos. Il grogna et se secoua dans tous les sens.

Kay fronça les sourcils et durcit sa poigne sur la selle de l'animal. Du coin de l'œil, il vit le compteur de temps. Plus que quelques secondes à tenir. Il pouvait le faire ! Plus les secondes s'écoulaient, plus le taureau devenait furieux ! Les exclamations de la foule s'intensifièrent.

Zach regardait le spectacle avec admiration et panique mêlées. Il devait avouer que Kay était vraiment doué, mais les ambulances postées à l'entrée du site ainsi que l'homme armé d'un pistolet de sédatif ne le rassuraient en rien… Sans compter que le candidat juste avant Kay avait eu le bras brisé en se faisant expulser de sa monture ! Il espérait que Kay s'en sortirait indemne. En plus, tout le monde était venu pour le regarder. Margareth, Hervé, Owen, Caterina et même Wilson était finalement venu malgré son désaccord avec la participation du cowboy.

Kay continuait de s'accrocher, mais il arrivait bientôt aux limites de son endurance. De la sueur lui coulait dans les yeux et ses mains étaient si crispées qu'elles en étaient blanches. Chaque microseconde lui paraissait être une éternité. Le temps paraissait ralenti et il ne savait plus combien de secondes il pourrait tenir à ce rythme.

Le taureau finit par venir à bout de lui et, violemment, il fut éjecté de l'animal pour atterrir violemment dans le sable, soulevant un nuage de poussière. Il était haletant. Il grogna de douleur en tentant de reprendre son souffle.

Aussitôt que l'animal fut sorti du ring, malgré les contrindications de la sécurité, Zach enjamba la barrière et courut vers Kay. Le cowboy ne bougeait plus, il était inquiet comme jamais ! Il pouvait sentir son cœur battre follement dans sa poitrine !

— Kay ! Kay ! Kay ! cria-t-il à de nombreuses reprises avant de s'agenouiller par terre près de l'homme.

Kay battit faiblement des paupières et sourit en reconnaissant Zach.

— Tu ne devrais pas être là, *chico*…

— Toi non plus ! Tu vas bien ?

Ses mains se mirent à tâter le corps du rancher des pieds à la tête pour vérifier s'il n'avait rien de cassé. Kay eut un rire rauque. L'inquiétude du gamin était mignonne.

— Je vais bien, le rassura-t-il, je suis juste un peu secoué : l'atterrissage ne s'est pas fait en douceur, si tu vois ce que je veux dire. J'ai fait combien, est-ce que j'ai réussi ?

Au même moment, ils levèrent tous les deux la tête sur le compteur de temps pour y voir le résultat de Kay :

11 secondes.

Chapitre 44

L'atterrissage lui avait peut-être coupé la respiration, mais ce n'était rien comparé à son score. Onze secondes. Onze putains de secondes ! Kay n'en revenait tout simplement pas ! Il avait lui-même battu son temps record du dernier championnat. C'était incroyable !

Kay posa son trophée sur sa table de chevet – près de la figurine de *Star Wars* que Zach lui avait offerte – avec un sourire. Il était du genre à rester humble, mais il devait avouer qu'il était quand même assez fier de lui pour le coup.

Il s'était fait examiner après la compétition et il s'en était tiré finalement avec une côte cassée et un grand hématome sur le torse qui lui avait valu un bandage, mais rien de grave. Il essayait de ne pas dormir sur le côté – ce qui faisait un peu bouder Zach parce qu'ils ne pouvaient plus dormir en cuillère – et de ralentir un peu ses activités – incluant le sexe ; ce qui faisait *doublement* bouder son amant – mais il s'en était sorti sans trop de dégâts, ça allait s'arranger. Il songeait même à refaire la compétition dans quatre ans s'il s'en sentait toujours la forme d'ici là.

— Je repars demain, dit Zach en arrivant derrière lui dans le cadre de la porte.

Kay se retourna pour le regarder.

— Je sais, *chico*. Je n'ai pas envie que tu partes, mais tu dois aller finir ton université. Au moins, dans quelques mois, tu auras terminé ta première session et tu auras des vacances avant de recommencer les cours.

— J'aurai tout l'été ! s'exclama-t-il.

Zach n'avait pas non plus envie de quitter Kay pour retourner à l'école. Il savait qu'il n'avait pas le choix, mais être privé de son cowboy pendant si longtemps ne lui plaisait pas. Nul doute qu'il compterait les jours jusqu'aux vacances de l'été prochain.

— Tu as déjà fait tes valises pour demain ?

— Ouais... Est-ce qu'on peut éviter de parler de ça et essayer de profiter de nos dernières heures ensemble ?

— Tu sais que je ne peux pas à cause de ma côte, Zach...

— Oh, allez ! Juste quelques bisous ! supplia presque le plus jeune en s'approchant de son petit-ami, puis en se hissant sur la pointe des pieds pour déposer un baiser sur les lèvres de Kay qui ferma les yeux.

Le rancher agrippa sa nuque et approfondit gentiment leur embrassade. Sa main libre glissa le long de la cuisse du blond et vint toucher son entrejambe en-travers de son jean. Zach frémit et se colla davantage contre son cowboy, cherchant à accentuer le contact. Kay abaissa la fermeture éclair du pantalon de son cadet et sa main s'engouffra dans son boxer. Il toucha directement son sexe, en faisant gémir son propriétaire de plaisir.

— Oh, oui, murmura Zach en balançant son bassin, encore !

Arrachant de nouveaux gémissements à son compagnon, Kay continua d'empoigner fermement sa virilité déjà raide tout en y imprimant des mouvements de va-et-vient. Très vite, Zach jouit en s'accrochant aux épaules du plus âgé, haletant.

— Putain ! dit-il. C'était bon !

Il leva ses yeux bleus sur Kay et se laissa tomber à genoux à ses pieds, prenant en charge de défaire la boucle épaisse de sa ceinture.

— Qu'est-ce que tu fais, *chico* ? demanda le cowboy, même s'il savait pertinemment ce que son petit-ami avait en tête.

Peut-être essayait-il juste de se persuader qu'il ne rêvait pas ?

— Je te rend la pareille, alors tais-toi et laisse-moi faire !

Le cowboy s'appuya contre le meuble derrière lui, tandis que Zach prenait son membre dans sa main et refermait ses lèvres autour de celui-ci. Il rejeta la tête en arrière, sentant de délicieux frissons le parcourir.

— *Puta mierda ! Chico !*

Avoir Zach agenouillé en face de lui, c'était quand même sacrément érotique ! Zach ne l'avait pas souvent sucé, mais qu'est-ce qu'il était doué ! Ses doigts agrippèrent les boucles blondes de son partenaire et il tira ce dernier vers lui, possessif. Son sexe heurta le fond de la gorge de son compagnon qui s'évertua à le prendre aussi profond que possible. Sa main qui était toujours posée sur le meuble se serra sur celui-ci, tandis qu'il soupirait et grognait, les yeux à demi-clos.

S'il avait pu, Zach aurait eu un sourire goguenard sur le visage. Il était à la fois amusé et satisfait de provoquer toutes ces réactions chez le cowboy. Une fois n'était pas coutume, il sentait qu'il avait le contrôle sur leurs ébats. Il n'allait certainement pas s'en plaindre ! Il aimait la poigne ferme du rancher et sa voix rauque qui lui grondait quoi faire et comment s'y prendre au lit, mais ce n'était pas pour autant qu'il détestait jouer un peu au coquin et faire languir son amant.

Kay aurait pu jurer que Zach finirait par avoir sa peau. Le gamin était drôlement décidé ! Il ignorait si c'était la perspective d'être bientôt séparés à nouveau qui faisait cet effet au blondinet, mais c'était très chaud. Le rancher arriva aux limites de sa tolérance après quelques minutes de ce traitement ravageur. Il essaya de prévenir Zach, mais il ne put qu'émettre une sorte de grognement profond avant de jouir dans la gorge de son compagnon.

Zach se recula pour ne pas s'étouffer et avala d'un seul coup avant de passer sa langue sur ses lèvres, y goûtant la saveur salée de son partenaire.

— Tu as aimé ? s'enquit-il.

Kay l'aida à se relever et le serra – pas trop fort à cause de sa côte fracturée – contre lui.

— Et comment ! C'était très bien.

Et ils s'enlacèrent toute la nuit dans cette même douceur romantique.

***

Au petit matin, ils déjeunèrent ensemble tout en sachant que Zach devait partir juste après.

— Chester vient me chercher, dit le blond en avalant une gorgée de jus d'orange.

— Ton père a prévu d'arriver à quelle heure ?

— Il devrait être ici vers dix heures, peut-être onze. Il m'a dit qu'il partait à six heures.

Kay hocha la tête.

— Bien, il nous reste encore un peu de temps, donc.

Cette discussion avait fait penser Zach à quelque chose.

— Au fait… on parle de mon père, mais tu ne m'as jamais vraiment parlé de ta famille.

Le visage de Kay s'obscurcit légèrement.

— C'est qu'il n'y a pas grand-chose à dire. J'ai deux frères à peine plus âgés que moi. À la mort de mon père, aucun d'eux n'a voulu reprendre le ranch. Ça avait toujours été le grand rêve de mon père, mais ma mère a été heureuse d'enfin quitter la campagne. Mon plus vieux frère habite en Californie avec ma mère et l'autre est en Caroline. Ils sont tous les deux mariés avec des femmes et des enfants, maintenant. Je ne me suis jamais vraiment bien entendu avec eux, nous ne partageons pas les mêmes valeurs.

Depuis qu'il était tout petit, Kay accordait une grande importance à la famille et aux traditions. Il s'était attendu, au décès de son père, à ce que tout le monde demeure sur le ranch pour l'entretenir et le faire prospérer en l'honneur de leur paternel. Mais sa mère avait saisi la première occasion pour partir. Elle avait même prévu de vendre le ranch ancestral ! Kay était jeune à l'époque, mais il avait sa majorité et il s'y était fermement opposé ! C'était de cette façon qu'il avait un peu coupé les ponts avec sa famille et perdu progressivement contact avec eux. Sans parler qu'il était gay et que c'était plus difficile qu'ailleurs.

À cette époque, il avait tout simplement compris que tout le monde ne partageait pas ses valeurs. Ça avait été dur de reprendre le ranch seul, alors qu'il n'avait qu'une vingtaine d'années, mais Chester lui avait donné un coup de main et il s'était fait de bons amis qui avaient bien plus de valeur à ses yeux que sa famille de sang.

— Je ne savais pas, désolé, dit Zach en baissant les yeux, un peu mal à l'aise.

— Ce n'est rien, *chico*, ça fait longtemps que j'ai tiré un trait là-dessus.

— Tu ne songes jamais à te... *réconcilier* avec eux ?

Kay semblait chercher à éviter le sujet.

— Tu sais, ce n'est pas comme s'il s'était passé quelque chose de grave ou comme si nous nous étions querellés... Ce n'est pas comme ça. On s'est juste... *éloignés* avec le temps. Je n'ai pas le temps de leur rendre visite avec le ranch et je suppose qu'ils n'ont pas envie de venir au fin fond du Nebraska. Nous avons beau être frères, nous n'avons rien en commun. C'est normal que ce soit fini par arriver, cette séparation. De toute manière, je suis heureux de la manière dont je vis, j'ai déjà une famille, *chico* : je t'ai toi et ça me suffit amplement.

Zach sentit son cœur rater un battement. Il allait finir par mourir d'amour si Kay lui disait toujours des trucs comme ça ! Le pire, c'était qu'il disait ça sans même s'en rendre compte ! Ses joues se colorèrent de rouge et il termina d'engloutir son repas en silence, un peu gêné.

— On dirait que j'entends cogner, finit par dire Kay, rompant le silence qui s'était installé.

— Ça doit être mon père.

Il était presque déçu... Il soupira. Il se leva et alla répondre à la porte où Chester l'attendait effectivement. Il monta à l'étage pour récupérer ses bagages, puis redescendit pour tout donner à son père qui déposa le tout dans la voiture.

— Alors, tu repars, commenta Kay.

— Je dois y aller.

— J'ai comme une impression de déjà-vu...

— Ne t'en fais pas !

Zach embrassa Kay sur les lèvres.

— Je vais revenir vite, rajouta-t-il. Puis, on va continuer à s'écrire et à se téléphoner !

Kay finit par abdiquer.

— Ok, *chico*, je vais être patient. *Voy a esperarte.*

L'année avait été riche en émotions, et ce dernier été tout particulièrement. Ils avaient tous les deux appris l'un sur l'autre. Zach était devenu plus mature et, tranquillement, il devenait un adulte responsable. Kay souriait et s'amusait plus facilement depuis qu'il l'avait rencontré. Mais surtout, durant cet été-ci, ils avaient trouvé la plus belle chose qu'ils auraient pu espérer : le véritable amour. Maintenant, tout ce qu'ils pouvaient faire, c'était attendre le prochain avec impatience, car il promettait d'être tout aussi mouvementé que le dernier !

Épilogue

Après avoir obtenu son diplôme en agronomie, Zach était revenu habiter chez Kay. Il s'était servi de ses nouvelles connaissances pour aider le rancher à démarrer en agriculture sur les terres qu'il avait obtenues deux ans auparavant auprès de Chester. Ils avaient planté plein de choses : du maïs et du blé en priorité pour les vaches et les bisons, des pommes de terre, des tomates et des carottes. La terre était un peu aride, mais ils avaient réussi à y mettre de l'engrais pour y faire pousser des légumes malgré tout.

Chester vivait une retraite dorée et il venait régulièrement sur le ranch pour jeter un œil à comment les choses évoluaient en son absence.

Wilson avait finalement cédé aux demandes de Caterina et celle-ci était tombée enceinte de leur premier enfant. Elle allait accoucher dans moins de trois mois.

Quant à Hervé et Margareth, ils s'en étaient finalement sortis avec ses jumelles. Kay lui avait prêté un peu d'argent et il avait presque terminé de le rembourser maintenant.

Et Owen continuait d'être... lui-même. Mais Kay le soupçonnait de fréquenter quelqu'un. Les gars n'allaient pas tarder à réussir à le faire parler, mais pour le moment, ils n'en savaient pas plus.

Kay avait commencé à parler d'adoption à Zach depuis quelque temps, parce qu'il songeait à sa descendance pour que le ranch puisse rester dans la famille et continuer de prospérer. Zach était tout d'abord réticent, mais il savait que c'était très important pour son compagnon, alors il se pourrait bien qu'il finisse par céder... Il ne pouvait pas se permettre d'attendre trop longtemps pour prendre sa décision, car il ne voulait pas priver son partenaire du plaisir d'avoir des enfants, surtout que Kay avait maintenant quarante-quatre ans et qu'il souhaitait avoir le temps de les voir grandir. Ils se sentaient pressés par le temps autant l'un que l'autre, mais cela n'affectait que peu leur relation.

Ils s'aimaient toujours autant. La jovialité de Zach aidait Kay à rester jeune ; il ne s'ennuyait jamais avec lui de toute façon ! Et quand le cadet menaçait de perdre de vue ses objectifs, Kay était toujours là pour le remettre sur le droit chemin. Avec les années, leurs vingt-quatre ans d'écart semblaient s'être dissipés.

Et s'il y avait bien quelque chose à retenir de tout ça, c'était que *l'amour n'a pas d'âge*.

Vous avez aimé Etalon Sauvage ?

Laissez 5 étoiles et un joli commentaire pour motiver d'autres lecteurs !

Vous n'avez pas aimé ?

♠

Écrivez-nous pour nous proposer le scénario que vous rêveriez de lire !

https://cherry-publishing.com/contact

Pour recevoir une nouvelle gratuite et toutes nos parutions, inscrivez-vous à notre Newsletter !

https://mailchi.mp/cherry-publishing/newsletter

Printed in Great Britain
by Amazon